你做国王的时代

罗鸣 著

上海文艺出版社

图书在版编目(CIP)数据

你做国王的时代/罗鸣著.—上海:上海文艺出版社,2017
 ISBN 978-7-5321-6280-2

Ⅰ.①你… Ⅱ.①罗… Ⅲ.①短篇小说—小说集—中国—当代 Ⅳ.①I247.7

中国版本图书馆CIP数据核字(2017)第042538号

责任编辑　徐如麒
特约编辑　长　岛
装帧设计　长　岛

你做国王的时代
罗　鸣　著
上海世纪出版集团
上海文艺出版社出版、发行
200020　上海绍兴路74号
上海世纪出版股份有限公司发行中心发行
200001　上海福建中路193号　www.ewen.co
无锡市长江商务印刷有限公司印刷
开本880×1230　1/32　印张10.5　插页2　字数298,000
2017年3月第1版　2017年3月第1次印刷
ISBN 978-7-5321-6280-2/I·5012　定价:38.00元

告读者如发现本书有质量问题请与印刷厂质量科联系
T:0510-85343290

目 录
contents

丁克先生的最后时光 ……… 001
大　床 ……… 020
左边城市 ……… 034
树上的眼睛 ……… 048
空　间 ……… 058
向日葵 ……… 080
雅　兰 ……… 097
中奖彩票 ……… 120
你做国王的时代 ……… 136
小路后的风景 ……… 151
鸟　人 ……… 174
水 ……… 209
血流成河 ……… 225
回　家 ……… 239
冷 ……… 255

结婚时，我送你什么 270
教堂的歌女 291
右边城市 310

想象力和语言诱惑（小说创作谈） 326

丁克先生的最后时光

有人看见丁克先生的时候，他正倚在一座水泥石桥的栏杆上，桥下那条著名的臭水河水流缓缓地向前流动。没人会停步去注意他此刻的面部表情，否则会大吃一惊，甚至会产生一些不必要的联想。在以往的日子里，丁克先生每天下班都必须经过这座桥，他和别人一样，大踏步地从桥上逃过，躲避桥下飘来的臭气。此时他脸色灰白，眼光直勾勾地投向遥远的河面。我需要停下来，丁克先生经过这里时想到。他的双腿像灌入了水银，于是他扶在桥栏上，尽量让自己气喘吁吁的身体平静下来。只是当他站在这里，看见夕阳遥落在河源尽头，一种黯然之情油然而生，他觉得自己仿佛置身于一片黑暗之中，他不断地用手去擦时而模糊的双眼，直到手上沾满了眼泪。

这是一种遭人厌弃的美，美往往会出现在腐朽的地方。如果早在大学时代，丁克先生一定会这样评价这条河。这时候夕阳洒在他身后的桥面上，川流不息的车辆和人流淹没了他，他高大的身躯就像一根竖在桥上的路标，一动不动地让飘忽不定的光线在他光秃秃的头顶上闪来闪去。

丁克先生的年轻岁月在几年前就结束了。他孤身独居一直到现在。几乎和所有的单身男人一样,他的眼里始终有一种平淡而忧悒的目光。他生活俭朴,无嗜好且落落寡欢。其实在大学期间,他是一个引人注目、高大英俊的学生,读了许多有关哲学的书籍。只是在一个阴冷的冬天早晨,他发现一夜之间他的床上落满了乌黑的头发;他的头像乌黑的锅底突然被人擦亮一样。人们说他聪明绝顶,也有人说他是失恋所致。他的性格从那一天起便有了翻天覆地的变化,人们再也听不到他的欢笑。令人难忘的是曾经有多少美丽的女生把他当作心中的白马王子,以及他在众人面前滔滔不绝的言辞。有一次他和一个姑娘约会在满天星斗之下,我为什么如此智慧?!他用尼采的哲学轻轻柔抚这位因幸福而颤抖的女孩。

他的沉默寡言在他成为一名中学政治教员的时候更加显著。他缓步走进教室,面对学生厌倦而嘲讽的目光,便开始背对学生手不停歇地在黑板上写着提纲,抄完后便靠在教室门边看着学生像五彩斑斓的蝙蝠趴在桌上,手拿着笔不停地在笔记本上移动着。他的脸上毫无表情。他最不愿是他坐在办公室的桌子后面,学生站在他的对面,目光放肆地在他光秃秃的头顶溜来溜去。有时他的注意力集中在那几个聚在一起小声说话的同事身上,想从他们脸上找出嘲讽他的表情来。然后,他脸色阴沉地从他们身边走过,地板给他踩出咚咚的响声。

前些天,他收到乡下母亲的一封信,让他抽空回家乡一趟。他的母亲为他在家乡物色一个农村姑娘。丁克先生从小生长在农村，那片贫瘠而落后的土地上，唯独他一人考上了大学。他的母亲在信中问他为什么至今未娶，是不是城里人对他不好，喜欢伤害他。这天，他又把信从抽屉里拿出来，正在思考如何回信的时候，一位同事从他身边经过，突然站住，回头说，丁老师你是在生病吧？脸色真难看。他的话让所有在办公室的人都围拢在丁克先生身边：是的，是的，丁克老师你一定有病在身。一个个仿佛用透视的目光穿透丁克先生的五脏六腑。

在这以前，人们都在寻找一种亲切的方式与丁克先生接近，想方设法地要去了解他生活中的一些秘密，特别是下班后他怎样生活的，他是否有一个心目中的女人。但所做的一切往往是空费心机，因此就对丁克的生活产生各种各样的猜测，好奇的目光时时包围着他。

丁克先生下班以后，就像一条蚕躲在自己吐织的蚕茧之中。大自然的光芒无法透过他紧闭的门窗照到他的身上。他在屋里治疗他的秃顶。他像一个意志坚强的人一样一直坚信这种病是能治好的。在屋里昏暗的光线下，他往往会被自己突如其来的想法弄得神魂颠倒，左一步右一步地在这不大的空间里来回走动。开始的时候，他买来许多有关的书籍，照着书上列举的药名在药房买来大量的药品（他已经不相信这么多年来一直在欺骗他的医生），连同许多下午他穿街走巷从一些老人那里买来的偏方补药，他毫无顾忌地把它们全部吞下肚，众多的药物在他肚里剧烈地反应让他时常面色惨白，疼痛不堪。同时，他又花费大量的钱财按照报纸上的广告买来多种类型的生发剂，义不容辞又毫无效果地涂在自己光亮的头顶之上，他的屋里常常被一些乱七八糟的气味笼罩着。丁克先生最大的希望就是有一天他从梦中醒来,在镜子前看见自己的头顶覆盖着一层层浓密的黑发,像秋天一望无际的田野上的庄稼。他的屋里四面都是一些大小不一的镜子,他喜欢在镜子前待上很长时间。有一回他听说用脑过度会导致头发稀落,便再也不看书读报,除了教授学生的那些写在过去备课本上的提纲,他大学时代那些伟大的哲学家和他们的思想便渐渐离开他的身体,飞到爪哇国去了。他甚至使用了植物油、植物催化剂。有一段时间,人们听见他在屋里发出接连不断的笑声,在屋外见到他时,他满面红光,目光中有一种多日不见的神采,他在众人面前不停地用手在头顶上抓挠;他感觉到头皮在膨胀、发痒,他以为这是头发生长之前的预兆。

然而,这一切都像儿童搭积木,很轻易地便失败了。无限惆怅和痛苦之余,丁克先生又很快地找到了另一种方法——气功治疗。那是他在公园里徘徊,一位老人指着自己的头发告诉他,经过这种气功的锻炼,他满头白发如今又变得乌黑。当天夜里,丁克先生趁着满天的星辰把早先使用的药剂一起扔进离家很远的臭水沟里。那个老人还告诉丁克,这种气功最高的境界,便是要摆脱尘世、滴水不进、粒米不沾、靠采纳天地万物之灵气而生存。于是,这一年多的时间,每晚十二点以后,丁克先生便悄悄地推开窗户,端坐在窗前,遥望窗外的天空,默念气功要诀,吐纳呼嘘。

只是丁克先生的头顶如同一块光秃秃的青石板仍无黑发复生的痕迹,虽然他已渐渐对每天的进食失去了兴趣。

同事的话引发了积淤在丁克先生内心中的恐慌,一种对死亡的恐惧。他感到眼前一下子冒出了许多可怕的阴影，它们过去死死地纠缠在他的意识深处，如今又活灵活现地跳出来，朝他尖叫，朝他吐着口水……如同当初他一夜之间失去头发一样，他整个精神受到沉重的打击。

在桥上，最后一抹阳光消失在河床尽头。路灯下出来散步的人们用他们的笑声惊动了处在恍惚之中的丁克先生。他才晃悠悠地朝家的方向走去。

这是一间二十平方米的单室间，简陋的家具：一张床，一张放着书籍落满灰尘的老式办公桌。屋子中央有一张破旧的餐桌，桌上摞着几只碗碟，摇摇欲坠。四周的墙壁显露出因潮湿而石灰脱落的痕迹。丁克先生用颤抖的手打开房门，迎面扑来一阵阵霉烂的气味。他顺手拉亮灯，从四面镜子中反射过来的光线使他眼前金花乱蹦，他一步一步地走到床边，小心翼翼地躺下。

仰卧的丁克先生听见心脏在剧烈地跳动，他担心这种声音会戛然而止，于是便屏住呼吸，辨听这种心脏跳动的节奏。他不敢用手去摸它，就像人们不敢去碰一个已经在摇晃就要倒下的东西一样，但他又担心这跳动的心脏会从胸口蹦出来。灯光下，一只苍蝇在他的眼前飞来飞去，这样嗡嗡扇动翅膀的声音更让他心烦意乱。他重新从床上坐起，环视了一下四周，下地把灯关好。

在黑暗之中，他能看得很远，像久居在洞穴中的耗子一样。他一直努力地睁着眼，又希望自己能马上进入梦乡，把白天的一切通通忘掉。

丁克先生渐渐地进入睡梦之中。恍恍惚惚他的身体躺在一张又窄又短的床上。床的四周来来回回地有不少人在走动，这些声音在他耳边时起时落，忽远忽近。他的脸被一块薄得能透进光线的布蒙盖着，这让他觉得很难受，有一种喘不过气来的感觉。可自己的双手这时好像已经远离了身体，全身就如被绳子紧紧捆住一般，动弹不得。他想从嘴里发出声来，可这种努力也是徒劳。他躺在那里，只能在一种绝望和焦虑之中无力地等待着。

这里的环境他感到熟悉。

后来，他的身边传来一阵阵哭声，亲切而又令他全身发冷。他竖起耳朵想要听清这声音发自谁人之口，却听到哭声中夹带着他的名字和死亡这一类词，这种哭泣抑扬顿挫一直持续了很久，最后他才明白：这是一次葬礼，和自己有关。可他现在的自我感觉是他并没有死去，是一次误会，情急之中眼泪顺着脸颊流了下来，他也只能这样表达自己生命的存在。紧接着那人疯狂地哭喊着掀掉他脸上的蒙布，向他的身体扑来……不一会儿蒙布又被人重新盖好，又一次被掀掉，哭声渐渐地离他远去。丁克先生无限地焦虑，希望之火被燃起又被熄灭。有人在一旁说，眼睛还睁着，他真可怜，死不瞑目。于是一只手在他的眼帘上一摸，丁克先生的眼睛被迫闭上。黑暗和恐怖又一次笼罩着他。

他在刚才的一瞬间，看清自己躺在家乡的一间屋里，那些来回走动、围在他身边的好像就是他的亲人。这些熟悉的情景如同他幼年时亲眼目睹的任何一次葬礼，悲哀而隆重。他能感受到亲人们的气息在房间的每一个角落流动。

但他不敢相信自己已经死了，他不愿去想他的亲人们会狠心把他活生生的身体当作一具死尸。他希望有人会俯下身体听听他的心跳，或者用手来触摸一下他的脉搏。他躺在床上，内心激动地呼喊着亲人的名字,他的脑海里不断涌现出他们往日的笑脸。这时候,他的身边响起更多更嘈杂的脚步声,一下子许多人围到了他的身边,一阵阵温暖的新鲜的呼气在他身体四周弥漫着。然后,这众多的声音忽然停止。有人说,最后再看一眼吧。哭泣声又像海潮从遥远的海上涌向海滩……丁克先生想起了荒山野岭上那一座座坟茔,那些坟头四面干枯的野草,那些盘旋在空中的乌鸦。他的眼泪禁不住地往外涌着。好吧,下土吧,时辰已到。有人说。无数的浪头开始撞击在一起,发出凄厉而怨恨的声音,惊飞了那些栖息的乌鸦。我们来吧,有人说,于是许多双手从头到脚抓住了丁克的身体。他感觉自己正在慢慢地离开那张床,然后被举到半空中;他感觉到自己柔软的身躯一点点地变得僵硬,体内的热气化散在四周寒冷的空气中。接着,他感觉自己的身体轻飘而缓慢地朝另一个地方移动。有人说,托住他的头。便又加进来一双手。丁克先生的眼泪又一次流了出来,顺着脸庞一寸寸向那双手淌过去,淌过去……忽然又停住了。

这是一条通向棺材之路。丁克先生知道它的方向,多年以前,他幼童的目光曾经一次次地追随着大人们把死去的亲人放进了黑漆漆的木箱之内,这是短暂而又漫长的恐惧之路。死亡舔噬着他的心灵。果然,当他耗尽了身上所有的力量,他的身体被人慢慢地从空中放下,放在一床棉被上面。虽然人们是那么地小心谨慎,仿佛怕惊醒了他,他的手和脚还是碰到了棺材四壁的木板。

当最后一点光芒猛然消失,啪的一声棺材盖盖上,丁克先生大叫了一声,猛地从床上坐了起来,他身下的床板被震得吱吱乱响……这仅仅是一场噩梦,但那梦中的情形还在他脑海里晃动着，遥远的哭声拍打着四周黑暗的空气。丁克先生感受到了这黑暗中无限的孤独和凄凉，冰冷的泪水在他的脸上肆意地流着。

他不能不把自己的目光投向窗户，这时候，窗户上映着一片微弱的光亮；这时候，从屋外传来火车低低的鸣号声；这时候，树叶在风中哗哗地摇晃着；这时候，马路上传来零星的脚步声；这时候，清洁工人在用扫帚沙沙地擦过地面。这一切，让仿佛大难不死的丁克先生感受到生命存在的希望，他在慢慢地挣脱像锁链一样束缚在身上的恐惧。

他的呼吸微微地均匀起来。

她走进丁克先生的屋子，刚才她试着推了一下门，发现门虚掩着。他抬头看了她一眼，并没有很惊奇。这是她第一次走进这屋子，她的眼前，丁克先生颓然地坐在一张凳子上，双肘支着膝盖，双手托着下巴，眼睛一动不动地凝望着前方，在他身前不远处的地上放着一个大行李包。她是一个二十岁刚出头的姑娘，容貌俊美，皮肤黝黑，这是她来自农村的标志。丁克先生认识她，却很少与她打过招呼，更不用说在一起谈话了。丁克先生，要出远门吗？她问。清晨，当她去市场买菜，便看见他一摇一晃地离开家门，过了一会儿又步履蹒跚地回到家里。她以为丁克先生大病降身，这正好是她上门的理由。是的，很久，她才听见丁克先生的回话，我请假回一趟老家。

她十八岁那一年从农村来到这座城市，在丁克先生邻居一位老教授家中做用人。一段时间的城市生活，使她彻底地抹去对贫困家乡的思念，可她也时常为自己将来的命运担忧，她知道如果不经过努力，若干年后她会重新回到那块土地，在那贫瘠的土壤上生儿育女，苟且偷生。她决定在自己芳容未逝的年华，在这城里找寻一个有城市户口的丈夫。很久以前，她便注意到丁克先生，他是一个独居未婚的男人，和她一样从小在农村长大。她发现没有一个女人上过丁克先生的家门。过去她曾经多次面含微笑、热情地向他打招呼，就仿佛在向一块石头施以柔情。

清晨，晨曦初露。丁克先生从黑暗的屋中来到阳光下，虽然肚中空空，身体乏力，胃中一阵阵地向外翻着苦水，但精神却为之一爽。从学校请假回来，他把母亲的来信看了一遍又一遍，仿佛母亲就站在村头的高地上向他招手。此刻，面对收拾好的那一大包行李，他有点茫然无措，他已经失去了拎起这些东西的力量。

于是她从丁克先生的身边拎起这个大包，她从他的眼神中明白了他的难处。他感激地望着她，不知道自己该不该说声谢谢。她拎着包微笑地站在他面前，使他第一次真真切切地注视她，她真美，他想，一种对美的感受又一次回到身上。在他的注视下，她脸上泛起一层红晕。她说，走吧，我送你去车站。

丁克先生跟着她穿过候车室里密密麻麻的人群，来到站台上，此时她已经汗流浃背。火车还没有进站的那一刻，她在站台边买来一块面包递给他，你还没吃早饭吧，她说。不，我不想吃，他没有接，但他连忙说了声谢谢，这一声谢谢让丁克如释重负。她一直把他送上车，放好行李，她一句话不说地站在他的面前，她希望他能对她说些什么，哪怕一种眼神的暗示也好。可是他没有，他就像一堆烂泥一样倒在座位上。此时他的思绪已经飞到了家乡，飞到他母亲的身边。火车就要开动了，她默默地从他身边离开下了车，但她又有些不甘心，她再一次朝车上望去，看见丁克先生在车窗后向她频频挥手，他的眼里充满着感激的目光。

他真是一个少言寡语的人，在回家的路上她想，但人还是很老实可靠的。一路上，她觉得今天的阳光特别的可爱。

一个月以后，丁克先生回到城里。在那条通向家门的路上，她一眼便看见了他。这些天来，她每天在干活之余，便坐在教授家门前，注视这条道路；她仿佛一次次地看见丁克先生从这条路上走过来，来到她的身边，满怀深情地望着她……现在她这种期待的心情一下子喷发出来，她向他跑去。

他让她感觉到吃惊，他肩上扛着那个沉甸甸的大包，步履稳健地经过她的身旁，他好像并没有注意到她向他跑过来，而只是对她微微一笑便把她丢在身后，快步地朝家门走去。

一丝不悦的表情闪现在她脸上。

她还是跟着他走进他的屋里，她看见他已经把包打开，然后把包中的东西一点一点地倒在满是灰尘的桌上，那全是一些黄灿灿的稻谷，整整一包都是。他没有理会她站在他的身边，用一种不解的目光注视着他。他微笑地捧起一把稻谷，然后又让它们顺着手缝淌到桌子上。丁克，她朝他喊了一声，他没有反应，在她的注视下，他又来到一面镜子前，他注视着镜子里自己的头顶。在屋里昏暗的光线中，她隐约地看见他头顶上浅黄色的细茸茸的毛发，就像干涸的沙漠中长出的几棵小草。他慢慢地把手举了起来，放在自己的头顶上。

很长时间，她已经被他遗忘在寂静的屋子里。在她的脸上轻而易举地显现出一种失望而悲伤的表情。她的心里又在犹豫不决，是马上离开还是继续等待。她希望……但又觉得自己很傻。

丁克先生忽然从镜子前离开，一转身，又向屋外走去。

他站在门前的空地上，这里是一块面积不小的泥土地。在这排平房前，家家都有一块这样的空地，如今干硬的土壤一遇到雨天便淤积着泥水，泥泞不堪，需要垫上红砖才能行走。多数人家在这上面种上一些花草或者是丝瓜和葡萄之类爬藤植物，以供观赏或遮阳之用。她站在门边看着他顺着自己这块土地的边缘，迈着方步，一步一句地念着数字：一、二、三……她决定马上离开他。否则我也疯了，她想。她经过他的身边，他用眼睛的余光偷偷地扫了她一眼。

这是一个满天星斗的夜晚。她在睡梦中被门外咚咚的响声惊醒，她穿好衣服走到户外。在她的眼前，皎洁的月光像给她脚下的土地洒上银白的霜雪，丁克先生的身影在地上来回地晃动。她踩着他家门前那块已被刨松的土地，来到正在挥动锄头的丁克先生身后，他好像全然没有察觉。

你在干什么？她问。

他猛地一惊，锄头停在半空中，过了一会儿才回过头来。

是你。他缓了一口气。把地刨松种一点东西。说完他又埋头干了起来。

他很疲惫地边干边喘着粗气。

要我帮忙吗？她问，种什么东西？

庄稼。

什么？他回答的声音很轻，她又故意地问了一句。

粮食，把我从家乡带来的稻种种在上面。他像一个农民一样停下手中的活，双手支着锄头望着眼前的土地，他的脸上有一种不易察觉的幸福感。这块地我量过了，还能种不少庄稼呢。

不要把地踩坏了，他对她说。她走到他家的门前，把放在一张凳子上的毛巾递给他。她注意到他此时完全是一副农民打扮，赤裸着上身，下面只穿着一条短裤，赤着脚站在地里。裸露的身上尽是凸起的骨头。

你又不是缺吃少穿，她说，什么样的粮食城里没有卖的？

你不懂，他说。他用手摸了摸自己的头顶。再好也不如我们家乡的粮食。

他的母亲第一眼看到儿子的时候，眼泪便禁不住地落下来。她把丁克先生抱在怀里，用她干瘦的满是老茧的手抚摸着儿子光秃秃的头顶，她的嘴里开始絮絮叨叨地数落起城里人的恶毒和刻薄。她不敢相信眼前的儿子变得如此瘦弱不堪。可是过了一些天后，儿子在她面前提起他要辞职回乡，她的眼泪就流得更多了。你是我们村唯一进城的大学生啊，当丁克先生听到这话，便一声不吭地离开她的身边来到田埂上。田野里，一望无际绿油油的稻苗，散发着沁人心脾的芳香。

短暂的几天里，他就能感觉到自己的身上在发生一些明显的变化，他感到一种活力又重新回到自己身上，他在母亲诧异的目光注视下，几乎是狼吞虎咽地吃着家中的米饭……特别是他觉得头皮发痒，后来头上又长出细茸茸的毛发，他差点快乐得发疯。他坐在畦垄间,一种种幸福的念头就像涓涓细流流进已经干裂的土地。

他主动回绝了母亲给他物色的姑娘,他已经不在乎那个女孩扫过他头顶的目光。那时他脑海里晃动的是无数的黑发向他头顶飞来。

丁克先生早年的农村生活培养了他,虽然现在他时常感到力不从心,面对脚下的土地他常常会头晕目眩,但这农活还是一天天地进展着。坚硬的泥土被他一遍遍地翻松,土里的砖块瓦片被他一块块地捡到一边……他用泥块和红砖在这块地的四周围起了一道矮墙,上面插着一根根竹竿和树枝,再用绳子把它们连起来,以防被风吹倒;他在田地中挖了一道道浅浅的小沟,以备水流通过。有一天,她在窗内看见他很艰难地挑着两桶粪便,用勺慢慢地浇在松土上……于是在很大范围内都能闻到浓浓的臭气。

正好教授的妻子在屋里经过窗边,他在干什么,她问她。这些天邻居们都对丁克先生的举动疑惑不解。他要在门前种庄稼,她冷笑着回答,如今正在施肥。

什么?在这里种庄稼?教授夫人既吃惊又愤怒,他怎么能这样干呢,不行,我要跟他说说。

她在窗内看着她气冲冲地向丁克走过去,不一会儿又气冲冲地走回来。教授夫人在丁克先生身边,挥动着拳头。他把手中的粪勺丢到桶里,里面的粪便差一点溅到她的身上,她吓得往后一跳,臃肿的身躯险些倒在地上。丁克先生走回家,嘭的一声关上门,等她走后,又重新回到原地干活。

为什么不想办法制止他呢？她对气得直喘的教授夫人说。

过了两天，丁克先生离开家上班以后，在教授夫人的一声呼唤下，从邻居各家各户中走出来许多大人和儿童，他们像蚂蚁一样由四面八方向丁克先生的地里汇集。人们满面春风，喜气洋洋，仿佛过年的人们向公园里走去。他们相互点头，打着招呼，大人们提醒孩子不要用手去玩泥巴，避免粘上粪便。他们来来回回地在这松软的地上用脚用力地踩着，他们谁也没提起丁克先生，谁也不会去提。他们说起今天的天气、今天的新闻，以及这些天发生在这城里的轶闻趣事，但也没忘了朝那条丁克先生上下班的路上看上几眼。她也在其中，她领着孩子们用手拔掉那些竖着的竹竿和树枝，然后一二三齐心协力地推倒那四面的矮墙……老教授迈着蹒跚的步子加入了队伍，一不留神，他的鞋子上粘上了一大块粪便。他摇摇头无奈地笑笑，没想到他这一笑，大家都跟着哈哈大笑起来。

这些天来，丁克先生都是安详而甜美地进入梦乡，他会在半夜醒来，趁着月光在他的田里巡视一番，然后再回到床上梦想丰收的情景。地里已播下家乡的稻种。如今，他喜爱室外夜晚皎洁的月光、白天炙热的太阳，这一切都点缀在他丰收的美景中。他的皮肤在阳光的照射下变得黝黑而健康。他也喜欢坐在灯光之下，脸对着镜子用手在头顶上抚摸，一旦他的手碰到那些正在茁壮成长的头发，泪水和笑容便在他的脸上蔓延。

当他急匆匆地回到家门前，面对眼前的情景：田地被毁，地上到处都是砖头石块，到处都是人们留下的脚印，甚至还有一只沾着粪便的鞋子……他腿一软，咕咚一声瘫坐在地上。

他的体内有一种剧烈撕痛的感觉，这感觉由四肢顺着颈脖向头顶涌去。在他模糊的目光内，周围的房子仿佛正在晃动着，有无数的身影从屋子里窜出来，在他的面前来来回回地跑动。他拼命地伸出手想抓住他们，却抓住从空中飘下来的黑发。那些人用手取下自己的头发，然后又戴上，他们冲他笑着扮着鬼脸……他猛然向那些头发扑去，在明亮的月光下这些头发一根根地钻进他身下的土壤中，顷刻之间消失得无影无踪。丁克先生用手挖着泥土，把它们捧起在半空中，然后这些泥土又像从天而降的雨水纷纷扬扬地撒在他的头顶和身上。

于是整个夜晚，人们便又听见从那块地里传来的丁克先生来回走动和他粗重的喘息声，几乎所有的人都被这声音扰得无法入眠。第二天天刚蒙蒙亮，有人就看见丁克先生提着一个篮子离开家门，等到许多人上班经过丁克先生门前的时候，就发现在那块重新被围起的土地上竖起了一个牌子，上面醒目地写着八个字：

禁止入内

小心毒蛇

丁克先生有被蛇咬过的记忆，如今他一想起便内心充满恐惧。那也是一个夏日的夜晚，他的父亲背着他走过几十里山路赶到医院，他在病床上昏迷了三天三夜，险些丧命。丁克先生恳求那个卖蛇的贩子拔掉毒蛇的牙齿，他说，难道我就没危险了吗？

六七月份，这个城市进入梅雨季节。充沛的雨水肆虐地掠过天空，在大街小巷汇聚成河。这一天，丁克先生坐在门里，看着屋外连绵不绝的雨水顺着他挖好的排水沟流淌着。眼前的田地里到处是一片绿油油的禾苗。忽然从远处走来几个人,他们穿着军用雨衣,站在院子之外,昏暗的光线下无法看清他们的脸。他们高声地冲着他叫喊,是丁克先生吗?跟我们到居委会去一趟。

丁克先生被人带到一间会客厅,一张很长的办公桌后并排地坐着刚才找他的男女。丁克先生低着头,坐在他们对面的一张矮凳上,他正在看着自己滴水的裤脚和刚才穿过田地粘满泥巴的脚趾。

你知道我们为什么要找你吗?有人说。

他抬起头,目光从他们的身上移到他们身后的窗外,屋外的雨珠噼里啪啦地打在窗檐上。雨不能再下大了,否则会冲垮我的稻田,他想。

你在公共场合种庄稼,并且养蛇……你在侵害大家的利益。

这个屋子是否太大了,这里的人好像蛮面熟的,他想,我一定要快点离开这里。

你为什么不说话?这人的声音很尖厉。

可是丁克先生依旧一声不吭。他试着微微转动一下身躯,脸朝着大门。他看见雨水慢慢在门前的水泥地上汇集起来,他暗暗地盯着外墙上的一个标记,他想如果水漫到那里,他不管怎样也要跑回去。门外传来汽车的鸣号,在他听来仿佛是青蛙的叫声。

丁克先生,换了一种比较温和的声音。你是一个有知识、有文化的人,你应该懂得国家的法律,再说,一些起码的公共道德你也该有吧,你不能为了个人利益而置别人的安危而不顾。这声音停顿了一下,继续说,你可以马上回去,放弃并且销毁你所做的一切,我们想,对你的处理也只是以罚款的形式……

话还没说完，屋里的人便听见扑通一声。他们眼看着丁克先生整个身体往后一仰，重重地倒在凳子后面的地上。他们连忙从桌子后冲到他的身边，手忙脚乱地把他扶起来，然后又把他抬到桌子上。丁克先生的头顶渗出了一点血迹，粘在他已经长长的头发上。他的眼紧闭着，有人把耳朵贴在他的胸口上，听了很久，又用手翻开他的眼皮，对旁边人说，他没死。

过了一会儿，他们看见丁克先生嘴在微微地翕动——我要回家。

丁克先生从这屋里出来，在大雨中他感到寒冷。刚才的那一幕情景好像已被雨水冲刷掉了，丝毫没留在脑海里。那间屋子门前，被他撕碎的罚款单漂浮在水面上，不一会儿就被水流冲走。丁克先生快步地在街上奔跑，忘记了头上的疼痛。

阴暗的天空逼压下来，大雨让他眼前变得模糊不清。他睁大眼睛凭着记忆一边摸索一边扶起被雨压倒的禾苗。他摸到了一些压伏在禾苗之上的砖块，他的耳朵清晰地听见石头落地的声音，他朝石头飞来的地方爬去，又小心翼翼地不让身体碰到禾苗。这时候，他看见她站在田里，正举着一块大石头，大雨让她的长发披散下来，额头、嘴边以及整个脸部都被湿淋淋的头发覆盖着。他听见她牙齿在打战，嘴里发出咒骂的声音。这时候，丁克先生猛地站起身，在电闪雷鸣之中，他发出了一种可怕的吼声，他向她扑了过去，把她连人带石头推倒在低矮的泥墙上，她的身体随着围墙的倒塌翻滚在没膝深的积水中。

丁克先生就坐在一片金黄色的稻田之中，被他身躯压倒的稻谷的尖芒刺入他的肌肤。这时候，晴空万里，阳光铺天盖地地向他涌来,在阳光下面,丁克先生宛如一尊石像静止不动。他的目光一直在注视着那扇门——教授家的那扇门,目光仿佛穿透了屋门,走到寂静的房间里。这时候,他的身上栖满了昆虫,在他身边不远的地方,飞来了几只欢快的麻雀。

幸福像阳光一样。

丁克先生的头顶已经生长出浓密的黑发,黑发缝隙之间,落满了谷穗、泥块和小昆虫。今天,他只穿了一条短裤,根根筋骨从他的皮肤下凸现出来,他那条细长有力的腿淹没在稻谷之中。

这是丰收的时日。

那扇门紧紧地关闭着,听不见有人在走动和说话。太阳从早晨到中午就一直照射在上面,古铜色的大门反射着光芒。现在,在阳光照不到的阴暗之中,它给人一种冷飕飕的感觉。

没有人打扰此刻的丁克先生。

他仿佛看见母亲从遥远的地方走来,在他的身边用手抚摸着他的头……他仿佛看见她微笑着从教授家的窗后一闪而过,然后又从门后走了出来……他仿佛看见自己走在大街上,人们都用一种惊喜的神情望着他……他仿佛看见他站在讲台上,面对着学生,挥动着手臂,嘴里在滔滔不绝……

沉默的丁克先生,在他的身体下部,有不易被察觉的一块块的血迹,这些血迹粘在稻谷和泥巴之上,有的已被酷热的空气蒸干了。新鲜的血液又从丁克先生的伤口流了出来,它流得很慢、很慢,顺着腿脚一点一点地滴在地上,它引来了无数的蚂蚁。

一条腿已经由红肿变得乌黑,逐渐麻木。在这条腿旁,蜷伏着一条有毒的花蛇,它细长的身躯,很小,又很美丽。此刻,它嘴里吐出红红的信子，目光注视着身边这个庞大的身躯，这个被它咬了一口奄奄一息的丁克先生。

　　最后，它看见这个庞大的身躯仰倒在地上，头枕着麦穗。还剩最后一点知觉的丁克先生努力睁开眼看了看蔚蓝的天空，他举起一只手在半空中划出一道美丽的弧线，放在自己的头顶上。他开始笑了。最后，在九月间，丁克先生口中吐出了寒气，闭上了眼睛。这条美丽的小花蛇慢慢伸展开身躯，爬上丁克先生的身体。它穿过了丁克先生浓密的头发，用舌尖轻柔地舔着丁克先生干燥而毫无血色的嘴唇。

　　丁克先生接受了死亡。最后。

大　床

　　过了夏天，我们就要搬到新居里去了。现在万事俱备，只是还缺一些家具：一张餐桌和一张书桌。它们会为我们的新居锦上添花。我的妻子现在总是想象着不久后的一天，在我们装饰一新的新家中，我们的亲朋好友坐在餐桌四周举杯畅饮，对我们装修啧啧称赞的情景；而我则希望能尽快地坐在书桌前，适应新的环境，找到以前写书的感觉。我想这张新的书桌一定要让我感觉到亲切，而且还要放得下一台电脑、打印机和一些随手要翻的书。几个月的装修已让我们精疲力竭，而且负债累累，但我们毫无怨言——今生难得一次，谁能想象我们过去住的"鸡窝"是什么样呢？

　　我们跑遍了全市大大小小的家具城，要用我们手头仅剩的一点钱来实现我们的愿望这可不是易事，必须和卖家讨价还价，还要忍痛割爱。我现在能感觉到钱是世界上最少不了的东西啦。那些让我们满心欢喜的家具——很多时候，我们的眼光都不错，我们只能依依不舍地回头顾望，或者用手摸摸。过了几个星期，在一家家具城里，我们费尽口舌，总算订下了一张餐桌。一张价格不菲的餐桌。妻子对犹豫不决的我说，没有这张餐桌，你父母兄弟姐妹来吃饭的时候坐在哪里，再说，你一个人用的书桌为什么要那么好呢？

妻子愉快地拉着我在这家家具城里寻找我的书桌，用剩下的钱能买到一张怎样的书桌，我是可以料想到的。我不是斤斤计较的人，但我觉得这样做会委屈了我的文学事业。我们从一楼上了二楼，突然间，她叫了一声，你看那张床。她拉着我朝一个角落快速走去，她甚至有点小跑。等我们来到跟前，我有点吃惊地望着这张床，我从没有看见过这么大的床，大得有点离奇。它放在角落里，却非常醒目地让我妻子一眼看见了它。

我喜欢这张床，妻子兴奋地说，我们问问价格。

如果一个人站在它的面前，马上就能想象一个身材高大的篮球运动员和他又粗又壮的妻子躺在上面的情景，再遥想一下就是那些荒淫无度的古代君王在这种大床上糟蹋了多少美丽可怜的少女。这张有点传统风格的床太大了。我说，它会占据我们大半个卧室的。

我一定要买它。妻子问了价格后非常坚定地说。

我能理解她对一张大床的渴望。自从我们有了儿子以后，我们俩结婚时买的那张床要睡三个人已经非常困难了。我们可爱的儿子睡在我们中间，我俩必须时时小心以防我们的身体压住了他幼小的身躯。后来，我们换了方向横躺在床上，脚伸到床外，寒冬腊月常常脚跟冰凉，早晨起来还腰酸腿疼……到最后，我宁愿一个人睡在沙发上，不和他们母子挤在一起。

你决定吧，我说。我努力地不让自己去想我的书桌。我不想在大庭广众之下惹她生气。

我能在这床上躺一下吗？妻子高兴地付过定金后对售货员说。我看见她身子重重地往后一仰，四肢摊开地躺在这巨大的床上。

她表情甜蜜地望着我。

妻子带着几个人把床抬进家门的时候，我正坐在以前我那张又破又小的书桌前，面对着电脑发愣。我无法找到一种全新的感觉，过去的灵感也消失无影。你过来帮忙，她冲我叫喊。我们四五个男人费了很大气力，必须先把它拆散，然后在卧室里重新组装。我们汗流浃背。等搬运的人走了以后，我也回到了书房，重新面对干净的显示屏。我知道她在卧室里铺床。要想把床铺好并不容易，必须要有巨大的棉花胎和床单。

亲爱的——我听见她在喊我，等我慢腾腾地走进卧室的时候，我看见她已经躺在床的中央，就像平原上隆起的山包，而她的头露在被子外面，地板上到处扔着她的衣服。她的目光中有一种少女的柔情。

来吧，我听见她说，脱掉你的衣服。

我知道今天的时光将在床上度过了。这些天我们为了搬家，把孩子寄放在我父母那里。这种难得的自由她是懂得珍惜的。谁又能知道我们已经有多少天没有干过这种事啦。过去那个时候，她必须小心谨慎地从睡熟的儿子身上跨过来，然后静静地趴在我的身上，我们必须防止我们的动作吵醒了儿子，更主要的是怕我们粗重的身体碰到儿子娇嫩的躯体。后来，我们厌倦了这种提心吊胆、索然寡味的事情。

快点。她喊着。我看见她已经急不可耐,她的脸涨得通红。

我们在床上翻滚,大汗淋漓。我从来没有发现她如此疯狂。等到一切淋漓尽致的时候,她四肢摊放在床上,眼睛睁着望着我,说,这张床怎么样?一点声音都没有。我昏昏沉沉地躺在她身边,唯一清醒的就是书房里的电脑还开着,有一些重要的事情正等着我呢。

我不是胸无大志,沉迷于欢乐的人。自从我们买下这套房子,一直到装修完毕搬进来住,已经有大半年时光了。这段时间,我的朋友们奋笔疾书,一篇篇的稿子登在杂志上。我必须时常为自己找一个借口,并把希望寄托在我搬入新居以后。我认为,在许多时候,我必须离这张床远点。如果我不小心,我的妻子会趴在床上像野兽一样把我吞下去。

我慢腾腾地从床上爬起来。你去哪?她在我身后问。去书房,我说。我想在书房的沙发上躺一会儿。

小心你的身体。她语气恳切而充满关爱。她心满意足的时候,常常会这样。

我的儿子回到我们身边,然后是接二连三的亲朋好友登门拜访。我们的新居充满着欢乐与喧闹。我的妻子脸色红润,精神焕发。她喜欢热热闹闹,喜欢人们来分享她的欢乐和自豪。这么大的床!哇,好漂亮的床!……来的人站在床边,失声感叹。妻子坐在床上,仰望着人们,神态显得娇媚动人。我无法忍受人们此刻浮想联翩,看到人们的表情诡秘,我感觉羞愧便躲到书房中。儿子推门走了进来,晃晃悠悠地爬到我的腿上,看着屏幕说,爸爸,你在看电视啊？我说，这不是电视，是电脑。我让他敲了一会儿键盘，把他从腿上放下去，他突然对我说，爸爸，我要一个妹妹，以后晚上和我们三人睡。我拉住他问谁教他说这句话的，他说，是一个伯伯跟我说的。

我们送走了客人，妻子带儿子进卧室哄他睡觉，我进了书房。过了一会儿，妻子悄悄地走了进来，她趴在我后背上望着屏幕，问，写得怎么样，有感觉吗？我摇摇头，回头把刚才儿子说的话跟她重复了一遍，没想到她却笑了。要是能生，我还就想要一个女儿呢，她说。我说下次来客人不要刻意去介绍我们的床。怎么啦？她眉头一挑大声说，床是我们自己买的，放在自己家还怕别人说闲说？一定是你那堂哥，生不出儿子还要烂舌头。

我偏要在这床上快活快活。她赌气地拉着我朝卧室走去。

床已经铺好了。她让儿子横着睡在最里面，儿子的背朝着我们。她用一床折好的被褥把他和我们隔开。我的妻子不是一个蛮不讲理的人，她有很高的学历，但她很要强。她在我身上很用力，我让她动作轻一点，不要吵醒儿子。她说，没事，这床很结实，不会晃动。儿子翻了个身，面朝着我们。她停下来，把儿子翻过去，又来到我的身上。

她翻个跟头也不会滚到床下去的。这张床很大。

她和儿子都喜欢这张床。几乎每天吃过晚饭，她就和儿子爬上床。她在床上看报纸或者看电视，教儿子在床上翻跟头……这张床确实很结实，经得起折腾。空闲的时候，她往商店里跑，为这张床买一些合适的床单。要想买这么大的床单可不容易，而且还要让我产生好感，像一个女人身上性感的衣服一样。我是已经有点惧怕这张床了,它常常让我一早起来腰酸头昏,后悔不已。

一天早晨,她待在卫生间里很长时间,等我靠近的时候,听见她在里面吐。我拉开门进去,发现她脸色很苍白。她用毛巾擦擦眼睛和嘴,说,我没事。我刚要离开,她又在身后喊我,她说,我……我担心我怀孕了。我想起她已经有一段时间没在床上找我了,她一定有所预感。我说,你不是上了环了吗?她苦笑着说,说不准,我今天到医院查查。

我一直在单位等她的消息。我有点心神不宁。下午四点钟,她从医院打电话来说,是怀孕了,你今天去接儿子吧。我和儿子待在家里等她,天已经黑了,没有她的消息。我在儿子的屁股上打了几巴掌,让他不要烦我。六点半,她和她姐姐推门进来。她看见我站在门口,一脸焦虑,就说,我没事。说完就晃悠悠地躺到床上去了。她姐姐说,我们一直在等医生安排,所以回来迟了,明天上午手术,你不用太紧张,没事的。我朝她感激地笑笑。她带着我儿子进厨房给我们弄饭吃。我走进卧室,看见妻子躺在床上,一脸倦容。她听见我进来,睁开眼,目光有些浑浊。我安慰她说,没想到,你还真想给我生个女儿呀。我不知说这玩笑的时机是否把握得准确。

就是给生,我也不会生的。她有气无力地说。

第二天,等我从单位请假赶到医院的时候,她已经进手术室了。我没跟领导说我妻子怀孕的事。她的父母也来了,岳母一个劲地伸着头朝里面望,嘴里念念叨叨,怎么还不出来,怎么还不出来。岳父寡言少语。他似乎比我还紧张。我递了根烟给他,我们站到露天空地上抽烟。他终于吞吞吐吐地说了一句,你们要注意……身体。

听见医生在喊病人家属,我连忙跑了进去。一个中年男医生把我叫到一边,对我说,你妻子怀孕快有两个多月了,要弄干净不容易,所以手术时间长些,我怕你们担心,跟你说一声。他的语气很亲切,我感激地抬头朝他笑笑,又赶紧低头盯着自己的脚,我感觉我的左脚要比右脚大。他说,你不用紧张,带环怀孕的事经常发生,手术不会出问题的,只是……我抬头看着他。只是你爱人有子宫炎,你们以后房事要有节制,他慢腾腾地把话说完。

妻子被她姐姐从里面搀出来,她脸色苍白,身子很虚。她有点埋怨地望了我一眼。老天,这种事发生,不知道应该怪谁。我还没把表情调整好,她就跟着父母坐上出租车一溜烟地回娘家去了。我回到自己的家中,我母亲打电话来说,他们把我儿子接过去了。他们没有在电话里怪我。

我一个人守着这间新屋。晚上一个人躺在这张大床上,翻来覆去地睡不着。寂寞的感觉一闪而过,更多的时候是在想我的小说。令人安慰的是,我的小说进展不错。

人们也知道了这件事,他们朝我含蓄地微笑。我不容许有人和我当面开一些尴尬的玩笑。一个月后,妻子一个人回来了。她变胖了,脸色红润。她来到卧室,开玩笑地说,这段时间,有没有其他人上过这张床?我恶狠狠地望着她。我后悔我没有给这个骄傲的女人一点教训。这么大的床一个人睡真有点可惜。晚上我们钻进各自的被窝,她见我睁着眼望着天花板,就问,你在想什么,在想我吗?

不！我说，你太胖了。

他们来我家拜访的时候是一天晚上。很年轻的一对夫妇，男的白白净净，女的漂漂亮亮。他们一进门就用广东话喊我叔叔。男的说是我远房的一个侄子。我望着这对比我小不了多少的男女，想了半天才认为我应该有这样的亲戚。他们说到南京来玩，住在大伯家，顺便来看望我们。他们提到的大伯我倒熟悉，曾经来过我新家做客。也许广州人很富有，他们也挺大方，随身还带了许多礼物。我的儿子喊了声大哥哥大姐姐好，就接过他们的玩具汽车，在地上玩了起来。妻子热情地带他们参观我们的新居。每到一处，他们总是交口称赞。来到卧室，我的这个外侄媳叫喊了一声，真是一张好漂亮的床，好大好大！实际上这时床上的被子都没叠，有点凌乱。我的妻子已经不像当初对这张床那样热情了。我怀疑是他们的大伯在他们面前说了些什么，所以她的叫喊听起来有点刺耳。

我的侄子干脆在床边坐了一下。

现在我们的生活正常了许多，衣食起居也很有规律。我的写作也有了起色。很少再有亲戚来串门，突然来了个远房亲戚……妻子翻着他们留下的礼物，猜测地说，送这么厚的礼，不是要让我们帮他们办事吧？我们能帮他们办什么事？他的大伯还不清楚，你不要误会我侄儿的一片好意，我有点护短地说。

我认为我们应该请他们吃一顿饭，我说。

我们商量该如何请他们，还没有和他们联系，周末，倒是这位侄儿打电话请我们一家晚上到饭店用餐。妻子说，他们说不定是做生意的,肯定很有钱。我们一家三口经过一番精心打扮,来到了一家豪华餐厅。他们小夫妻俩站在门前,满脸堆笑,拱手相迎。他们领我们进了一个小包间,落座以后,开始喊小姐点菜。许多菜我是知道名称的,但觉得在这样的场合点着吃,它们价格不低。我们无法怀疑别人对我们的热情,但看着服务小姐们进进出出,端上一盘又一盘佳肴时,我总觉得受之有愧。从来还没有一个晚辈这样尊敬我。不要客气,不要客气,我一遍一遍地说。妻子干脆冲着小姐说,不要再上菜了,这么破费干吗……

我们广州都是这样的,我的侄媳说。

我让自己相信这顿饭对他们算不了什么,他们腰缠万贯又热情大方。我的儿子已经按捺不住兴奋,站在凳子上,手伸向盘子。妻子大声地吓唬他,侄媳把他抱在身上,把菜堆在他面前的碗里……我满面笑容地望着这一切,他们的热情感染了我。我端起了酒杯。喝——我大声地说,然后一饮而尽。我不是一个能喝点白酒的人,但这次和侄媳碰杯的次数比任何一次都多了许多。

我的妻子没有在桌子下用脚踢我。她也喝了不少。她脸颊泛红,一次次地主动端起酒杯,一饮而尽。自从堕胎以后,很久没看见她如此高兴了。我的侄子端起椰奶,殷勤地和我们的白酒相碰。他不能喝白酒,我的侄媳说,他一喝就醉。我现在知道他的皮肤为什么这么白了。显然,在他们夫妻中,我的侄媳能干得多。她是一家之主,要她出头露面。

还要再来点什么吗?侄媳问。

行了,行了,我已经吃不下了,我打着饱嗝说。

我撑死了,我也不想吃了,我的儿子大声地叫喊。

我们听了哈哈大笑。一顿丰盛的晚餐让所有的人红光满面。我们夫妻心存感激,无以言表。谢谢你们,谢谢你们的热情……款待。我妻子说话已经不很利落了,她站起来拉着儿子告辞,我们该走了,明天请你们上我们家来。

我不想走,我还要玩。我的儿子摆开他母亲的手。

叔、婶,我们再喝点茶跳跳舞吧。我的侄子和他媳妇异口同声地说。

我们进了舞厅。我和老婆已经跳不动了。我们坐在一边看这对小夫妻翩翩起舞。我的侄媳舞姿动人。他们小两口很会享受,广州人就是比我们南京人开放,懂得生活,我的妻子说,你的侄媳人长得漂亮,又很能干,不知道她怎么看上你的侄子。他们大汗淋漓地从舞池中退了下来。侄媳又拉着我的儿子在舞池中转了几圈。

我的表弟是个小舞星。她回到座位上时说。

我们喝着茶,享受着美妙的音乐。他们夫妻俩静静地不再言语,时而相视一下。我已经察觉到这一点。我感到他们似乎有什么话要说,又不好开口。

你们到南京来有什么事要我们帮忙的吗?我主动说。

是啊,如果有什么困难,看看我们能不能帮帮你们。妻子显然也感觉到了。

我们……侄媳欲言又止。

说吧,我说。

是这样的,侄媳看了一眼她的丈夫说,我们想在南京多玩几天,我们住在大伯家,可他家地方小,人又多,我们这次来匆忙中又忘带了结婚证书,住饭店不方便,我们想能不能……住到你们那里?

行啊,你们明天就搬过来吧,我很干脆地说。我看了一眼妻子。

搬过来吧,不要紧的,我的妻子有点勉强地说。

我说宴无好宴酒无好酒吧,他们早就商量好了,回到家妻子说。人家对我们这么客气,谁出门不靠亲戚朋友,再说,他们也住不长,这点忙我们总该帮的,我说。可让他们住在哪?我们只有一张床,那张旧床已经送人了,我们不能就为他们再买一张床吧,妻子说。那就把我们的床让给他们,我们打地铺,我说。胡说,你把床让给他们,我们的儿子睡在哪,你不能让儿子也睡在地下吧,妻子有点动气地说。

那就等他们来商量商量再说吧,我说。

他们拎着行李上门来了。又是一大包礼物。……叔叔、婶婶你们不用操心,我们可以睡在地下的,我的侄媳说。是啊,我们在大伯家也是打地铺的,真不好意思,我们已经给你们添麻烦了。

这……我有点愧疚地望着他们。

好呀——哥哥姐姐住在我们家喽。我的儿子开心地叫了起来。

吃过晚饭,他们一早进了我的书房,过不久就关灯睡觉了。我和妻子躺在床上,听书房里的动静。那里静悄悄的。儿子也进入梦乡了。妻子躺到我的怀里,幽幽地说,我现在倒觉得有点不好意思了,他们很本分,很老实,让他们睡在地下……

你呀——就是这么小心眼,我说。

他们确实是很懂事的人。早晨,他们和我们打过招呼,就上街去了。他们说他们有在外面吃早茶的习惯。晚上,等我们吃过晚饭后他们再回来。和我寒暄几句就进书房睡觉,他们不让地板发出一点声响。他们不想给我们添太多的麻烦。

妻子望着儿子玩他们给他买的玩具,说,现在年轻人像他们的还真不多,多好的一对小夫妻呀。我看出来她开始真心喜欢他们了。

一天下午,妻子上班去了。我一个人待在书房里。我现在只能用这些时间来写作了。我听见敲门声,看见侄媳一个人站在门外。那天的天气有点热,她手里拿着一顶草帽,扇动她飘逸的长发。她说我侄子在街上买东西,她累了,就一个人先回来了。我和她进了书房,她看见我的电脑开着,就说,不好意思,我打扰你写作了。我知道你是个作家,我看过你的作品,写得真好。

我不好意思地笑笑,把电脑关了。和她面对面地坐着。

我在你书架上翻到你的书的,她接着说,你能送我一本吗?再给我签个名,好吗?

可以可以,我赶忙找到一本书认认真真地签好名递给她。

她双手接着。望着我朝我浅浅地一笑。

她很美。笑中有无限风情。

她一直盯着我,然后又慢慢地低下头去。我感觉她的眼神有点特别,和她接触还从没有看过这样的神情。

她确实很美,身上有一种活力。和她独处一室让人有点心动。

我不敢想象下面将发生什么,任何事情我想都会无法抗拒的。我紧张而又心虚地望着她,我等待她重新抬起头来。过了很久,她才慢慢地抬起头,眼里却带着泪水。

我听见她说,叔叔,我想求你一件事,请你一定要答应我……

她的脸色绯红。

晚上，在卧室里。我把她的话对妻子说了，没想到她一口答应了。她说，我们为什么不成全他们。好可怜的一对小夫妻……没想到你的侄儿有这种毛病，唉，难怪我看他弱不禁风的……我们的床要真能……我去找她说。说完，她去敲书房的门，把侄媳喊到了客厅……

第二天是个星期天。我们带着儿子一大早就离开家，我们把卧室门敞开着。妻子在我们的大床上铺上了一床崭新的床单。这一天阳光明媚。我妻子高高兴兴地拉着儿子走在大街上。她现在是天底下心地最善良的人。她把一切美好的祝愿挂在她的脸上。她对我说，我们把儿子送到你父母那里去吧，我们睡在书房，让他们小夫妻俩在我们家多住几天……如果我的床能治好你侄儿的病，我们将来就把自己家变成一家诊所……

我无法不去想象我的侄媳躺在我这张大床上的情景。她很美。但我不愿我的脑海里出现我那白白净净的侄子……

下午，我们把儿子送到了我父母家。快到傍晚的时候，我们往家里走。今天晚上我们要请他们小夫妻俩在饭店里吃晚饭。这是我妻子的主意。庆祝一下，她是这么说的。我们推开大门，屋里静悄悄的。我一眼看见他们俩穿戴整齐地坐在客厅里。脚下放着行李包。显然他们在等我们。

怎么，你们现在要走？妻子说，不多住几天？

他们头低着，脸色并不好看。

看来还是不行，我想。

对不起，我们把你们的床……我的侄子吞吞吐吐，没有把话说完。

我和妻子来到卧室。被子和床单整整齐齐地放在一边的凳子上。我们这张巨大的床,有着古典的民族风格。它有着四个弓状的腿。自从我们买下这张床后,我第一次认认真真地欣赏它,但我现在看到的是,它两个腿已经断了,像一只受伤的野兽伏在地板上。

他们弄坏了我们的大床。

左边城市

早晨天是好的。妻子开门的声音吵醒了我。我打开门走到屋外的时候,她已经不在房内,她上菜市场去了。

地依然潮湿,能看见她的脚印。

院子里有几盆花,有一两种我叫不出名字,她侍弄的时间多。我打着哈欠走过去用手去摸露在泥上的茎秆,发现有些已经开始腐烂,也许是一个多星期下雨的缘故。

我把门关紧,朝菜场走去。菜场人很多,像刚上市的蔬菜一样。我想找到妻子,帮她拎拎菜篮子。她一定会买许多菜,这是她的习惯,何况天难保不再下雨。我在人群中来回走了几趟,没见到她。今天是周日,我们休息。我走到路边的一个院子门前,推开半掩的门,走了进去。院子中间是天井,有一口废弃的老井。顺着碎砖地,我登上有点摇晃的木质楼梯,上了二楼。

我敲门,没有回声,想转身下楼,门却自然开了。我走了进去,没看见人。外屋的餐桌上放着早点,用手一摸,还有一点热。里屋很暗,窗帘拉着。我打开灯,床上空无一人,被子零乱地堆在一起。我把窗帘和窗打开,一阵新鲜空气散了进来,我点着一支烟,站在窗边看着楼下来来往往的人群。

我瞧见妻子手里拎着一捆菜,在人群中低着头走。我没有喊她。我打了一个哈欠,回身躺到床上,闻到枕头上一股淡淡的香水的气味,我仰面环顾墙壁四周,没有看见有什么人的照片。我看见冰箱上花瓶里插着一枝黄色的菊花,花色依然很纯,好像那是我前几天刚送来的。

电话铃声把我从迷迷糊糊中弄醒,我听见一个女人的声音,她说:"你在我家里吗?"我说是的,她开始沉默不语,我说你在哪里,她说我在二号宾馆。

我把放在桌上的早点吃完,走下楼。菜场人已稀少,天依然不错。我快走到路口的时候,看见妻子正半蹲在地上,和一个老农在讨价还价,我经过她的身边,看见她后脖子上新添一颗疖子,红红得非常醒目。

来到二号宾馆。一路上我都在想那疖子。有个服务员对我说:"你是吴鸣吗?"我说是的。她说你跟我来。我看她的颈子上光滑滑的。我们站在一间客房门前,她说你住几天,我说不知道。她把门打开,把钥匙递给我,她说有人代你订了三天房。我看见她的脸上长着几颗青春痘。

单人房间。有两张沙发,有一个朝北的阳台,阳台很大,中间放着一张雕花的圆桌,桌上放着一瓶葡萄酒,是我喜欢的那种。酒瓶下压着一张纸条。上面写着三个字:"你等我。"阳台下面是一条宽敞的大马路,路边有一些刚移植的小杉树。马路的对面是一排旧平房,每家门前都有一个不小的庭院。站在阳台上可以看见平房内屋的摆设,如果窗帘没有拉上的话。

有人在敲门,我把门打开,是刚才离开的那位服务员。她说:"你还需要什么吗?有事你可以叫我,我叫三号。"我说你是否知道帮我订房间的人到哪里去呢。她望着我,她说你不知道我怎么知道。她小声地哼着歌离开,走了几步,她回过头来说:"你这人有点面熟。"

我坐在阳台上等她。

那个年轻的女人推开院子的铁门,把一篮子的菜放在窗台上,用手敲门,屋里的男人说:"等一会儿。"她大声地叫了起来:"你这懒虫,到现在还不起床。"她在院子里蹲下身子去看放在架子上的盆花,她又叫出声来:"你快来看呵,花都要死了。"那个男人打着哈欠把门打开,说:"一大早,叫什么?"他用手理着头发,"不就是几盆花嘛。"那个女人没有理他,把盆子里的湿土倒了出来,走到院子墙角,换上新土。他说:"你真笨,那还不是湿的。"嘀嘀咕咕地回身到屋里。

那个女人继续弄着花。

不一会儿,屋里传来电视的声音。她抬起头,冲着屋里说:"一大早你就看电视,你不能帮我把菜收拾好?你这懒虫。"她见屋内没有动静,又说:"你把窗户打开,把衣服拿出来晒,我手上太脏。"他出来笑嘻嘻地靠在门边上望着她,他双手捧着一杯茶,"你说什么?我没听清楚,"他有点故意地,"你就像一只叽叽喳喳的小鸟,从早到晚叫个不停。"她抬起头,瞪着他。

你可以再买几盆,又不贵的,他说。

我从阳台回到屋里,打开简易酒柜,没找到酒杯。把房门打开,站到过道上没看见"三号"的身影,喊了几声,没人回答。我回到屋里洗了一个玻璃茶杯,顺手把电视打开,电视坏的。在阳台上倒了半杯酒,喝了一小口,味道很淡,拿起酒瓶看了看商标。

那个女人自己小声地说:"不行了。"丢下花。地上全是湿泥。她洗完手走到屋里,把窗帘拉开,又走到电视前把电视关上,拎着菜篮子径直走进厨房。他一声不吭地注视着她的举动,从沙发上起身,把电视重新打开。

那个女人又坐到床头,拿起电话,对着话筒说:"妈,今天下午我回来。"她望着他,他说:"我不去了,下午电视里有一部好片子《看见风景的房间》,过去我没看过。"她继续对着话筒说:"他不去,他下午要去采访。家里还有腌白菜吗?我想吃……"他说:"小点声。"她故意把声音抬高。他皱着眉头。她说完把电话放下,把手上的水甩到他的身上,他没有注意。

厨房里的水哗哗地流着。

有人敲门,我把门打开,又是"三号"。她走进来,问:"你在叫我?"我说电视坏了。她说是的早就坏了。我说下午有一部叫《看见风景的房间》的好片子。她说没有办法。她看见我手上的茶杯,又朝阳台望了望,说:"我给你换个酒杯?"我说不用了。她盯着我的脸,脸上露出了一丝笑容。她说:"你中饭在哪里吃?回家还是就在这里?"我说就在这里。"那么十二点半,到服务台找我。"她说。

那个男人在沙发上伸个懒腰,起身把电视关掉,他走到厨房边,对她说:"我们中午吃什么?我快饿死了。我没吃早饭。"她没有回声。他走进厨房,从背后搂住她的腰说不要生气嘛。她用力在摆脱他。他把嘴贴到她的后颈子上。她说无耻,笑了。

我继续小心翼翼地喝着酒,寻找过去的感觉。我听见肚子里一种有节奏的沉闷的声音,像是有一点水在一个大空桶里来回不停地摇晃。

我想我一定是饿了。

我下楼看见"三号"正坐在服务台里面,她一只手里拿着一面小镜子,另一只手在脸上抠着那些青春痘。我说你好。她赶忙把手放了下来,她说:"还没到时间呢,换班的人还没来。"我肚子在叫唤,但我没说什么,我说:"我出去走走,等一会儿我再来。"我记得附近有一家书店,我站到大马路上,目光朝对面的院子望了望,一股香气从那里飘来。地已经干透,这一排小杉树在阳光下显得孤零零的。

我拿着这本《看见风景的房间》小说书,走回宾馆。"三号"在大厅里等着我。我们穿过一楼过道朝这幢楼的后面走去,过了一个堆着燃煤的小院子,来到饭堂,她说:"这是专供内部人使用的食堂。"我说谢谢。我坐在饭桌边看她去打饭,她的脚上穿着一双时兴的粗跟黑皮鞋。

她只吃了几口便放下碗看我吃,她把我放在桌上的小说书拿过去,小声读了一遍书名,没翻里页就又放回原处。我说吃好了,从桌边站了起来,从口袋里拿出钱包。她说不用了,你的饭钱算在住宿费里。我们往回走,我说:"下午你上班吗?"她说上。在楼梯口,她问:"你一定结过婚吧?"我说是的。

我继续坐在阳台上等那位女人。手里拿着书。

第一页:"这位夫人怎么能这样安排呢?"巴特利特小姐说,

"她根本不该这样做,她答应给我们两个朝南的房间,紧挨着,可以看到风景。可现在,她却给我们两个朝北的房间,都对着院子不算,还离开这么远。咳,露西!"

书在我的手上快速地翻动着。

128页:他们的拥抱也缺乏热情,他确实认为他失败了。激情应该是不可阻挡的,它应该忘掉礼仪客套、周密的思考和一切其他文雅的行为。177页:露西捡起了书,她无精打采地看了一眼书的名字,叫《在凉廊之下》。她不再去读这类小说,……希望赶上塞西尔。她的知识太少,确实非常可怕。176页:心中的一场灾难。208页:露西加入了这个愚昧无知的人群,因为她对乔治说她不爱乔治,她对塞西尔说她不爱任何人。像三十年前黑暗接受了巴特利特小姐一样,今天这黑暗又接受了露西。

我微微抬起头。

他们从屋里一前一后走了出来,那个男人走在前面,他穿着一套崭新的黑西服,手上拎着一个包。他的妻子在院子里停了一会儿,她把晒在绳子上的衣服翻过来。他说:"你快一点。"他有点不耐烦,嘴里还在小声地嘀咕。他走到大街上,面对着我正待着的阳台。"你又不高兴了,"她说,在锁院子的门,"你答应我的,我母亲最不愿看你的脸色……你总是这样。"他没有理她,继续用眼光四下看着。她走到他的前面,他一直没动,她回过身,望着他,忽然笑了,"我们家也有电视嘛,"她说,"你像一个孩子似的。"她回身到他的身边,接过他手中的包,挽着他的胳膊。他迈动脚步。

最后一页:青春之火在这对伴侣心中熊熊燃烧;法厄同的爱

情……114页：露西是艺术品吗？……"不要吵了，亲爱的。"霍尼丘奇太太说。

  我把书合上。我注视了一会儿书的封面：一间尖顶的楼房掩映在红色的树丛之间。我有一点疲倦，过去我有午睡的习惯。这时，楼下的马路上几乎看不见行人，四周都是静止的，甚至有点灰暗。阳光倾斜地照在对面平房的屋顶上，空气仿佛沉在梦境之中。

  我把茶杯中的酒一饮而尽，点着一支烟。

  ……

  那个男人挽着露西走进院子，他的妻子正蹲在地上，手里拿着一个花盆。他对她介绍露西：这是我的同学。她站起来，打量着露西。露西朝她轻轻一笑，伸出一只手去摸她手中的花盆。她把花盆往地下一抛，花盆碎成几块，她转身朝屋里走去，进屋猛然把门嘭地关上。他目瞪口呆地望着她的举动，露西更是手足无措。一会儿，从屋里传来她的哭声："这就是你梦中情人吧，你还有脸把她带回家。"露西有点愠怒地望着他，说："你不是说你妻子通情达理吗？你这男人如此软弱！"她说完调头朝院外走去。他站着没动，脸色由青变红，过了很长的时间，他突然捡起地上的碎瓦片，用力朝门上砸去。

  一阵急促的敲门声把我从恍恍惚惚中吵醒，我丢掉手中已经熄灭多时的烟头，走到门边把门打开。"快点帮忙。""三号"双手抱着台电视机站在门外。我们把电视放好，她说："你不是要看电视吗？我给你换一台。"我说谢谢，我说我不想看了，"内容太陈旧。"我说。"电视就放在这里，看不看随你。"她说，朝门外走，我说："你在这里坐坐休息休息。"她说不用了，但她走到门边停下靠着门站着,"你的人还没有来找你?"她问。我说是的,"我到现在还不知道她是谁。"我苦笑了笑。"还有这样的事?你也真够糊涂的。"她说。

我等待这个莫名女人的到来。

第二天,天气依然晴好。

我站在阳台上活动四肢。一大早那个男人拎着一个大行李包从我阳台下走了过去。昨晚他们屋里的灯光亮了大半夜,这个男人不时地在窗户边来回走动,屋里传出忽高忽低的声音。我一直到他们灯灭后才从阳台回到房间。

床边的电话响了。我走回房间。

"是你吗?"我问。

"是的,"她说,"昨晚休息得好吗?"

"还好,不过我一直在脑海里想你的名字。"

"你不会想起来的,你也不该再到我的阁楼上去找我。"

"你是怎么知道我会去找你的?"

"这是必然的,你这个人……当然有时所有的人都会这样。"

"你应该告诉我你是谁,你是在无形中折磨我,你的声音还有点耳熟。"

"这就足够了,起码你还记得我家,……我是谁无关紧要,重要的是有一种东西存在于你的身上。"

"什么东西?"

"你会知道的。"

"我是谁你知道吗?"

"你是吴鸣。你已经结婚三年啦。你妻子最近好吗?"

"她很好。"

"她对你一定不错,你有一张令你陶醉的温床,否则你会记得我是谁。"

"是吗?事情这么简单?"

"也许不是,也可能有其他原因。"

"你不一定了解我,一个人的灵魂谁也无法了解,甚至他本人。"

"也许吧。但是你我还是比较了解的,你知道我现在手上拿着什么?……是一张报纸,上面有你一篇文章,谈论妇女服饰问题,我读完就知道你在想什么,你在嘲笑我们女人愚昧和媚俗。"

"并不是这样,我只是说她们刻意追求标新立异或都市化,而缺少一种传统的美或是古典美,有的完全脱离了人的审美规范,比如说我特别厌恶一些女人脚上套的又重又粗的皮鞋,有一种头重脚轻的感觉。"

"你喜欢'三寸金莲',你骨子里是一种保守的,或是一种不健康的大男子主义。"

"我的妻子有时就支持我的观点,我想一大批知识女性也会的。"

"是吗?假如我告诉你我现在就像你所讨厌的那样打扮,你想听听我粗跟皮鞋踩到地板上的声音吗?……这下你还想见我吗?"

"这……也许……为什么不呢,说不定我们的会面对谁都有好处。"

我离开客房朝楼下走去。她说的最后一句话就是,如果你有希望你就继续等吧,"你不要忘掉你的妻子。"她说。我看见"三号"依旧坐在服务台后,她看见我就从里面走了出来。她换了一身打扮,粉红色的套裙,像是精心准备了一番。她说:"出去吗?"她的脚上依然是那双皮鞋。我说是的,脚步没停继续往外走,她在我背后问:"中午回来吃饭吗?"我说:"不一定。"

来到家门前,院子的铁门上着锁。我打开门径直穿过庭院,院子里很脏,半湿半干的泥土、枯枝败叶、碎瓦片散了一地。我进了屋,屋里更乱。我把摊在床上的被子叠好,走到厨房打开碗橱,什么吃的也没有,许多碗筷还放在水池里。我打开冰箱,从里面拿出一个鸡蛋,想了想又放了回去。我坐到沙发上,点着一支烟。

坐了一会儿,拿起电话,拨通了报社的电话,我说我是吴鸣,主编说吴鸣你的病怎样呢,我们还准备去医院看你呐;我说我得了什么病,他说你妻子说的。我又拨通了妻子办公室的电话,没人接,打到传达室,"你妻子?"那个看门的老人说,"今天不是周日,所有人都休息嘛。"我把电话打到妻子的家里,岳母接的电话,她说:"你们下午早点来,我们包饺子吃。腌白菜已经准备好了。"我没来得及问她,电话已经挂上。

我回到宾馆。不急不慢地走上楼。

"三号"在我的屋子里,她正在叠我床上的被子。她回头看见我站在她背后不远的地方,微微一笑,"你没有带行李?"我想起早晨到现在我还没洗脸,便走到盥洗间。镜子里我的头发蓬乱上翘,便用手接着水往头上浇。我从里面出来,她看着我的形状忍不住大笑起来,"你还在等她吗?"过了一会儿,她忍住笑说。"是的,她应该和我见上一面的。"我说,"但我没有把握。"我好像要从她嘴里找到答案,仔细地端详她的脸。她知道我在看她,就把她叠好的被子抱在怀里,挡住自己的上身,她说:"我拿到南面的阳台上去晒。"我的目光移到她的脚上,她换了一双皮鞋,肉色的丝袜配着又小又巧的皮鞋,让人很舒服。

我知道如果在过去我会说些什么,面对一个比较陌生的女孩,但现在我没说,我目送着她从房间里离开。我在房间里来回走动,从床上坐到沙发上,打开电视机又把它关上,我走到盥洗间,把水龙头打开让水哗哗地流着。屋里被她收拾得很整齐,但一切都在我眼前不断地晃动着。许多细微的声响汇聚在一起,像无数尖小的针毛钻刺着我的耳膜。刚下过雨的日子,空气是憋闷的,我身上渐渐冒出汗来。

我站在阳台上,深深地喘着气。

我看见一个陌生的男人在那院子门前来来回回地走动,从左到右,一边走一边自言自语,他手上捧着一大束鲜花,里面有一朵黄色的菊花,像我送到那间阁楼上的那种。他的眼光一直朝着屋门,像在暗暗下着决心,终于,他推开院子的铁门,他用力很猛,门发出重重的撞击声,他走过院子,在屋门前又停滞了片刻,然后开始敲门,轻轻的几下,他显然是有所考虑的。门从里面稍稍打开,那个女人半露着身体,她看见他愣了一会儿说:"是你?"

"我……我……"他把花举到她的面前,她没有接。我听见那个男人断断续续地说:"听说他不在家,我们好久没见面了。"那个女人表情平静地望着他,"你不应该来,回去吧。"说完把门关上。他站在门前,有点不知所措,拿花的手垂了下来。我听见他冲着屋内大声地说:"我只想见见你,我坐一会儿就走。"屋里没有回声。他有点失望地转过身来,坐在门前的石阶上。他坐了很久,看着院子一边乱放的花盆,他把手中的花一枝一枝地分开插入花盆的泥土中。我看见那个女人从屋里掀起窗帘的一角,注视着他的动作,等看到这个男人把手上的花都插完的时候,她把门打开,她说:"进来吧。"伸出一只手扶他,她和他手没有分开地走进屋里。门又重新关上。一些插在花盆的鲜花很快地倒伏在地上,花朵太重了。

阳台上的风不紧不慢吹袭着我汗湿的衣襟。我感觉身体有点不对劲,喘息的频率越来越快,声音越来越粗重;我有点站立不住,手扶着桌子,慢慢地往屋里挪,我躺到了床上,我感觉全身发冷,身体便蜷在床上……"三号"推门走进来,她看见我的脸色,说了声"真可怕",她把手搭在我的额头上,"你在生病,"她说完便朝屋外走,不一会儿,她抱来被子盖在我的身上。我很快便睡着了。

我醒来的时候,天已经黑了。屋里亮着灯,她站在我的床边,微微一笑,说:"你睡了大半天了,现在感觉怎样?"我望着她点点头。"你一直在梦中说那个男人走了没有,一直在说,那个男人是谁?"她问。我没有回答,只是用目光盯着她。她见我不回答,便说:"我该回家了,明天我再来,现在已经快深夜了。"

我从被子里伸出一只手,我拽住她的手,我说请你不要离开我,我说的声音很轻,但她犹豫一下便坐在床头,她说好吧。她用手抚摸我的脸,然后手轻柔地停在我额头上,她说你还冷吗?

我努力想从床上坐起来,但没有力气。

她说："不要动。"她慢慢地倒下身体，她没有脱衣服躺在被子外边，背对着我；我闻到她身上一种菊花般的香气。我说把灯关掉好吗，她说不。在灯光下，我看见她后脖子上一颗红红的疖子，我用手轻轻地摸着，她的呼吸异常得平静。

我很冷，我说。

她的一双脚慢慢地伸进被子，身体渐渐朝我这边转侧过来；我掀起被子，盖在她的身上，我粗重的呼气扑在她的脸上。她把我放在她身上的手臂推了回去，"你在生病，"她说，两条手臂抱在胸前，紧紧抓住自己的衣领，"我不是那种女人。"她闭上眼："我是服务员'三号'。"

早晨的天是好的，我睁开眼，明亮的光线照进屋子。她坐在沙发上，看着我。"我该回家了。"我从床上爬了起来，我走到阳台上，看了一眼马路对面的平房，那里一切都很安静。

我走回屋子，我对她说："我要回家了。"她抬起头，脸里带着笑容，"应该的，"她说。

"不等她？"她问。

"等不到的。"我说。

她用手抠着脸上的青春痘。

"谢谢你，"我说，"你不要送我。"

我离开宾馆的大门，站在门前的马路上，我转过身，看见她站在阳台上，我朝她挥手。

她走回房间。很久，我快步穿过大街，走到那院子门前，拉开铁门，走了进去。院子里的地依然潮湿，我蹲下身，用手去摸花盆里的花,快死了,我心说。我走进屋。

我倒在床上,低头看着留在地板上的脚印,我想妻子从菜场回来一定会责备我;但转念一想,还是留下一点痕迹吧,否则谁也无法弄清这一切是真实的还是一次梦幻中的旅行。

我闻到了菊花的香气。

树上的眼睛

柳明和叶青是一对结婚快五年的年轻夫妇。柳明今年三十五岁，叶青二十二岁就做了新娘。有一天，晚饭之后，柳明正在收拾餐桌，忽然听见站在窗边的叶青大叫一声：

啊，树上有一双眼睛。

柳明手上的碗碟差一点落在地上，他连忙丢下碗碟走到叶青身后，双手抚摸着她的肩膀朝窗外望去。

他们住在一个老式大院里，前后都是些两层高的旧楼房。他们住在其中一栋的二楼。在每栋楼房之间的空地上，为了绿化，种植着一些树和花。有的树已经有几十年的树龄了。面对柳明家朝南窗户就是一棵比碗口还粗的梧桐树，树长得很高，白天能挡住一部分阳光。

叶青仔仔细细地朝树上望去。什么也没有。屋里的光线正好洒在树上，能看得比较清楚。

哪里有什么眼睛呵，你指给我看看，他对叶青说。

叶青很奇怪地眨眨眼睛，说，我刚才明明看见的，那双眼睛还朝我眨呀眨的。

也许是你的幻觉吧。柳明说着搂着半信半疑的叶青回到屋子中央。他看见她还不时地回头朝窗外望,就走过去把窗帘拉上。他安慰她说,也有可能是鸟的眼睛吧,等你一叫,它就飞走了。

他看见叶青脸吓得不轻,就哄哄她让她一早上床睡了。他自己坐在沙发上看电视。他站起来倒茶的时候,经过窗边,猛地掀起窗帘朝外一望。

什么也没有,只有树叶在风中轻轻晃动。他抬起头朝天空望了望,发现今晚月光特别得明亮。

他笑了起来,朝睡着的叶青看了一眼。

后来,他关好窗户,关上电视和电灯,躺到叶青的身边,很快就睡着了。半夜里,他又被叶青的叫声吵醒。

——树上的眼睛。

他被惊得从床上坐了起来,赶紧顺手把台灯打开。他看见叶青眼望着窗户,全身发抖。她说,我又看见树上的眼睛了。

柳明看见窗帘拉得好好的,就说,有窗帘你怎能看见外面的动静呢?真是活见鬼。

我也不知道为什么,叶青在灯光下稍微平静一点说,那种目光就像探照灯似的穿过窗帘,我闭上眼睛,也能感觉到它在我脸上晃来晃去。

你没有感觉到吗?她小声地问柳明。

我睡得好好的,当然感觉不到了。柳明想发火,但他看叶青可怜兮兮的样子,就算了。他从床上爬起来,找了个手电筒,下了楼,用手电筒朝树上四处照了照,又朝树干上蹬了几脚。树叶沙沙地响动几下,有几片叶子掉了下来。

什么也没有,他回到屋里对一直望着他的叶青说,快睡觉吧。说完,往床上一倒,把毯子盖好。过了一会儿,他发觉叶青还坐在床头,就要伸手去关灯。

不要关灯,叶青说,我反正也睡不着了。

他没有再理她,他已经很困了,就用毯子把头蒙住,自个睡去了。

第二天早晨,他醒来后,看见叶青躺在床上,两眼睁开望着天花板,就问,你后来没睡吗?

她没有理他,眼珠一动不动。

柳明上街买早点,一出门,就来到树下,朝树上望了望。什么也没有。等他回来的时候,她却闭眼睡着了。

他一人去上班。他和叶青是一个系统的,都在银行工作。原来他俩在一个储蓄所里当出纳,后来柳明因为工作勤奋(再加上拿到成教财经本科文凭),被调到总行的信贷处做了信贷员。也就是他被提升的这一年,他们确定了恋爱关系,然后同一年内结了婚。

柳明比叶青大了好几岁,叶青又是整个系统几个"行花"之一,所以柳明对叶青特别好。任何家务事都是自己一人做,不让叶青沾手。遇事也处处让着她。他一直觉得自己生活很幸福。

以后晚上再不让她看那些神奇鬼怪的录像了,在路上柳明想。他知道她喜欢看这类片子。

他到了单位,给叶青的储蓄所打了个电话,为她请了一天病假。等他开始忙起手上的工作,就把昨晚的事忘掉了。傍晚,他朝家里打了个电话,告诉叶青,他有一个业务应酬,要迟一点才能回家。

你自己买一点水饺回来吃吧。他在电话里叮嘱叶青。这种事是常发生的，柳明是个工作狂。好歹，叶青已经习惯了，她也爱吃水饺。

八点钟以后，他吃完宴席，拒绝了跳舞，就回到家中。他推开门，发现叶青背对着他坐在沙发上，头发凌乱，手捂着脸。他悄悄来到她的身边，用手轻轻地碰了她身体一下。

她"呀"地一声，往沙发上一倒，看见是他，就说，你把我吓死了。你再不回来，我就要受不了了。

她的表情让柳明看得心疼。

你是不是又看见树上的眼睛了，他问她，下意识地朝窗口望去。窗帘拉得严严实实的，屋里有点闷热，快到盛夏了。

她点点头，楚楚动人地流出了眼泪，她说，明，我该怎么办呢？

柳明怔怔地不知道说什么好，他只能坐在沙发上搂着她的肩膀，安慰她。他从公文包里拿出客户送的一只女式坤表戴在她的手腕上，跟她谈起今晚宴席上遇见的趣事。

叶青略微好了一点。

他闻到家里有一股香烟的味道，就问她，刚才有人来过吗？

是丁成，她说，我一个人在家害怕，正好他经过窗下，我就把他喊上来了。你回来之前他刚走。丁成是她一个储蓄所的，也住在这个院子里，跟柳明很熟。

他们在晚上商定，明天叶青回娘家住几天。柳明告诉叶青，单位里有几套新房子要分了，他很有希望……等分到新房子，就不用再在这倒霉的单室套里担惊受怕了。

晚上他们一直开着灯,叶青紧紧搂着柳明进入梦乡。

叶青回了娘家。柳明很快就有点不适应了,看电视的时候老是想到她,一个人躺在床上,翻来覆去地睡不着;而且自己动不动就会朝窗口望去。他觉得这样下去不好。他每晚都要朝叶青家打电话,问她怎样了。

有一次叶青回他,说,我家窗前没有树,你不用担心。

于是柳明就招呼一些住在这个院子里的同事到家里来玩。有丁成、老李、张丽等,他们和柳明关系都不错。他们进屋来,看见窗户关得严实,就说,柳明,大热天关窗户干什么?

柳明就把窗户打开。

他们问叶青怎么不在家。丁成说,不是和嫂夫人吵架了吧?柳明说,怎么可能呢,她只是回娘家住几天。他们问,我们玩什么呢?

柳明说,我们打"八十分"吧。

他们和他玩了一圈就走了,临走的时候说,没有意思。第二天,柳明以为他们不来了,却看见他们四五个人像约好似的一起走进他的屋子。张丽手上拿着个盒子,说,我们打麻将吧。

柳明说,我不会玩。张丽说,我来教你。

柳明就坐在张丽的身边看张丽玩。叶青也会打麻将,在她娘家的时候,她们一家人常玩,让柳明学,柳明觉得没兴趣,看了几回,也没学会。张丽教得很耐心,而且她打得也很娴熟,赢了不少钱。柳明脑子很好使,不一会儿就学会了。

张丽对他说,你来打吧。他说,还是你打,我喜欢看。

张丽在单位里是个打字员。柳明没想到这个在单位里文文静静、说话很少的女孩在牌桌上却很精明，而且有说有笑的。他坐在她的身边，能闻到她身上一股淡淡的香水味，并且发现她很喜欢打扮，穿的衣服很显眼。

叶青也喜欢买衣服穿，她几乎每天都要换一套衣服。单位里的人都曾说过她很会打扮，说柳明金屋藏娇。

柳明觉得单位里有人排"行花"的时候，应该把张丽算在其中，他觉得她的皮肤要比自己的老婆细嫩。大概是她还没结婚的缘故吧。

他原来以为张丽和丁成在谈恋爱，后来才发觉他们是死对头（起码在牌桌上）。只要丁成一和张丽的牌，张丽就有点不高兴，嘴里还在小声地骂他。丁成开始还红着脸不说话，后来就开始反击了。他们一吵，柳明就开始劝，张丽看到柳明说话了，也就停止了。

打完牌，已经深夜了。张丽说，我帮你收拾吧，不要第二天叶青回来骂我们。柳明说，不用了。但张丽还是一个人留下来，低着身子帮柳明扫地上的烟头。

柳明把桌子搬好，闲着手看她扫地。他从她的裙子领口看见她两个大大的要挤出乳罩的乳房，他感觉脸上火烧烧的，赶紧把目光移开。张丽扫完地，夸了一通他家里的摆设，说，我要走了。

柳明说，谢谢你，明天再见。

张丽却没走，说，你应该送我回家的，院子里黑漆漆的，我有点害怕。

柳明送她回了家，在路上，他们都沉默不语。柳明不知道该说什么。

柳明在床上想,张丽这个女孩真有意思,不在一起竟然不知道她是这样一种人,热情,开朗……他闭上眼睛想起她的乳房,又在脑子里和叶青的乳房比较了一下。但他很快又提醒自己,干什么事要对得起叶青。

接连几天,他们都比较准时地来到柳明的家。柳明有点不好意思坐在张丽身边,他害怕自己一时不注意,眼光往她身上瞅,被别人看出来。但他又不便说,害怕张丽有什么想法,只能坐在她身后的时候,离她身体远点。

张丽对他说,柳明,你坐近点嘛,否则你看不到牌。她经常回过头来和柳明说笑,腿有时不知不觉和柳明碰在一起。每次都是柳明赶紧主动地把身体移开。好歹大家的注意力都在牌上,谁也没往他脸上多瞧。

柳明心里有点坐立不安。

正好老李说,柳明你来打吧,不要总是作壁上观。张丽马上说,柳明你换我。柳明也没谦让就坐到张丽的位置。张丽坐在他身边看。柳明的手气还是不错的,但开始打牌时总是等张丽发话。张丽说就打这张,柳明才把牌打出去。后来坐在他们下手的丁成说,张丽你不要看我的牌教柳明。张丽马上不屑地说,丁成你不要小心眼,谁看你的臭牌,你不是输急了吧。

老张他们都笑了。

柳明第一次上桌就赢了不少钱,大家都夸他聪明,说他现在样样事得意。柳明要把赢的钱给张丽,没想到她眉毛一竖,说,柳明你不是在小看我吧。

仍然是张丽留下来帮他收拾屋子。柳明把她送回家。

柳明白天在单位里遇见张丽，她只朝他笑笑，像过去一样。他往储蓄所给叶青打电话，说他很想她，问她什么时候能回来。

她却问他新房子的事有没有找领导谈。

柳明开玩笑地说，我把窗口的那棵树给砍倒了……叶青问他，现在晚上经常有人到家里来吧。

有一天，他们正在打麻将，叶青从外面自己开门走了进来。柳明看见她一愣，但看见她脸上挂着笑，就对看他打牌的张丽说，你来打。站起来，朝叶青迎过去，说，你怎么这么晚还过来？叶青说，我听说你们打麻将，我也要参加，在我妈那里闷死了。

他们看她这么说，就开始和她开玩笑。老李说，我们是看柳明在家想你想得太痛苦了，陪陪他……

叶青笑着说，你们还说呢，把我家老公给教坏了。

张丽没有说话，只是用眼睛瞅着叶青。叶青看见她，朝她点点头，说，你也来了。张丽也朝她点点头。叶青大声说，谁下来让我打？丁成从座位上站起来，说，我让你打。叶青没客气就坐下了。

张丽也说，柳明我让你打。柳明在叶青身后朝她摇摇头。老张说，张丽还是你打吧，他们夫妻俩都在台上，我们肯定输。

柳明和丁成一边一个地坐在叶青旁边看她打牌。

柳明朝坐在对面的张丽望去，发现她一直低着头，很少说话，脸上有点不高兴或是什么。倒是叶青一坐上台，就开始有说有笑起来。她说，柳明，你没把家里的钱都输光吧。柳明说没有，他发现两天不见她变胖了，气色也好。

张丽抬起头目光和他碰在一起。

他赶忙站起来，说，我给你们倒点水。

就在这个时候,他的脸色突然变了。

他看见张丽身后窗户外的那棵树上,有一双眼睛望着他。他赶忙用手捣了捣叶青。叶青说,干什么?只顾看牌,没有理他。

他仿佛觉得那双眼睛朝他微笑。他全身颤抖起来。

于是,他朝门口走去。叶青听见他开门,才问他,你要干什么?我出去一下,柳明含糊地说。

他到厨房找了把菜刀握在手上,走下楼,站在树下,他能听见楼上叶青的说笑声从窗口传出来。

他开始用菜刀朝树干上砍。一刀一刀砍得很用力。树在微微颤动。不一会,他借着月光和灯光,发现菜刀卷刃了。他抬起头朝树上望去。

他想,我为什么不爬上树看看呢?

他朝树上爬去,不一会儿,就能看见自己家里的情景。他站在一个树杈上,仔仔细细地朝屋里望去。他看见了张丽的背影,看见老张张着嘴在笑,他看见妻子高高兴兴。

他看见桌子下面她的腿和丁成的腿紧紧地贴在一起……

他的目光朝她脸上望去。

他听见她突然叫了起来,啊,树上有一双眼睛。然后就看见她猛然往后一仰倒在地上。屋里所有人的目光都朝窗口望去。

柳明赶紧朝上爬。心想,不能让他们看见是我。

月光很明亮。他感觉到身边的树在很快地朝天空升去。于是他紧紧地抱住树干,闭上眼睛,心里一阵阵恐惧。不久,他能感觉到耳边有呼呼的风声,身体变得越来越轻……

不知多久,树停止生长。他才慢慢睁开眼睛,他发现自己已经处在半空之中。恐惧从他心中消退了,他有一种赏心悦目的感觉。

整个城市都在他的脚下。他放眼望去。他看见了高高耸立的饭店,看见了银行大厦,看见了歌舞厅的霓虹灯,看见了广场,看见了汽车的灯光在大街上流动……

他听见从许多屋子里传来人的叫喊:

啊,树上有一双眼睛。

他笑了。

空　间

　　一天深夜，丁克听见一种奇怪的声音。声音延续了好几分钟，他恍恍惚惚地睁着眼听了一会儿，又睡着了。许多天来，丁克一直头疼得厉害，有时白天上班，他也想找个地方躺一会儿。辛梅隔了几天见到他，就会大惊小怪地说，你怎么又瘦了一圈。他睡不好，还很伤心。每天下班回到自己的这间屋子里，吃过晚饭，他就躺在床上，屋外不远处工地上震耳欲聋的机器声让他在床上翻来覆去地进不了梦乡，还有门外公路上汽车驶过的声响。他明白，只要能睡上几夜好觉，他就能恢复过来。他不是个性情忧郁的人，但这近半年里，他的表情一直很难看，不了解内情的人都以为他在害一场大病，只有辛梅明白。他在夜晚那种极度疲倦、脑浆都在膨胀的情况下，他还想着和辛梅的婚事。有时，他睁开布满血丝的眼睛，望着被窗外车灯照得忽明忽暗的房间，认为自己就像是被关在牢房里的犯人。

　　他就像被人从水里救上来，又被推进水里。他和辛梅商议婚事已经有好几年了。他今天三十三岁，辛梅再过一年就到而立之年。辛梅是个非常不错的女孩,他这样认为,虽然长相不很漂亮,但善解人意,对自己极有耐心。他们结婚最大的麻烦就是没有一个合适的住所。辛梅是个外地人,大学毕业后留在一家公司当会计。他现在住的房子是他父母去世后留给他的。这间屋子小得可怜,大概只有十个平方米。他还把它用木板隔了一下,在一进门朝左的墙角处留出两三个平方米做厨房。他在这间屋里住了这么多年,可是如果晚上摸着黑走进来,一不小心身体就会被屋中到处乱摆的旧家具碰着,或者就是被堆在墙角的书绊一下。辛梅和他多次尝试着搬动家具,让它们规矩一点,好腾出一块空地在屋里来回走动几步,但这没用。有一天晚上,她和他坐在他的单人床上,搂抱在一起,她在他耳边轻轻地说,如果我们结婚以后,你会站在凳子上跳舞吗?

丁克在睡梦中听见"啪"的一声,赶紧睁开眼睛从床上坐起来,打开台灯,朝发出声音的地方望去。一本书从悬在迎面墙壁的书架上掉在地上。丁克现在虽然睡眠不足,但人却一直处在紧张的状态,动不动就会惊醒。按照辛梅的话说,这可能是精神过度疲乏后的逆反现象。一天晚上她留下来陪他,第二天早晨哈欠连天地说,她一夜几乎不敢翻身,只要一动他就会醒来,床又小。她给他买来安神补脑的营养品,希望他去看医生。

丁克睁着眼睛睡不着了。脑子里嗡嗡作响。

其实他们一开始都很乐观,恋爱以后,他们看看身边的年轻人,不都是解决了住房问题而最终顺利结婚了吗?他们都有大学文凭,工作也不比别人差。他在中学里等,她在公司盼,希望能分到房子,再小能放下一个双人床,有厨房、卫生间就行。他们打过申请，送过厚礼，在别人面前扮过苦相……那个时候，他们还能走在大街上，望着一幢幢参天耸立的大楼，说笑自己将来拥有一幢大楼如何如何。可是两三年过去了，她还是回她几个人合住的公寓，他依旧进他这间屋子。再一起走在大街上抬头望的时候，天空在他们眼里就是那么暗淡无光了。

"啪"——又有一本书从书架上掉在地上。工地上的声响早就停止了，偶尔会有一辆车从屋子外面经过。他在黑暗中仰起头盯着书架，隐约地感觉那种声音又响起来了——很细微，仔细听，又很清晰。吱……吱……有时会嘎吱一下，他心里一跳。他听了一会儿，确定不是幻觉，就从床上下来，顺手打开屋子中央的吊灯。他站在屋子中间，目光四下搜寻，想找到声源……声音却消失了。

他关上灯重新躺下。过了一会儿，那声音又慢慢地朝他耳边汇聚过来。他感觉这声音从四周的墙壁上发出来，那"嘎吱"一声在他耳里就像人骨骼断裂时发出的声响。他赶紧从床上下来，开门走出屋外，远远地站在公路上望着自己这间屋子。

这间屋子孤孤单单地坐落在一块孤岛般凸起的空地上，几条公路交叉地从它的四周经过。

一年前，丁克和辛梅领了结婚证书，那是一段美好时光。有一张照片上面，辛梅穿着一套鲜艳服装，丁克满脸堆笑；他们身后是丁克的那间墙灰脱落的房子；阳光没遮拦地照在墙壁上，也照在他俩身上。丁克以为这张照片是他和这间小屋最后的留念。神采之中有一种被人从水里拉上来的感觉。照片外邻居们忙忙碌碌，兴高采烈；大家都在四下传扬：他们这片老城区很快就要拆迁了。辛梅的户口进了这间屋子,他俩为将来拆迁后能分到多大的新房而争论不休。过了一段时间,有人提着桶在墙上刷字,丁克站在门前,看见来人在隔壁墙上刷完后提着桶要走,就跑上前递烟恳求,那人朝他一笑,就在他这间小屋的墙壁上用白漆刷了个大大的"拆"字。

辛梅躺在他怀里,微闭着眼睛说,等我们住进新房以后,我马上就要生孩子,你想要男的还是女的?丁克眼望着窗外说,随便,最好是双胞胎。

窗外,邻居们已经开始搬家了,汽车来往不绝,门庭若市。丁克来回走动,有点疑惑地说,怎么没有人通知我们搬家呢……辛梅安慰他说,别急,不会只剩我们一家不搬的……她虽然这样说,可是每天上班后都给丁克打电话,问情况的进展。半个月过后,原先热闹的街区一下子就寂静下来,丁克心急如焚地站在家门口,望着落叶和满街的纸屑弃物在荒凉冷清的路上四处翻卷。再过一段时间,工程队开了进来,"拆迁办公室"的牌子也挂了出去。丁克和辛梅就进去找人问。一位领导手里拿着工程规划图对他们说,你们的房子不属于这次拆迁的范围。那么什么时候拆?丁克觉得自己的眼皮直跳。不知道。为什么只留我们一家?辛梅要哭了。你们房子的位置不影响我们的工程。

丁克从里面出来,全身有一种水淋淋的感觉。

辛梅一大早接到电话赶过来,看见丁克正在屋外围着屋子四周来回地转悠,手在墙壁上到处乱摸。她走近问,怎么啦?你在干什么?我在看看墙上有没有裂缝,我怀疑这屋子要倒了……丁克把昨夜听到奇怪声音的情形告诉了她。她没有朝墙上望去,眼睛却盯着他。我怀疑你大脑出毛病了,神经错乱,一大早把我喊过来,告诉我一些鬼里鬼怪的东西,我还要上班呢。说完,气鼓鼓地走进屋里,坐在床上。等了一会儿,不见丁克进来,就喊了起来。丁克这才慢悠悠地走进来,眼睛还在往墙上瞅。静静的屋里,他听见抽泣声,才注意到眼泪在辛梅的脸上流淌,就上前安慰她。她用手抹了一下眼泪,说,丁克,你今天去看病好吗?他点点头。他扶着她的肩膀轻声地说,你今晚过来吧。

不。她摇摇头。她一直不愿意在这间屋里过夜。

我要去上班了,她把眼泪擦干,拎着包往外走。走到门口,又放慢脚步,回头说,我今天晚上过来,你要去看医生。

医生给丁克把了脉,听了心脏,看了舌苔,说,你肝肾两虚,有轻度眩晕症状,我建议你中药调理,要多注意休息。他给丁克开了两个星期病假。丁克拿着假条径直去学校,领导望着丁克的脸,没有话说。丁克拎着药回到家里,敞着门,往床上一躺。呼呼地睡着了。

他梦见自己站在一幢高楼的顶上,身体拼命地往下坠,往下坠……

他惊醒过来的时候,天已经快黑了。屋外工地上的打桩声震得门窗呜呜作响。他躺在床上等辛梅,想到医生说的眩晕症,天花板就在他眼里旋转起来。

辛梅说,如果搬进新房,这些旧家具都不要了。要重新买一套组合家具。另外还要买一组沙发、一个冰箱、一台洗衣机。你嘛,给你买一张像样的书桌,书桌上放一台电脑;在一面墙打一排书橱……你喜欢什么颜色的窗帘?

晚上很迟,辛梅才走进屋。她看见放在桌子上的病历,问了丁克几句,就给躺在床上的丁克下面条,过会儿又给他煨了中药——在她眼里丁克是个病人,一个很重的病人——她端到他面前,手有一点抖,脸色很疲倦。等丁克把药喝完了,她把药底子泼到门外,回来顺手把门关上。丁克看着她关门想说什么,但还是忍住了。他身体朝床一边移了移说,不要忙了,你过来躺下吧。辛梅走过去躺在他旁边,他想用一只手搂住她,辛梅把手推开,说,我今天加班太累了,让我好好睡一会儿。说完,就闭上眼睛。

他睁着眼望着墙壁,希望那声音在辛梅睡着之前快点响起。但她还没等到外面施工声停止,已经打起鼾来了。他干脆从床上爬起来,让辛梅四肢平躺在床上,他坐在屋子中央的吊灯下面,关上灯,在黑暗中静静地等候着。

声音果然响起来了,和昨夜一样,吱……吱……嘎吱……节奏分明。他眼睛一亮,赶紧站起来,打开灯,推醒辛梅。你快听,快听,他有点兴奋地叫起来。辛梅迷迷糊糊地坐起来,说,听什么?听墙上的声音,他的声音有点抖动,这里,这里,他手朝四面墙乱指着。他见辛梅一脸迷惑,就让自己平静下来,可是耳朵里的声音也消失了。辛梅硬睁着眼睛等了一会儿,见什么也没有,就朝他瞥了一眼,重新躺下。活见鬼,她嘴里嘟噜。这样又折腾了一次……辛梅躺在床上,眼睛瞪着天花板,在一片寂静之中,泪水从她的眼眶里流出来,经过脸颊,流到枕头上。

这声音千真万确,丁克想,但也许只有我一个人才能听见。他望了望黑暗中睡着的辛梅,他不想去碰她,也再不想对她解释什么。那种听到声音后恐惧的感觉突然从他身上消失了。

辛梅睁着眼睛等到天亮,身边坐在椅子上的丁克嘴里发出轻微的鼾声。她轻轻地从床上爬起来,来到丁克身边,打开吊灯。她看见他睡得很熟,口水从嘴角流出来。她在一面镜子前站立了一会儿,眼睛有点肿,又用手理了理头发,然后侧着身子从他身边走到门口。在离开屋子的那一瞬间,她回头朝他望了一眼。骑上自行车的那一刻,眼泪又不自觉地流了出来。

丁克醒来的时候,阳光已从敞开的门照在他的身上。他喊了一声辛梅,跑到门外,然后又悻悻地走回来。他呆呆地弯着腰坐在床头,双肘支在膝盖上托着头,两眼无神地望着门外,人好像还没有完全醒过来。这样过了很久,他才把放在床头柜上的电话机拿在手上,又愣了一会儿,最后还是把话机放下,顺势倒在床上。

门外工地上的机器轰隆隆地响着。

他闭上眼睛,辛梅那生气的样子就在脑海里晃动。他们在一起这么多年,辛梅很少跟他斗气,但真的生起气来的样子却非常可怕。他干脆睁开眼睛,盯着墙上的书架,把上面的书一本一本地数过来。数到最后,脑子里还在想象着辛梅摔门而去的情景。

他坐起来,拨通电话,那头是辛梅。

中午我去找你吃饭,好吗?他说。

不行,我中午加班。

那么晚上呢?

你那个鬼地方我不会再去了。

我在你单位门口等你?

不行,我晚上也加班。

丁克被说愣住了，他能感觉到电话里传来的一股寒气，他握着话筒不知道再说些什么。

丁克，你还有什么要说，我正在上班！

你在生气，是吗？

没有呀——我好好的。

那个声音……

好啦，这以后再说，你没事，我挂了。"啪"，辛梅把电话挂上。一只猫站在门口，伸着头往屋里望。

他犹豫了一会儿，也把电话挂上。他望着那只猫，嘴里"喵喵"地唤了两声，那只猫伸长了身躯，前爪探进门来。他突然拿起身边的一本书，朝它砸了过去。

丁克从远处望着他的这间小屋，不时有车从他面前驶过，挡住他的视线。他的眼里有一种少见的光芒，耳朵里似乎还在萦绕着夜晚那种奇怪的声音。他感觉这种声音就像一首动听的乐曲，蕴藏着生命和幸福。他有好几天没有见到辛梅了，他想看到辛梅忽然见到他时那种惊喜的表情，这不仅仅是他现在的精神状态，更主要的是让她能够分享他这几天发现的奇迹。

他克制住不让自己大声地叫喊起来。他明白这需要时间，需要充分的事实让她信服。已经有太多的沮丧和失望包围了她。

他在阳光下朝自己的屋子走去，用手在外墙壁上摸了一下，白漆还没有干。他几乎用了一个白天把四面的外墙壁粉刷了一下，一层厚厚的白漆盖住了那个"拆"字。有一瞬间，他想在墙上写一个"喜"字，但白色究竟有些不吉利，那时他想，等到办喜事时，他会用红漆这么干的。

丁克脑海里晃动着辛梅穿上婚纱的样子。

他小心翼翼地走进屋子，避免踩到他用白漆在地上标的记号。他径直地坐在床上，环视一下四面墙壁，上面的记号在他眼里闪闪发光。他试着走过去用身体比画了一下，又伸直手臂让手指尖在墙上的书架上量了量。然后他回到床上，静静地等候夜晚的来临。

他朝关好的房门望了望，还是希望能听见敲门声，辛梅不期而至地站在门前。

……辛梅走进屋。他满脸是汗。他说，我把床移动了位置，你看是不是宽敞一点。她坐在床上，四周打量了一下说，有一点，你还在折腾，屋子就这么小，再怎么都没用，除非把家具都扔出去，连床都扔掉。他说，那我睡在哪？地下，她笑了，故意用屁股把床摇得"嘎吱、嘎吱"响。她说，你去把门关起来，我给你看一样东西。说着，从纸袋里拿出一件衣服，展开，是一件粉红色的套裙。他关上门，说，很漂亮，你试试看。她开始把身上的衣服脱掉，扔在床上，然后慢慢地把套裙穿上。怎么样？她扭动着身躯。真好看，他眼睛一亮，朝她走过去。我想婚礼上穿一定不丑，她把挂在墙上的镜子拿在手上，边朝身上照边说，可惜这屋里连一面大镜子都没有。他从她身后把她抱住，手从低浅的领口往里面伸。等等，别把衣服弄皱了，她从他怀里挣脱出来。来吧，她说。她和他都开始脱衣服。然后他把她抱到床上。她的胸脯贴近他的脸。真讨厌，她说，这床响声太大了，我怀疑它会倒下，你门关紧了吗？这可是大白天。你放心，不会有人听见的，他说，外面的声音那么吵。

他用力地把她上身往下拉，她的身体有点僵硬。吵死了，她故意绷着身体说，你听这床的声音，我怀疑它真的会倒，我有点不敢用力。倒就让它倒，以前不都是没事嘛，他说，来，我们换个位置。他们换了个位置。啊——她突然尖叫起来。你怎么啦？他问。你的腿压到我的肉了，她说，快站起来。眼泪还是流了出来。他赶紧离开床，赤脚站在床边，望着她。她用手摸着腰部，说，你的腿正好挤到肚皮上，疼死了，你能不能轻一点？他重新上床，小心翼翼地趴在她身上。她说，你就这样，不要乱动，我们说说话。他干脆从她身上移到一侧，她也侧着身子面朝着他。他的手放在她身上，她不时地颤动一下。她问，你今天有没有去找拆迁办的那个王主任？没有，他说，前两天不是才找过吗？找他有什么用？你——她从他身边坐了起来，你这人真是，一天到晚在这间屋里窝着，折腾这些破家具才没用呢，你不去问问他，这房子到底要拖到什么时候拆，凭什么只留你一家。她把脚从床上移到地上，要站起来。他用手去抓她。她摆开他的手，光着身子走到桌子边，把他的衣服扔到他身上，边穿衣服边说，你快点起来，我们一起去看看他在不在办公室……

　　丁克从床上爬起来。这时候是傍晚，离那种声音出现还有很长一段时间，这是一段寂寞难熬的时光，他决定还是去找辛梅。

　　见到她要不要马上告诉她呢？他想。

　　在路上他一直在想这个问题。离她的公寓越近想见到她的愿望就越迫切。他想他们可以找一个环境幽静的地方坐下来好好地吃一顿晚餐，然后在林荫道上散散步。一年多来，这种生活离他们越来越遥远了。

他上了五楼，敲门。等了一会儿，有人把门打开，是辛梅的同室。他一年前来过这里，见过她。和辛梅同室的一共三个人，他都见过。这姑娘用一种陌生的目光望着他，问，你找谁？

我找辛梅，他说。他看见她们正在吃晚饭。

她不在，她说。她可能在公司里加班，里面一个姑娘端着碗走到门口说，这些天晚上回来得都很迟……你就是丁克吧？

是的，他点点头，说，能借你们电话打一下吗？

我们的电话坏了，后来的这个姑娘说。

他在她们注视下下了楼。在大门外不远处找了个电话亭，拨通辛梅公司的电话，没人接。等了一会儿，又拨了一次，仍然是忙音。他想，她也许正在下班的路上。就买了一包烟，蹲在路边，眼朝大门望着。过了半个多小时，他看见她的三个同室走出大门，打扮得花枝招展。她们看见他，相互递着眼色，说说笑笑地朝远处走去。

丁克决定一直等下去。想见到辛梅的愿望愈发强烈。来来往往的行人从他身前身后走过去，他有一种初谈恋爱时那种焦虑的感受。

一直等到那三个姑娘又走了回来，这时候巷子里行人稀少，夜已深了。她们的目光望过来，他有点不自在。他看着她们上楼，再抬头看看她们楼上的窗户，屋里的灯光一直亮着。他怀疑自己刚才走开吃饭的那一会儿，辛梅回到了屋里。他在犹豫要不要再上楼敲门的时候，那个给她开门的姑娘从院门里出来，径直朝他走了过来。

你不要再等了，这个姑娘说，刚才辛梅打电话过来说，她有公事在外面，今天回来得会很迟，她说你先回去，过两天她会去找你的。

他有点沮丧。说了声谢谢，然后慢腾腾地站起来，在她的注视下朝自己家的方向走去。他感觉她一直在背后望着自己。路灯下，他的身影拖得很长。他没有喊出租车，想一个人在大街上走走。寂静的夜晚，他感觉头脑特别清醒。

走了很久，他回到屋里。没有开灯，摸着黑坐到床边。刚静下来，就听见了那种奇妙的声音。顿时精神焕发，目光在黑暗中炯炯有神。几天前，一次偶然间，他站在墙边书架下用手去够某一档上的书，这在以往非常容易。可是那一次，他垫着脚尖，拼命地往上仰着头，还很难办到。后来他搬来了凳子……他空着手从凳子上下来，一个闪念让他兴奋不已——他想起了那声音，已经失去了读一本书的愿望。他在屋子里四处寻找另外一些迹象的时候，发现原来紧靠在一起的家具之间出现了小小的缝隙。有一个手指宽，但却很显眼。千真万确！他认为他发现了声音的秘密，他发现了连自己都不敢相信的奇迹——他的屋子在变大。

有人在敲门。声音很轻弱，中间停顿了一下，又响了起来。丁克赶紧从床上爬起来。现在已经临近中午。丁克打开门，门前站着两个老人。丁克愣了一下，然后喊了起来，伯父、伯母。话一出口，马上又改口道，爸、妈，你们怎么来了？丁克刚才以为是辛梅，没想到却是她的父母。他朝他们身后望去，没有看见辛梅。

两位老人犹豫了一下，才朝门里走进来。丁克有一年陪辛梅回过她家乡，见过他们。老两口在家乡务农，对丁克非常热情。丁克让他们坐在床上,自己赶紧把长裤套上。他听见岳父说,我们到城里来看看辛梅,顺便来看看你。

辛梅怎么没和你们一起来?丁克看见他们手上拎着包。

她呀……她要上班。岳母说。

丁克到墙角边给他们烧水,回头看见他们有点拘谨地坐在床上。岳母四面环视了一下屋子,然后目光就落在地上丁克画的标记上。

你们能找到我这个地方真不容易,四处都拆掉了,应该让辛梅陪你们来,或者打个电话我去接你们。

哦,是啊,是啊……不用,不用。

丁克这两天一直在打电话找辛梅。他想好了,如果再听不到她的声音,他就去她单位问问。他泡好茶,端了过来,看见两个老人正俯身把放在地下的包打开,从里面拿出不少东西。

你们大老远地来,还带这么多东西干什么呢?

一点家乡的特产,没什么好的。

丁克接了过来。他坐在他们面前,没有辛梅在场,他不知道该说什么。突然想起来,就站起来拿出一包烟,递了一根给岳父。老人赶紧站起来,用双手接着。

你们身体还好吗?

还好,还好。

岳父拼命地吸着烟,头低着。

家乡收成还好吗?

还好,还好。

岳母一直没有开口说话。

一根烟很快吸完了,他又递了根过去,自己也点上。

烟雾在他们面前迷漫起来。

孩子,他终于听见岳母开口说话,她朝老伴望了一下,又看看丁克,我们这次来有事情要跟你商量……唉,她叹了一口气,欲言又止。丁克注意到她的脸色很难看。

我们小梅今年快三十了,这在我们农村要养的孩子已经很大了,可你们的事还是这样漂着,这不是事啊……你们俩的事情本来我们不该管,可……我们这次见到小梅,她在我们面前哭得泪人似的,她这孩子一个人在这里连一个家都没有,太苦了她,我们不忍心啊……

眼泪从她眼里流出来。岳父也用手抹着眼睛。

丁克的耳朵竖了起来。

你们还是……她紧张地望着丁克,还是……分手的好。

是啊,孩子……没有办法……才……

丁克钉在椅子上,呆呆地望着他们。

孩子,我们知道你人好,对小梅也好,这么多年我们也没说个"不"字,可是……在这城里总得有个住的地方,将来生孩子……这屋子也太委屈你们,你可以再找……

辛梅她自己怎么说?丁克冷冷地打断了问。

这是她让我们带给你的信,岳父连忙从口袋里拿出一张折好的纸和一个存折,手有点抖地递给丁克,说,还有这个存折,也是她要我们带给你的。

——对不起,丁克,对不起,请你原谅我,也不要怪我的父母,是我让他们去的。我没有办法,我不敢当面对你说,我怕你受不了。对不起，丁克，我们太累了，你的样子让我感到可怕。请你一定答应我父母。

字迹歪歪扭扭。

丁克的目光死死地盯在这张纸上。

孩子，你没事吧？很久，岳母小心翼翼地问。他们紧张地望着丁克。

我没事，丁克把眼前的这张纸拿开，他没有看他们，而是把存折举在空中。他一字一句地说，我要见一见辛梅。

又长了一厘米。丁克站在墙边，自言自语。早晨，晨曦初露，屋里的光线还有点昏暗。他站到镜子前，梳理着头发。一个晚上，他都没睡，那声音像流水缓缓地流进他的耳膜。他穿上西服，朝门外走去。

临近中午的时候，一辆卡车停在门口，他和几个工人模样的人从车上下来。车上放着一套崭新的朱红色家具和一台冰箱、洗衣机。他领着这几个人进屋，环视了一下四周，说，把这屋里的东西都搬出去。他拿出几张百元大票分别递到他们手上。

他看着工人们把旧家具搬了出去，手里拿这扫帚愣愣地站在空荡荡的屋子里，感觉自己就站在一间巨大的殿堂之上。他环视四周，脚从地上的标记上跨来跨去。会的，他听见自己说，这间屋子会变成那么大的。

新买的家具一件一件地被搬了进来。从门口望进去，最靠里面窗户下放一张双人床；门的左边从里到外靠墙依次放着一张床头柜、一个酒柜、一个大衣柜、一个梳妆台，窗户下放着一个单人沙发；右边墙上的书架下，放着一个书橱，两边分别是冰箱和洗衣机。屋子的中央放着一张小方桌。他让工人们坐在折叠椅上喝茶、喘气。

一点也不拥挤，他想，总有一天，这里还可以放下一张大号的书桌、一组沙发……还可以隔出一间厨房、一个卫生间……

他面带微笑地站在门前目送着工人远去。门前散落一地的书在风中翻动着书页，那些陪伴他多年的旧家具在阳光下东倒西歪……

他开始把一些扔在门外的东西搬了进来。将来会有地方放的，他想。他把它们塞进家具之间的空隙处，有的干脆就堆在中央的空地上。他留下一条通道，一直通向床边。他翻出那张在门前和辛梅的合影，钉在床头的墙上。

然后仰倒在床上，张开四臂……

还要有鲜花，还要有"喜"字。他想。

他赶紧爬起来，又朝门外走去……

他身上那件崭新的西装上，有一点灰尘，他轻轻地掸去。下午六点钟左右，他站在辛梅的单位门前，刚刚吹过抹过油的头发在下班的人流中格外醒目。

他像风中不会摇摆的树桩。目光平静地望着前方。

辛梅——他看见她朝门外走来，喊了一声，朝她迎了过去。她看着他，微微一惊，脸色马上冷漠起来。他来到近前，轻轻地说，你跟我来。说完，朝人流外走，又回头看了她一眼。她只好慢慢迈动脚步，跟在他的身后朝一条僻静的小巷中走去。

他感觉她面色苍白、身影憔悴。在她的眼里，他像变了一个人,一个陌生的人。

一条路走到底。她终于停下脚步,望着他说,你来找我干什么?

去我家,好吗?他说,我想让你看一些东西。

不去。她撇过头。

我们之间一点希望都没有了吗?他静静地说,盯着她的眼睛。

没有。然后她一字一句地说,丁克,你不用再努力了,我们之间不可能再发生任何事情了,你不是答应我父母了吗?

他让自己的脸上保持着刚刚见面时的表情。他说,我家里还有一些你的东西,结婚证书还在我那里……我们坐下来商量一下离婚的事情。

我过两天再去……

不行,我不想再拖下去,我不想再见到那些东西。

好吧,她的目光从他脸上扫过,她有点吃惊,仰起头,不让他看到自己难过的表情。

走吧,他说。他迈开大步,把她撂在身后。

她远远地跟着。

他进门,打开灯,然后她走进来。她掩饰不住内心的惊讶,望着这些新家具,墙上到处用红漆写着的"喜"字……最终目光落在他的脸上。她发现他一直在盯着自己,就赶紧低下头。她听见他说,这是我今天才买的家具……她瞥见他给自己倒水,走过去把门关上。她呆呆地立着,有点不知所措。

坐下吧,他指着她身后的床。他显得彬彬有礼,脸上开始出现微笑。

你要干什么?她说,有点惊慌地望着他。

这是我们的新房，他说，这是你的梳妆台，这是你需要的大衣橱，还有大镜子……他一个一个指着这些家具说，你屁股下的就是我们的床，你觉得怎样？你不觉得我们的家大了许多吗？

他缓缓的语气、平静的姿态让她恐慌起来。

你把东西给我，我马上走，辛梅站起来，脚步往门口挪。丁克在窄窄的通道上挡住她，面对面地望着她的眼睛说，你不要走，这不是你一直想要的家吗？

她朝后退了几步，全身颤抖地声音大了起来，你让我走——丁克依然面带微笑地说，你不要叫，外面这么吵的声音，谁也听不见的。你也不用担心，我不会对你怎么样的，我们现在还是夫妻。

我们还没有离婚，他又补充一句。

丁克，你不要这样，你这样我会认为你在发疯……你不要再吓我好不好？她有点恳求地说。

我没有疯，也许你早就认为我不正常，可我一直都很正常，我告诉你的那种声音，它确实存在，千真万确，但你不相信，我还想告诉你，这间屋子每天都在生长，它在越变越大，总有一天它会变成一座宫殿，一座巨大无比的房间。你会看见的。

你应该相信我，辛梅，你应该相信我……他在窄窄的通道上来回走动。

她的眼里丁克在旋转，在膨胀。他指手画脚，滔滔不绝。他已经失去理智了，她想。她有点伤心，但又庆幸自己要和这样的人分手。

她静静地等候着，然后掩饰住内心的恐慌，语气平静地说，你让我来，到底要干什么？

这是我们的新房，现在是我们的新婚之夜，我要你留下来在这里住一夜,她听见他说,在明天太阳升起的时刻,就是我们真正分手的时候。

我们应该有一个幸福的夜晚,否则我什么都不答应。他突然表情严肃地说。

丁克和辛梅躺在床上,他们的外衣之间有一点小小的距离。黑暗中,他们都睁着眼睛,注视着夜晚在他们身边慢慢地逝去。他们漫长的爱情生活,仿佛都浓缩在这黑夜之中,许多往事静静地流淌在辛梅的脑海里,这里面有幸福和希望,而更多的是失望和无奈。丁克背朝着她,蜷曲着身体,不让床发出一点声响。她不平静的呼吸中,他能感觉到泪水从她的眼角流出来。他明白,只要他伸出一只手,就可以抓住她,抓住她衣服里面冰冷的躯体。她不会反抗的,就像一尊雕塑。几乎所有的感觉都随着时间慢慢消失了,他身体从头到脚都浸泡在墙壁发出的声音之中。

……吱……吱……嘎吱……吱……

丁克从床上下来,没有朝她望一眼,他靠近墙边,把耳朵贴在墙壁上。过了很久,他说了一句,你听,声音。好像在自言自语。他朝床上那一动不动的躯体望了一眼,朝门外走去。

在这个时候离开她,正合适,他想。丁克在街上漫无目的地行走。他穿着那件西装,一阵阵秋风吹来,他感觉有点冷。他朝路边一幢正在修建的大楼走去,一层一层沿着楼梯走上去,他来到楼顶的平台上。平台的护墙还没有砌好,他小心翼翼地靠近平台边,辨别着方向,想俯瞰自己的那间小屋。脚下路面上有一些若明若暗的灯光,有的光点正在朝远处游走。他感觉深不可测,犹如站在万丈深渊的边缘，甚至有一股寒气升腾起来，朝自己迎面扑来。那遥远的汽笛声，在他听来，如同忧郁的哭声。他朝后退了一步，赶紧抬起头，一排排林立的高楼挡住了他的视线，慢慢地，这些巨大的黑色物体又好像晃晃悠悠地朝这幢大楼移动，朝他的身体逼压过来。他的脚步一步步地往后退缩。

咣当——他的脚跟碰翻了一个空桶。这声音在寂静的夜空中非常清晰，又非常刺耳。他好像听见一声叫喊，就朝发出声音的地方望去，没有看见人影。他需要能看见一个人，这里的空寂使他感觉到恐慌。他喘着粗气，想起了医生说的"眩晕症"，后悔自己怎么爬到如此高的楼顶上来。他静静地等候着，哪怕一丝微弱的响动，都能让他的目光警觉起来。

慢慢地，他适应了黑暗，他的目光能看得很远。他的目光搜寻到了刚才上来的楼梯口，就朝那里走去。快点离开，他想。他不敢抬头，眼睛死死地盯着脚下，让过碎砖乱瓦。他站在黑洞洞的楼梯口，感觉眼前又在晃动起来。一个张着大口的黑洞。犹豫了片刻，他几乎坐在地上，身体贴在里边的墙壁上，屁股一点一点往下挪。每下一阶，他都停一下，这才发现楼梯的扶手还没有完全建好，他不敢去碰它。这些楼梯好像悬在空中，在微微承受他身体重量，只要他一用力，楼板就会塌陷……终于来到下面一层，他的全身已经软了。等到天亮再下楼吧，他想。

他不敢想象自己是怎么上楼来的。

他感觉这一层过道尽头有亮光。他朝里面走去。越走里面越黑。两边都是房间，门都关得紧紧的。走到尽头，才看见是一扇窗户，光亮是从里面发出来的。窗户上装上了玻璃，他用手摇了摇，很紧推不开。他把脸贴在玻璃上,朝里面望。里面是一间很大的房间,空荡荡的,竖着几根柱子。光亮在他视线需要拐弯的地方,一闪一闪,整间屋子忽明忽暗。有人吗——他轻轻地敲着窗户,喊了一声。有人吗——声音从他身体四周传了过来,是他的回声。他试着往回走,推开过道一边的一扇门,小心翼翼地走了进去。

又是一间很大的房间。他认准了方向,朝里面走,希望能找到一扇门,通向那间有光亮的房间。迎面是一堵墙。他在房间里转了一圈,从朝楼外的窗户里探出头去,朝那边望了望,然后又从刚才的门里退了出来。他回到过道上,又推开一扇门,走了进去。在这间大屋子里,他找到了另一扇门,他推门出去,沿着通道往前走,转了几个弯,眼前出现了楼梯口。停下来仔细看了一下,就是刚才自己下楼后待的地方。他绕了一圈,又回到原地。再朝过道的深处望去,那玻璃窗后屋子里的亮光还在闪动着。

他又朝过道里走去。推开每一扇门,走进去,又绕了回来……最后推开一扇门,看见是一间很小的屋子。好像是厕所——四面都是墙壁,只有一扇天窗。我该歇歇了,他想,没有办法找到路的。他席地而坐,点起一支烟。幽幽的烟火中,透过窗户,朝遥远的星空望着……

他慢慢地靠在墙上睡着了……

工地上的机器声让他醒了过来。他来到楼梯口,慢慢地扶着墙壁下楼。在别人怀疑的目光注视下,他来到楼底。再走几步,站在泥土地上。他的头还有点晕,但已经可以长长地喘一口气。他抬头望着天空,太阳光从头顶直射入他的眼里。辛梅应该离开了,他想。

他沿着大道朝自己家里走去。

远远地看见自己的门前站着几个人，还有一辆轿车停在路边。他走过去，经过他们身边，径直去开屋门。他想马上看到床上……辛梅还会躺在床上吗？他觉得自己还在梦中，过去的一切都很遥远。有人在他身边问，你就住在这间屋子里吗？他推开门，床上空荡荡的，辛梅真的走了。这时，他才回过头问，什么事？

这间房子要马上拆掉，在这个路口有碍市容……请你赶快到拆迁办办理手续……有人笑着对他说。

他听见了。朝那些人望了一眼，进屋，把门关上。他经过窄窄的通道，躺倒在床上。他能感觉到辛梅留在床上的气味，甚至是她的体温，他张开双臂，眼睛望着墙上的"喜"字、墙上的标记……

下午，他站在门前，手里拎着一个桶。他来到这间小屋的墙壁边……很快地，在这白色的墙上出现了一个红色的"拆"字。它在夕阳的映照下，格外醒目。

向日葵

1

我们可以把书上看到的,或者亲身经历的,以及道听途说,或是梦见的一切叫作现实,也就是"在"。这段话是我们的老师亲口对我们说的。他还说,那些不管我们怎样挖空心思也无法想到或者根本不知道不管它存在不存在的东西,就是非现实,也就是"不在"。当我们众弟子面对这位滔滔不绝宣扬他奇谈怪论的老师的时候,我总是会把他和"老子""孔子""堂吉诃德""鲁迅""荷马"联系在一起,他和这些书写成文字的名字有着某些相似之处,比如说思想敏锐、才华空前、表情严肃、固执等。而且他们都不胖。许多年啦,他总是一本正经地站在我们面前,不许我们打瞌睡、斜着眼睛看他。而他会在必要的时候,比如他自己也说不下去的时候,让我们其中一人站起来——两脚并拢、前胸挺起。他问我,犹大,你想知道自己的下场吗?

他的目光像一把刀子插在我的身上。

2

  他喜欢坐在临街的楼顶平台之上。如今一楼已经租给别人开店了。有饭店、服装店、玩具店、书店等。家道败落,没有办法。他遥望远方,满眼凄凉。我们十二人站在平台远处。每当夕阳残照,他必然垂头进入梦魇之中:大漠黄沙,古道瘦马。现在他在我眼里像一只垂死的苍蝇,干枯而发白的苍蝇。我们像警探一样从四面把他围在中央。我们说,老师,天不早了,该回屋了。微风像吹起蒿草一样让他根根白发翘起。一种悲壮之情在我心中回荡。他依然紧闭双眸,一丝微弱之气从鼻翕中呼出。我们像轿夫一样二十四只手抓住他身下的藤椅,把他举在半空中。我们经过荒草遍地、落叶沙沙的庭院,把他送到卧室床榻之上。这时,他突然睁开眼睛,抓住我的手说,犹大,我的儿子可曾来信?

  他屋中的妻子向隅而泣。

3

  一日深夜,他来到我的屋中,把我从床上拖起。我们在月下散步。荷塘月色,静影沉璧。他抬头数天上星辰。他突然抓住我的手,问,犹大,你可知道什么为大,什么为小?我摇摇头。他说,"在"为大,"不在"为小,你懂了吗?我点点头。

  犹大,你会出卖我吗?不会,我对您忠心耿耿。

  唉……

4

我们十二人在院中练剑。他经过我们身边,停下脚步。他望着我手握剑柄,垂手而立,就说,你为何不练?我说,没有对手。众师兄对我怒目而视。他脱下身上长衫,从地上捡起一把剑,站在我的面前。他说,你知道我年轻的时候曾经仗剑远游,打遍天下无敌手吗?我看见他眼里充满凛然之色,我的手在微微颤抖。众师兄围观上来,齐声呐喊,师傅,废掉他。他把剑朝天一举,朝我扑了过来。一道剑光闪过,他握剑的手上流出鲜血。

凡动刀的人必死于刀下。他曾经说过。

5

我知道师兄彼得喜欢邻居开饭店的女老板小翠。那时她刚刚二十出头,姿色出众,为人轻浮。她常常在老师授课的时候经过教室的窗口,然后我们十三人同时侧目、微叹,原形毕露。彼得常常偷摘院中的玫瑰花,以及向我们借钱。我们经常能在夜晚,听见他在月下吟诗,以寄托单相思之苦……一天,小翠借给学院送肉包子之际,偷偷地溜进我的房间。她一步步地逼近我,笑容灿烂地说,犹大,我喜欢英俊高大、忠厚诚实的男人,你和你的那些师兄不同……这时,师母推门走了进来,她看到我上身的衣服被小翠扒光了。她说,犹大,你这样做,对得起我吗?

不是这样的。

6

京城里到处贴满皇上的告示。告示上说,陛下年轻的时候,为了体察民情,远走西域,并在戈壁荒滩上留下一件宝物。如果有人能取回宝物,将加官进爵,封妻荫子。全城为之轰动,人们擦拳摩掌,跃跃欲试。约翰撕了一张在课堂上传阅,传到我手上的时候,老师让我站起来。他说,犹大,你会离开我去干这种荒唐的事吗?我摇摇头。他又看看众师兄,他们一起摇头。他看着我们,心里忧郁,就说,你们中间有一个人要出卖我了,你们知道是谁吗?众师兄齐声回答,犹大。他走到我的身边,一只手放在我的肩膀上,语重心长地说,犹大,你要时时铭记你的使命,大丈夫当以大局为重。

你能摆脱姓名给你带来的罪恶吗?

7

我听见夜空之中传来他凄厉的嚎叫,那好似荒野之中恶狼的哭喊,又好像妇人被奸杀时的哀吟。我从屋里冲了出来,看见他赤脚在月下狂奔,面目狰狞,恐怖的泪水沾湿了衣襟。我紧紧地拽住他的手,嘴里喊着老师啊老师。他用黑眼珠望着我说,我梦见了一只怪兽从我身上踏过,我梦见我身上长出黄色的鲜花。我搀扶着他回到屋里,重新躺在床上。我看见师母在灯火阑珊之处,身形晃动。他睁大眼睛望着我,仿佛我就是那只怪兽。恐惧……还有一点依赖。

啊,什么样的灵魂没有缺憾?

8

老师的儿子聪明伶俐。他小的时候,我常常抱着他到街上玩耍。那个时候,经济还不发达。我只能给他买一些棉花糖、烤山芋之类的东西吃。有时,他闹得厉害,我抱他进商店,买几颗大白兔糖。有一天在街上,他问我,犹大,为什么路上的人都不高兴呢?我说,因为他们吃不饱。他说,那为什么我们能吃饱呢?我不知道怎样回答,闭着眼睛在想答案。他说,让我下来。他站在路上,晃晃悠悠地拦住一个过路人,把手中的烤山芋递给他。那人当着他的面把烤山芋丢在地上。他落着眼泪问我,他们吃不饱,为什么要丢掉手中的食物呢?

因为我们是书香门第。

9

我们一起进了一间舞厅。一群姑娘朝我们扑来。昏暗的灯光下看不见另外的男人。一个姑娘靠在我的身边,满身的香气让我直打喷嚏。她说,哎呀呀……你们这些男人是从哪里冒出来的?瞧你长得多俊啊。她用小手来摸我的脸。我头一歪,躲开了。她有点生气地说,你这人怎么这么不知好歹,敢情你们是从外地来的吧?我说,不是,我们是大学生。她上下打量着我,有点将信将疑,脸上又堆着笑说,我说怎么搞的,原来你们是知识分子,不像那些凡夫俗子,为了什么宝物都走光了。就在这时,有一个姑娘站在歌台上,说,为了对在座的男士表示感谢,我唱一首《孤独的人是可耻的》……歌声响起，如泣如诉，姑娘们眼里泪光盈盈。那姑娘跟着哼唱，情不自禁地坐到我的腿上……

老师的儿子今在何方呢？

10

老师指着满园的荒地，对我们说，我们要自己动手，丰衣足食。原先这里到处种满了鲜花绿草。有玫瑰、月季、蔷薇、花叶绿萝、金钱吊芙、牵牛花、海棠、牡丹、梅花等。他把荒地分成十一块，让彼得种水稻，大雅各种小麦，约翰种棉花，安得烈种玉米，腓力种黄豆，巴多罗买种桑树，马太种茶树，多马种山芋，小雅各种油菜，达太种甘蔗，西门养家禽。他表情严肃地领着我们在园里转了一圈，然后扶着一棵老树喘着粗气。我兴高采烈地站在他的身边，望着众师兄。他们个个表情痛苦，愁眉不展。他说，从今天开始，授课暂停，我将亲自督导各位劳动，按工分制给你们打分。他发现众人的目光都盯着我，就说，至于犹大，我将另有安排。他又转身对我说，犹大，跟我去书房。我和他朝书房走去，身后传来一片痛苦哀叹之声。

唉……

11

那一年王子（现在的皇上）来拜访老师。全院上下兴师动众，张灯结彩。老师在"退思堂"宴请王子。等王子落座以后，老师领着我们十二人毕恭毕敬地走入堂内。等依次落座以后，才发觉少了一把椅子。我只能站在老师的身后。原先这地方是我们师徒十三人闭门思过、密议国事之处。王子望了我一眼，对老师说，没想到先生吃饭的时候，还有保镖跟随。老师赶紧解释，他是我最小的徒弟。王子又望了我一眼，说，我看此人虎背熊腰，倒也不像读书之人……在众师兄哄笑之中，他接着问我，你叫什么名字？我说，我叫犹大。犹大？王子惊叫了一声，手中的筷子落到地上，可就是那卖主的犹大？老师痛苦地对他点点头。来人啦，把这家伙拖出去宰了。王子大喊一声，几个侍卫冲进屋来。老师连忙站起身来，朝王子鞠了一躬说，请殿下息怒，暂留此人性命，他虽有恶名，待我好好教导……学生平生最大心愿，就是把此人改造过来。他朝我递了个眼色，然后厉声地说，还不给我滚出去。我仓皇而逃，冷汗直淌。

花前月下，师母笑盈盈地在我身后说，犹大，你有何伤心之事？

12

他躺在床榻之上，紧闭着双目。我轻轻地走到近前。他说，是犹大吗？我说，是的，老师。垂手而立。他躺在床上就像一棵枯树。他睁开眼睛眼珠一动不动地望着我，过了一会儿，他说，犹大，我的儿子可有音信？我摇摇头，看见几滴浑浊的泪水从他的眼眶里流出来。他轻轻叹一口气说，我刚才梦见他在一处荒山野岭，遇见了一伙强盗，他们抓住他要开膛剖腹。我说，公子他天分极高，武艺高强，一定会吉人天相，逢凶化吉。他轻叹了一声，他竟然为了什么宝物远走他乡……我想派人去找他,可惜你的师兄个个都是文弱书生,胆子又小,你嘛又有重任在身……一时不知如何是好。我想了一下说,不如让管家保罗走一趟,他能言善辩,人很机警,对您又无比忠诚。他点点头,说,好吧,明天就让他上路。他的脸色稍稍平静了一些,手撑着床要爬起来。我赶紧走上前扶住他。我们走到对着后院的窗前,推开窗。他看着后院的那一块开垦过的荒地,自言自语道,怎么向日葵还没有长出来?

师母木偶般地坐在窗边。

13

我们举行足球赛。六人一组。老师做裁判。我担任甲方的前锋,但球从没有传到过我的脚下。我干脆抱着膀子站在乙方的门前等球。球总算朝我滚来,老师吹响了哨子,说,甲方越位。我退回自己的后场,然后径直地朝前场走过去,老师又吹响哨子。这样反复多次,我觉得累了,就靠在自家的球门柱上休息。守门员多马朝我大喊,你这个懒虫,没用的东西,为什么不冲上去?正好球滚到我身边,我朝多马看了一眼,抬脚怒射。多马和球一起滚进了网窝。老师大叫,进球有效,乙方一比零,比赛结束。

众师兄对我怒目而视。多马嗷嗷大哭。

14

万物归于本原,老师在课堂上对我们说,人之初本无善恶……那会儿，师兄们在传看一本黄色画刊。老师走过去，从马太手里夺过画刊，在手上翻看了几页，脸皮涨红。他脸朝黑板呆了一会儿，转身问站立的马太，万物之中谁最高贵？马太说，女人。老师走上前，用教鞭在他头上一敲，生气道，你这个不学无术的家伙，给我坐下。老师又指指西门，西门说，婴儿。老师气得脸色发青，浑身打战。他手指了指窗外说，你们给我朝外看。众师兄扭转身躯，朝外望去。老师，我知道了，彼得自告奋勇地大叫起来，是树。老师呆呆地望着他，嘿嘿一笑，然后顿足捶胸地大哭起来，天啦——他在泪花飞溅之中，看见我两眼发直，就说，犹大，你说说看，你说说看……我慢慢地站起来，语气平静地说，万物的本原。

老师深情地上前搂抱着我。

15

我对人世间的罪恶充满好奇，内心却满怀诗歌的光华。有时，鲜血和鲜花更能让人彻夜难眠。我因为等待而焦虑，等待某种东西在某个时刻突然迸发，像洪水从天而降无法遏制。我等待我出卖老师的那个时刻到来。这想法一直使我处在兴奋、不安、自责以及无边的想象之中。我看见他被审判，按照人们在经书中看到的那样遭遗弃，被钉在十字架上。我看见他的内心因为狂喜而表情痛苦，他在小声地赞美我的名字。而我更想知道我有没有勇气把一根绳子套在自己的脖子上。这是一种游戏。或者在人们浩如烟海的唾液中平静地永垂千古。

我无法逃避这神秘的旨意。

16

  我和老师走进他的书房。他从檀木箱子中拿出一个金丝宝囊,从囊中倒出一些东西,是向日葵籽。他推开后院的窗户,对我说,我们师徒二人合力在这块空地上种向日葵,我已年老体衰,要靠你多多辛劳……收获之日,我的儿子就会回来。他让我把花籽带回去,数一下有多少粒。老师年轻的时候对数字特别敏感。我在屋中数了一下,一共四十九颗。那时,我每晚都在翻译《芬尼根守灵夜》。那天晚上,我坐在书桌前,不知不觉中,这些放在手边的葵花子都被我放进嘴里。

  第二天一大早,我上街,进了商店……

17

  我在街上行走,欣赏京城繁华的景色。慢步而行的老人、儿童和妇女,因为离别而忧愁,又因不愁吃穿而满足。更多的是他们的目光洒在我的身上,仿佛要一件一件地剥去我的衣裳。一辆轿车停在路边,挡住我的去路。从车上下来三个穿黑色制服、表情严肃的英俊男人。他们走近我,一个人面对着我,另外两人一左一右靠在我的身边。迎面的男人说,请你跟我们到宫里走一趟,不许叫喊。他们的手放在口袋里,我的腰间被两个硬邦邦的东西顶着。我们来到宫里。在一间金碧辉煌的宫殿里,皇帝背对着我,他正在欣赏窗外御花园的景色。他说,你就是犹大吗?我说,正是小民。他说,你知道我为召招你进宫?我说,小民不知。他说,许多年以前我们好像见过一面。我说，是的，陛下，那一次蒙您开恩，饶了小民一命。哈哈哈哈……他背对着我放声大笑，笑声令我恐惧。他突然停止大笑，说，既然我对你有恩，你用什么报答我吗？我惶恐地说，小民不知如何报答陛下。是吗？他慢慢地转过身来望着我，两眼充满杀气。我赶紧低下头去。犹大，这些年来，你们师徒对我有什么不满吗？他厉声问道。我只觉得膝盖一软，扑通跪在地上，我颤抖地说，我们师徒这些年来潜心学问，不问国事，对陛下一片忠心，怎敢有所不满。哈哈哈哈……他又笑着走到我的跟前，把我从地上搀起来，和蔼可亲地说，我知道你们不敢，犹大，你告诉我，你师傅最近在干些什么？

他在种植向日葵。

18

这个人被抬进院里，已经昏迷不醒。他是早晨被老管家保罗在门前发现的。我们看他虽然脸上刀痕累累，但穿着不俗，人也秀气。老师让我们把他抬进"退思堂"，说，如今世道很乱，免得招人耳目。我们十三人把他围在当中。老师精通"望闻问切"，让我们给他脱去衣服。等脱去最后一件内衣，大家不禁耳红面赤。一个女人。乳房硕大。老师给她敷完药，对我说，犹大，把这人带到你屋中去吧。晚上，她睡在我的床上，我在桌前埋头苦读，坐怀不乱。三天三夜之后，一日清晨，阳光洒进屋里，她醒了过来。随后几天，师母频繁来到我的屋中，送水送药……一月过后，她脸上的刀痕消去，头发长长，容颜令人销魂。一日夜晚，在我屋中，我正要埋头夜读。她款款走到我的身边,轻柔地喊了一声,犹大。我侧脸看她,只见她打扮得花枝招展。她说,你能陪我上街吗?我们悄悄地离开学院,来到大街上,像一对情意绵绵的情侣。她挽着我的膀臂,我们进了歌剧院……她依偎在我怀里从歌剧院出来的时候,在阒无人迹的大街上,几个便衣警察挡住了我们的去路……

师兄们说,是犹大出卖了她。

19

老师坐在后院的石头上,看我在地里犁土。他说,可以下种了吗?我说,要到明天,等施过肥以后。他说,我们要买化肥吗?我说,不用,只要人的粪便就行。我听见他在自言自语,我一定要把大便小便留下来,留下来……他说,犹大,没想到你农活也干得不错。我说,在我来到您这里之前,我在乡下干过活……我十岁就是插秧能手。他说,你还能记得过去的事,你记得你原来的名字吗?我说,我原来没有名字。他的脸上露出了笑容。他说,你休息一下,到我房间来。进了屋,他从枕头下拿出一叠厚厚的手稿递到我手上。说,你带回屋去好好研究一下,这是我一生的心血……不要让别人看到。我在灯下打开这本手稿,从书页中掉出一张纸来。

是一张手绘的地图,弯弯曲曲的线条和符号让人费解。

20

我和老师的儿子从街上回来。我抱着他进了师母的房间,屋里静悄悄的。突然听见师母在屏风后面问,是犹大和我儿回来了吗?我答应了一声。她说,我儿你自己到屋外玩去吧。我想转身离去,她说,犹大,你留下来,我有话要和你说。我听见屏风之后有水响动的声音,隐隐绰绰地看见师母光着身体站在澡盆之中。她说,犹大,你把我放在床上的内衣给我拿过来。我拿着衣服低着头在离屏风几步远的地方站住了。她说,把衣服送过来呀。我犹豫不决,最后把衣服搭在一张椅子上,说,学生有事,要告退了。话音未落,屏风倒在地上……

那几年,老师远行在外。

21

老师正站在地里,手里拿着一个粪勺。他仰起头,挺直了腰,手臂从前到后画出一道一百八十度的弧线,想让勺里的粪便飞撒到身边的田地里。一不小心,粪便全撒在他的身上。他用另一只手在脸上抹了一把,金黄色使他神采奕奕。他嘴里不停地叨噜着,快点长吧,快点长吧……我捂着嘴暗自偷笑。就在这时,一群官兵冲了进来,他们捏着鼻子远远地喊道,谁是这学院的老师?老师点点头说,我是。他们从四周冲进田里,抓住他的肩膀,脸上的表情却非常痛苦。一个军官表情庄重地说,我们以叛国罪逮捕你。他站在一块大便上,脚底打滑,身体晃动了一下,趴倒在地上。哈哈哈……我忍不住大笑起来。

挖地三尺,把这些泥土全给我带回去,这是他的罪证。军官趴在地上喊。

22

  我和母亲相依为命。我的父亲是个义人，但英年早逝。一天，母亲把我从庄稼地里喊回家。母亲说，听说京城有一个老师要招收关门弟子，我想把你送去，你已经长大了，该出去见见世面了。第一天，我和母亲经过一座寺庙，一位老僧人拦住我们说，我看这个孩子面有灵气，如果皈依佛门，将来必成正果。母亲摇摇头。第二天晚上，我们投宿一大户人家，主人对我母亲说，这个孩子是个大福大贵之人，如果你愿意，可以留在庄中，我愿收为义子。母亲摇摇头。第三天，我们在荒山野岭中夜行，一只老虎跟在我们身后。等它来到我们身边，我们已吓得瘫倒在地。它绕着我的身体转了几圈，用长长的舌头在我脸上轻轻舔了一下，然后仰天长啸，消失在黑暗之中。我们终于来到京城，进了高门大院，看见院中挤满了来应试的学生。老师从屋里出来，在人群中转了一圈，他来到我的面前，指着我说，这个孩子留下，其他孩子可以离开了。我和母亲跟着他进了屋，他对母亲说，他就是我要收的学生，但我有一个规矩，你们以后永远不能见面，这个孩子也要忘记他过去的身世，不知你是否愿意？

  母亲点点头。毫无悲伤之色。

23

  京城洪水泛滥。院中所有的屋子都进了水。老师的儿子穿着游泳衣在水中游泳。老师披头散发地在暴雨中指挥木匠造一艘木船。我打着伞,在他身边翻着《圣经》。老师满面红光,不时仰头大笑,天助我也。他看见我站在一边,就很生气地说,你怎么还站在这里,辜负我一番教导;你上街去吧。我蹚水来到街上,救了许多落水的儿童和妇女……晚上,回到院里,看见船已经漂在水上,师母和公子以及师兄们都站在船上。老师一个人留在水中,洪水已经淹到了他的头顶。我从水中把他抱上船,他从昏迷中清醒过来,看见我,便破口大骂。

犹大,你太让我失望啦。

24

我到监狱里看望老师。京城里贴出告示,明天将从老师和一个强盗中选出一个人处斩。皇上是手拿《圣经》做出这样决定的,他面带冷笑。同时,另一张告示中宣布,将由我代替老师出任学院的院长。我已经让人把我的师兄关了起来,严刑拷打,虽然他们如今对我非常的恭敬。在昏暗的牢房中,我把一包东西递给老师,这是我刚从街上买的。他打开一看,是一包向日葵籽,马上高兴地问我,是我们地里收获的吗?我点点头。那么我的儿子回来了?我又点点头。他说,他为什么不来看我?我缄默不语。唉——他叹一口气说,我早就知道他一定不敢来的,你的那些师兄也一样。他看见我面露凄凉之色,一直沉默不语,就问,是明天吗?我点点头。和我一起受审的是一个什么人?他问。是一个强盗,我低下头不忍看他。他突然放声大笑起来,把手中的葵花子撒在地上,这一天终于到了,终于到了……他羸弱的身体突然充满生机,犹如枯木逢春。他在我面前来回地走动。像一头困兽。我默默地望着他,最后掉转身躯朝外走去。犹大,他在我身后叫喊,你说如今的世人还会让我上十字架,而释放一个强盗吗?犹大,你会上吊吗?

我不能告诉他,那个强盗就是他远行探宝而归的儿子。

25

他们一路上经历了千辛万苦,百死一生。和强盗打过交道;遇见了群狼;在狂风暴雪中险些冻死;在漫天风沙中迷失了方向……王子性格刚毅,毫不退缩;而老师则气喘吁吁,惶恐不安。他对王子千里远行的目的充满着疑惑和不解,对自己的命运则有点怨天尤人。终于有一天,他们来到了广阔无垠的戈壁荒滩上……我从老师的日记中可以看到当时他内心的痛苦和绝望,眼前浮现出一个文人夜晚秉烛长叹、辗转难眠的情形。老师对王子说,陛下,前面杳无人烟,路已到了尽头,我们是否可以回头?王子仰望苍穹,内心无限感慨,将来我要统治的帝国幅员如此广阔,而我必须让我的威严遍布到王国的每一个角落。他从自己的宝驹上跳下来,对老师说,不,我们就在此扎营。原先王子庞大的随行队伍,如今只剩下他和老师两人,那些随从不是死,就是中途逃走。在帐中,王子打开随身携带的金丝宝囊,对老师说,我要在此地种上从京城里带来的向日葵,让这荒蛮之地也接受阳光的恩泽。愁苦万状的老师说,可是陛下,我们靠什么活呢?我们带来的食物已经用尽了,再说,这里土地贫瘠,我看是长不出东西的。王子说，我刚才看见天空有鸿雁飞过，地上有野兽的足迹，只要我的刀弓和我的千里驹在，我们不会挨饿的。只要我的精神强大，这不毛之地会被我征服的……老师在日记中有一大段文字叙述了从这以后他和王子艰难创业的情形以及他对故乡亲人的怀念，他后悔和自责当初的一念之差，对生还已经彻底绝望。这段文字韵律优美，感情真挚，可称为千古绝唱，但字迹轻浮，常有一些残言断句，可见当时他身体虚弱，时而精神恍惚。他在文中提到，如果不是慑于王子的威严，以他那匹千里驹的神速，他早就会从王子身边逃走。有一段文字，他描述了白天他一边劳动一边看见海市蜃楼的情景，这是使他苟且活下去的原因。终于，王子因为操劳过度，经受风寒，倒在了帐篷里奄奄一息。在这个时候，老师把王子一个人留在帐中，骑着他的千里驹沿着来的路线没命地逃窜，顺手拿走了王子的金丝宝囊，那里面还有一些剩下的种子。三天三夜后，他来到一个边陲的小镇上，看见了皇帝派来寻找王子的队伍，他赶紧躲在一边。经过千辛万苦回到了京城。他以为王子已经死了。他用谎言对皇上说，他匆忙地赶回京城，是来报告王子遭难的消息……可是不久，王子和那队找寻他的人马回到了京城，并且很快继承了皇位。从那一天起，老师就在等待着死亡，等候着无法逃避的惩罚……但这对他已经无关紧要了，仅有的尊严使他想到死后的情形。

  他梦见自己被钉在十字架上，岁月记住了他。

雅 兰
——献给我对往昔如梦般的回忆

上 部

1989年仲夏,我初识了一个名叫雅兰的年轻姑娘。当时,我身体内一些美丽的词素飞散在空中,使我以后无法回忆那天中午头顶上的阳光如何的灿烂。

1993年元月的一个深夜,有一群外地和本地的艺术家聚在我的家中,一个名叫陆辉的诗人,他的到来使我感触到我们关系中存在着一个女人,她就是雅兰。灯光下,我仔细端详这位备受雅兰尊敬而青睐的男人。他面庞清瘦,充满一种逼人的灵气,但绝没有如雅兰所形容的那种伟大英岸的气质。

雅兰是在1989年的冬天失踪的。某些消息传来她已经死了。我闭口不言地听着这个被雅兰称为老师的诗人谈着雅兰。他声调舒缓,仿佛不经意间弹掉手上的香烟灰。那年冬天,我去过她家,她父母用一种诅咒的目光盯着我。当时我是给她送稿费的,我帮助她发表了不少诗篇,她是我诗歌讲习所里最有才气的学员。

横贯她家屋后的是一条河流，这条不出名的小河是长江的一条支流。沿岸有一片树林，秋天，干燥的土地上铺满梧桐叶和许多可食的梧桐果，有些如同江浙农民毡帽似的梧桐果叶被风吹到河里，仿佛一条条小舟随波逐流。在这样的地方，是会让人想到"流浪"这个词的。当然有时候是回忆的情愫。"雅兰这个名字很美吧，是我给她起的。如今，连我都无法记起她的真实姓名……"

叫雅兰的这个姑娘，存在于我记忆的阴暗角落里，她和我所经历的难忘的风流韵事无关。

由于雅兰，我和这个叫陆辉的男人显得格外亲切。众人散去，我留他同床共眠，在床头之间我们谈了许多与雅兰无关的事情，但一夜之间我们仿佛都曾热爱过同一个女人。

第二天醒来后，我向他讲述了我认识雅兰的事实和一些零星闪现的过程，他不时补充我对雅兰的看法，但我们都在言语之中回避一个严酷的事实，尽量使这场谈话充满浪漫的情调。

雅兰是一个丑陋的女人。

也许文学作品精彩的地方正是作者近似真实生活的写照。几个月前，一次偶然机会我遇见了雅兰的妹妹，当时我的心情格外舒畅，因为她绝对是一个容貌可人的女孩，发育成熟。这使我相信雅兰曾经讲述过她在家里受歧视的真实性。

我的姐姐什么也没与家里人说就走了。我听出了她至今对她姐姐没有好感。带走了家里的一笔钱，以前她离开过家，但总在一年之内回来。母亲梦见她死了，我也这样认为。她的语气冷漠并不妨碍我欣赏她的美貌，如同当初我遇见雅兰，我竭力从她外表寻找一处动人的地方一样，我熟读她洁白的皮肤和迎风摆动的披发。

你和你姐姐都是同父母生的吧？

你也爱过我姐姐吗？她反问道。

"如今我精心喂养的孩子／都离我远去……"这是雅兰一首诗的句子，我第一次读到它的时候，雅兰还是个陌生的名字。

在一个夜雨霏霏的日子，我端坐于地处市中心的家中，往日门外附近传来的喧闹声，被连绵不绝的淫雨洗褪尽了。我被巨大的寂寞包围着，思绪之间充满无限酸楚的回忆。

那天夜晚我重读《一个陌生女人的来信》，重读一个男人的忏悔之情。它使我很自然地联想到我和雅兰之间的关系，联想到雅兰的这几句诗。

我曾经多次怀疑我在1989年以前的生活，怀疑我那段生活的真实性。尽管我决定用小说的形式，来宣告我那段生活处在迷惘与躁动之中，生活在众多可歌可泣的爱情之间，尽管它们缥缈不定。但我对我和雅兰相处的时光，记忆中存在短暂的空白，如同我无法回想起我和雅兰在街头相遇，当时的天空如何灿烂。

从那天夜里我开始失眠，我彻夜回忆雅兰的音容笑貌，身体在床榻上保持平静的状态。但我无法回避用虚构的情节来增添这段往事的可读性和戏剧性。因为雅兰的形象如今对我来说是模糊和抽象的。

雅兰是个丑陋的女人。

对雅兰的妹妹，我始终保持一种平行的姿态。尽管她这样一个美貌的女孩，每一个初识的男人都会产生某种渴望。我和她多次交谈中，每次提起她的姐姐，甚至让她厌烦，她轻描淡写的回答伴随着相同的疑问：

你是我姐姐的什么人？

她和我提到了陆辉，她相信陆辉曾经爱过她的姐姐。有一段时间，姐姐常出没于家附近的树林，每次回来，姐姐总是红光满面、心神不宁。一次她偶然提起了雅兰眼含泪水地走进内屋，她说这事大概发生在1989年夏秋之交。

关于她提到了另一些男人，他们的姓氏让我吃惊。"大概八九年以前，家里收到了许多来自全国各地的信件，姐姐总是一个人关在里屋，从早到晚阅读这些信件。谁也无法了解她当时的生活方式是否与这些信件有关，也就是那时候，我知道姐姐另一个名字。"

我对陆辉那天谈论雅兰时的态度产生怀疑。

我在那天去你屋子之前就知道你，1989年夏，雅兰在那片树林里对我说，她认识了一个名叫吴鸣的年轻男人。我记得那天她对我说这条河的深度绝对淹不到一个人的头顶，她说那个叫吴鸣的不会游泳。

后来，大概是雅兰失踪后的几个月以后，我去哈尔滨，从一位编辑那里听说，雅兰就住在这个城市的边缘，一个郊区的村庄里，和一位退役军人结了婚。我记得当时正在参加一个笔会。

由于时间的原因，我无法实地证明这些消息的可靠性。那时令好像已是春天，可北方大地却依旧银装素裹，被冰雪覆盖。

　　陆辉的陈述使我对雅兰部分的回忆逐渐清晰，特别是时间和地点带有很强的暗示性。我记得我曾对雅兰说过我不会游泳，但说这话的当时情形我还是无从记起。

　　我手上这篇《雅兰》的小说，至今无法找到一条完整的线索来推动情节的发展。从今年元月遇见陆辉到此刻我正握着笔，我多次往来于陆辉与雅兰妹妹之间，努力真实地记录他们谈到的有关雅兰的事情。

　　夜间，我常在睡梦中惊醒，一旦我的梦境中出现一个或几个模糊不清女人的形象，我便发觉自己真实地躺在床上，黑暗中我抚摸自己的躯体，如同抚摸沉淀在我体内的忧伤一样。

　　多年来我养成独自在街头漫步的习惯。眼下，这场春雨正使城市变得疲惫不堪。我的步伐显得缓慢而无力。在一扇被雨洗刷得洁白明亮的玻璃门前，我看见自己脸色发白，头发散乱。刚才，我已无法忍受继续坐在屋子里，听着屋外滴滴答答的雨滴之声。屋里寂静的空气仿佛正在膨胀。

　　雨中，我信步走进了一家旧书店，翻看放在门前一张发黄桌子上的旧杂志。在一些1989年以前的文艺刊物上，我看到了雅兰的名字，她的名字和她诗一同出现，我没有细读这些诗的内容。有一首后面这样介绍她：一个正在崛起的诗坛新星，诗风奇特、感情炽烈。然后是她的籍贯和年龄、性别。

　　我询问了这些旧杂志的价格，然后把它们放回原处。我没有看到她寄给我的诗，我觉得某种遗憾。

回到家中我收到一份电报,没有署名,上面写着:明日抵宁晚七时车站。

我已经无法记得或者不愿解释,是否为了情节的发展,而安排了这份电报出现在我的面前。我在车站遇见了陆辉。

七点钟之前,我陆续地看见了一些我熟悉的人,他们手里都拿着的电报内容相同,显然我们都在迎接同一个人。包括陆辉,他神情紧张而严肃。

众人之间保持着沉默,相互点头,各自在自己的座位上抽自己的烟。焦急的等待使我们精神疲惫、低着头。七点整,我们没有听见火车进站的汽笛声。陆辉紧靠着我身边坐着,正在把手上的电报纸叠成一只小船。

还在写雅兰的事吗?他问我。我点头。看样子不会来了。"谁,你知道是谁吗?"我问。"我有点冷,我感冒了,你感冒了吗?"他接着问。我说:"如果人不来,一起去我家,好吗?"

临近八点钟,有一列客车停站,我们不约而同地抬头看,稀稀拉拉地从站台里出来些人,几乎都是到城市打工的农民。似乎看不见一张白皙的脸。"走吗?"陆辉站了起来。

我的目光追随着一个与众不同的女人,她从我们身边悄然而去。一身洁白的衣服,宛若黑暗中发光的物体。一双白色女式高跟鞋踩在带水的路面上,溅起细微的水花,于是黑暗之中,发出清脆的响声。

我眼前这位雅兰的妹妹,脸上时常带有一种妩媚的微笑,她的愤怒总是转瞬即逝,宛如流星划过漆黑的天际。

如果你总是谈我姐姐,请你下次不要找我。

我正在写一篇小说,内容与你姐姐有关,题目就叫《雅兰》,对于你,我也有一段描述,你是个美丽的女孩。有关你的褒贬问题,取决于你的合作态度,你今年多大?

二十二岁。

你是属猪的吧?

是的。

你姐姐应该是属羊,是吗?

是的。

这很好。我面对她,保持一种平行的状态。我的目光注视着她头顶上的天宇,仿佛看见了时光轮回的痕迹。"我今年三十多岁,将近四十。"这对于她是一种可笑的谎言。

我想你和我姐姐一般大。

但是我显得深沉而成熟。在1989年,我认识雅兰的时候,我已养成积蓄胡须的习惯。有时我又表现出一种幽默,这是令人难堪的作家的睿智。

如果我是你姐姐,我就会把你掐死在摇篮里或者把你引诱到你家附近的河边然后把你推下去。

集宠爱于一身。

沿着冰雪覆盖的小路往前走。实际上,在北方的冬天,你孤身一人走在乡村,根本看不清哪里是田畦、哪里是道路,到处被雪覆盖。我只能顺着前人的脚印往前跋涉。

终于在傍晚时分(天已乌黑一片),我历经千辛万苦找到了那个村子。虽然我穿得很多,但依然寒气逼身。然后我终于找到她的家。

有一个脸上有疤痕的男人把我带进屋里。他表情严肃,令人恐惧。我注意屋里除了他,还有一个坐在炕上的妇人。整个屋子大约有七八十个平方米,所以一盏八瓦的日光灯使屋内显得昏暗、阴冷,一些低矮的家具贴着四周的墙壁,在我的眼前像是要倒伏下来。

我注意到陆辉在叙述时,心有余悸地把两只手交错地插进袖筒里。他不时地打着喷嚏,使他的叙述变得断断续续。他解释道,"我感冒了,你冷吗?"我注意到屋外又开始下雨,春寒料峭。

我不冷,你继续说吧。

我靠近热炕边坐了下来,耳边仍有空气流动的声音。我的牙齿开始不停地打战。那个热炕又在颤动,这种颤动声在空寂的屋里显得格外清晰,坐在炕上的老太太突然尖厉地哼了一声,我没有注意她的表情,却被吓得不轻。我是一个陌生人,我感受到被巨大的敌意包围着。

突然间我听到了哭声,那个疤脸汉子向前弓着身体,他的身体在颤抖,他两手抓住了头上的帽子,是他用一种粗犷的声音发出一种死亡般的哭喊。

雅兰几天前突然死亡。疤脸的汉子是她新婚不久的丈夫。

陆辉的脸变得苍白,人柔软地倒在椅子上。寒冷使他脸颊上的眼泪变得冰凉。

我必须有一个大胆的设想,陆辉是雅兰的情人。在那片树林里,他的动作让雅兰哭泣。

一个情人不远万里去寻找他旧日的女友,但却听到了情人死于一旦的消息。

对于雅兰的死,我并不惊讶。我努力分泌出内心忧伤的感情,却心如枯井。

回忆是美好的。

但我有一种罢笔的绝望。

下　部

这样一天,人们惊喜地发觉太阳如同久违不见的亲人悬挂在头顶上的天空。大街上散发着植物腐烂变质的气息。人们仿佛晒霉般被抛在大庭广众之中。在一家经常光顾的饭店底层,我端坐在烟雾之中,心里顿有一种劫后余生的松弛感。

面对那些花枝招展、仪态大方的男宾女客,被阳光渲染的一张张微红的脸宠,让我感到生活的真实。我透过巨大的茶色玻璃门,看见陆辉正朝里走来。

表情依然与众不同地严肃。

几天前的夜晚,陆辉于我床榻之上,通宵的咳嗽使我彻夜难眠。我在枕边,想象中伴随着他横穿北方冰雪大地。他在梦中眼含泪花,洗却脸上的皱纹,他有一张英俊而令人动容的脸庞。

他忧伤的叙事风格,使我整夜被某种情感所牵系。仿佛冥冥之中闪耀的火花,证实存在我记忆中某种经历,来源于水。

在水边,我曾经对雅兰说,我不会游泳。

实际上,我在这家饭店所等的人并不是陆辉,而是雅兰的妹妹。虽然时光转徙,但我如今生活的经历只局限在我小说中的人物之间。我往日的朋友随风飘去,散落在城市不易找寻的角落。

陆辉从门外一直盯着我,我朝他微笑,挥动着手臂。

陆辉于是坐在我身边不远的一张桌边。他的身边坐着一个女人。陆辉若有所思地从我身边走过,显然他没有注意到我。

我侧着身子仔细端详让我眼熟的女人的背面。她一身洁白的服装,和那双洁白女式高跟鞋,让我马上联想到在车站与我们擦肩而过的女人。

我看见她如一尊石像在笑容灿烂的陆辉面前纹丝不动。

紧接着,我看见一张张熟悉的面孔连续地出现在宾馆里,阳光照射在他们脸上,是一张张猫样的脸带着相同的表情,悉悉索索地穿过桌椅间的空道,坐在那个白色的女人的身边。

而我要等的雅兰的妹妹并没有出现。

我紧盯着那个地方,听见笑声从那里传来,我在考虑我是否也走过去,但我又想有一种置身其外的乐趣。

是那个白色的女人吸引了我。

那一天在湖边,站着我和雅兰。

这是夏天很少没有阳光的日子。传统的手法称这种天气是乌云遮日,暴雨前的间隙。

在我的回忆中,雅兰面对面贴近我,我们之间的距离只有一个手臂。雅兰正在弯着腰脱着她的平底球鞋。后来,她干脆在草丛上,脱下袜子,我看见一双硕大无朋、白皙的脚。

"这里的沙子真多。"她赤着脚走向沙滩,又折回到我的身边。安静的湖面上连一点波纹都没有。

我记得当时气压很低,空气沉闷,没有一丝风。我一直保持一种静止不动的姿势。只有目光在紧紧追随着她。嘴上有一根烟,从里面吐出淡淡的烟雾。

开始她的动作很快,很自然。鞋子和袜子被她像扔几块石头一样抛在身边的乱石丛中。她穿着一件很宽大的上衣,一直拖到膝盖。她说,一只手抓住上衣的袖口。

你为什么站着不动,多清澈的湖水呀。

是的,水边浅浅的沙石中能看见光滑的鹅卵石、汽水瓶盖。水面四周的颓山也倒映在湖面上。我想起那条小河,河水浑浊,能看见稠浓的泥石浆浮流在水面上。

她还是没有等我,开始解开袖口上的纽扣,然后是胸前的。她微笑地注视着我手上的香烟。这时她动作是不连贯的、间隔性的。

我的目光移到她身后的湖面上。我凝视它,想起去年冬天我独身一人来到这里,湖面上覆盖一层薄纸般的冰皮。我近乎赤裸的身躯小心翼翼地、颤悠悠地接触着水。

这是多么臃肿而肥胖的身躯啊。

然后是她穿着泳衣,转身,动作缓慢地离开我静止不动的身躯向湖边走去。一会儿,不远处传来水波划动的声响。在湖中心,一张湿漉漉的脸从水中伸出来,面对我。

你在抽第几根烟?下来呀。

这时候,我说,我不会游泳。嗓音穿越空气,击打着湖面。

陆辉从梦中醒来,他侧翻一下身子。用似睁非睁的眼光扫了坐在床间的我,他说,我做了一个噩梦,我梦见自己被淹死在河里,我的尸体上沾满梧桐叶。

说完,他又一次进入梦乡,嘴中发出一种痛苦的呻吟。我推醒他,我说,天亮了,你可以走了。

他在我面前穿衣服,用镜子照脸。他说,实际上,我梦见的那个尸体是你,我看错了。

因为你不会游泳。而我从小就生活在长江边上。我的脚上有被水里玻璃划破的伤痕。他抬起他的一只脚,我的嘴边马上有一种湿漉漉的脚臭味。

1993年的一天下午。在阳光照耀下的一间大厅内,我初次会面了一个名叫梅芯的女人。我还有陆辉以及另外的一些人,都被她惊人的美貌吸引住了。当时,她离开了围坐她身边的人们,径直走到我身边,像一个熟人一样坐在我身边。在我面前,她丝毫没有一点一个陌生女人的羞涩,而是表现出亲人般的亲昵和自然。我叫梅芯。而那种情景,使我有了一种怯弱和无言以表的尴尬。这是因为她那一身洁白宽广的上衣令我目光迷蒙。

她没有和我进行一些必要的礼节,她直接地告诉了我她知道我叫吴鸣。她这种如数家珍的谈话方式,使我短时间内恢复了平静。

那天在火车站你的目光……

当然她看出了我目光中的疑惑,她便和我提到了一个熟人,她的名字使我记忆深处痛苦地抽搐了一下,我突然间坐直了身体。

我认识一个叫雅兰的女孩。

在广州一条繁华的商业大街上,我拥有一家装饰华丽的整容所。有一天,从门外走进来一个相貌丑陋的女子。我第一眼看见她便有些吃惊,因为她冷漠的脸上充满着仇恨与高雅的气质。同时我看出她是一个外乡人。

她指着我的脸要求按我的脸型整容。

这次手术近臻完美,但无法达到她的要求,因为一张脸是天生的,我的相貌只属于我。

几天后,当手术完毕,我微笑地希望得到她的赞扬,她只站在镜子面前伫立了很久,一声不吭地走了。

几个月后,我看见诊所门前围着一群人,我挤进人群,马上认出了她,当时她昏倒在门前,身边有一摊血。一种怜悯之心(而且持有好奇之心)使人把她送进了医院。

她死在了医院,几天后。

临死前,她终于告诉我,她叫雅兰,从南京来。我从她的遗物中找到了你们的住址。

还有一封没有寄出的信,是给一个名叫吴鸣的。但我没有找到她亲人的地址。

当时我想这个叫吴鸣的男人与她一定有着某种不寻常的

关系。

1990年秋天的一个下午,天空泛阴。一个背着红色旅行包的女人穿着一身黑色的衣裙,抬手敲响了陆辉的家门。

她站在门前,鞋上沾着从河边带来的枯叶和污泥,她的头发在微风中竖直起来。她对打开门的陆辉说了一声:陆辉,你好。

陆辉让这个陌生的女人进屋,他看见她很熟练地坐在一张属于客人的座位上。这间书房只有两张椅子,一张旧的,一张新的。新的属于来客,旧的放在书桌后。陆辉日常习惯是坐在书桌之后,胳膊肘支撑在桌面上,手在面部的前方,遮挡自己某种复杂的表情。

这个陌生的女人一直面带微笑地注视着陆辉,但进屋后始终一言不发。

她面前的陆辉表情黯伤,眼光无神,好像刚醒不久。这时候,另一间屋子里传来床板微微的声响,显然有人正从睡床上起身。

大概过了十分钟,这个沉默的陌生女人终于开口,她说,我是雅兰。

她没有看出陆辉表情有什么变化。

我把雅兰的妹妹带到湖边,我几乎用一种粗暴的方式把她推倒在近于干枯的草丛上。

我从她脸上发觉一种幸福的微笑。

她不知道正是这种微笑使她失去了一次成为一个妇女的机会。她这种微笑使我联想。

这样的画面：雅兰面带微笑转身走入湖水，平静的湖面顿起波澜。

于是我安然地坐在她的身旁，捡起一颗石子投入湖中。我说："坐起来吧。"某种忧伤的表情瞬间在我脸上闪现。"你这种微笑使我想起来你姐姐。"

这几乎是我用一种下流的语言暗示她，我曾经和你姐姐有过类似的情节。有时，我痛恨自己是一个由身体内部器官控制的动物，我的语言过分地强调了生理作用。

尽管此刻我让她哭泣，对我的仇恨（也许是憎恶）使她恢复了少女的庄重。但是我依旧吻了她，我的脸上沾着她眼里的泪水。

我触及到冰凉的皮肤，她心如槁木。

她坐在我抽的烟雾之中，我一根接一根地抽，眼见一包烟已经见底。我不知道自己是在听她述说，还是在听咖啡间正在播放的由安迪·廉斯演唱的流行歌曲。曲调忧伤而低沉，一如我此刻的心情。我注意到陆辉此刻就站在我们面前，他被她叙述的内容吸引住了，眼光紧紧吸在这个叫梅芯的女人脸上，甚至有一丝奇异的光芒。

它展现我几个月来的一切要回忆的内容。

几乎所有走过来的人都静静听这个女人在叙述。她几乎没有添枝加叶，（几乎）没有感情起伏地保持了这个故事的纯洁性。直到我们听到了陆辉沉重的喘息声，夹杂了一些轻微的呻吟，这时，她才停下来。

她站起来对我说："吴鸣，我们走吧。"

所有的目光又集中到我的脸上。

我在众目睽睽下站起来,和她走出饭店。在路上,她说:你一直在思考。

我回头看见陆辉远远地跟在我们身后。

"去我的旅馆。"她说。我站在门前看着她上楼。又回过头去,在街的另一边,陆辉正向我招手,阳光下他的表情如同落地的乌云。

我没有让她知道陆辉在我们身后。

这个叫梅芯的女人带着行李,就如同我久别重逢的妻子。紧靠着我的身体走进我的住处。然后,仰身躺在我的床上,屋子里这时便散发出身上浓重的香水味。她坐起来,从红色旅行包里拿出一叠衣服,她说:"我需要洗个澡,我很累。"

我听着盥洗间里的水流声,异常清晰。接着是她脱衣服的声音。那扇门被她敞着,我坐在无法看见里面的地方,继续抽烟。在自己的家中,我不敢四处走动,一种莫名的兴奋与紧张在折磨着我。

那天从湖边回来,我认为我的这篇小说伴随着与雅兰妹妹交往结束而该有一个完满的结局,或者付之一炬。我在湖边的行为,让她愤怒而伤心。我又一次存在于孤独和解脱之中。

那天我用清水洗面,在镜子面前站立许久,发现多年来我依然青春不逝,光滑的面容使我很快联想多年来我的情感生涯。

竟然发觉我对雅兰形象的回忆已被她妹妹的外表所代替,并且我认为我写这篇小说的动机竟来源于对雅兰某种生理上的思念,于是我翻遍所有的照片与画册,却无法从中找出一张丑陋的面容,恢复我对雅兰真实的记忆。

陆辉曾经告诉我,雅兰在第一次失踪后秘密地回过南京。那段时光在我的记忆中是明朗的,我无法回避,我和一个相貌陌生的女人擦肩而过。

那种苍白、空洞的表情,宛若一颗流星击中我的头顶,我几乎没有勇气去叙述我另一个偶然的事实。

我记得那一夜我敲响了陆辉的家门,夜风微寒,我缩着脖子站在门前暗淡的灯光下,看见陆辉新婚不久的妻子怒气冲冲面对我,丝毫没有把我作为丈夫的友人相待。

他和一个女人出去啦。

我顺着夜色笼罩的小路往回走,夜色使身边一切的景物变得模糊不清,只有远处的住房中洒出来的幽幽灯光使我辨别着方向,听狗沉重的叫声偶尔从村庄中响起。

这里处于城市的边缘,夜晚寂静而令人害怕。

于是,我渐渐地加快步伐。好歹这条路我经常走过。我的身边一侧是一片幽深的树林,经过这片树林就可以走到雅兰家门前路灯明亮的公路上。突然从树林中传来一种急促的脚步声,没等我明白过来,一个人的身影便来到我的身边,黑暗中她使我大吃一惊,等待我仔细辨认的时刻,她已快速地跑过去。在和我擦肩而过的一瞬间,我仿佛看见快速地闪过一张表情苍白的面孔。我看出它是一个女人,这种小跑时的身形和速度绝对是一个女人才能有的。

这片树林连着雅兰家后面的树林。

接着我便看见了陆辉,他几乎也是疾步来到我的身边,和我照面,我看见满脸的沮丧与不安。我很自然地把他同刚才那个女人联系在一起。

"你在追刚过去的那个女人吗?她是谁?"

"她没有看清楚是你吗?"

"没有,她跑得太快。"

这时候他才停止了喘气,只不过目光一直朝着我身后的小路。他很快地恢复日常生活的表情,严肃而漠然。

"她,你认识,也许过几天后我会找你去的。"

他再也不愿和我谈刚才那个女人。我于是向他告别。

回家后的几日,我一直在等待一个女人上门。那段时间,我对异性充满向往。

坐在屋子里,我想驱赶那个叫梅芯的女人在洗澡间里发出的声响,于是信手翻着我放在桌面上的小说。

只是此刻我无法进入小说所需发展的情节之中。

这个女人,终于在我目光闪烁下走了出来,她的头发湿漉漉的,任意散乱地披在脑后,有的沾在前额上。我无法不直接地描绘她出来的情景:穿着一件几乎透明的睡衣,里面套着三点式泳衣。胸部两座山高高地挺起,她的大腿上箍着紧紧的黑色玻璃丝袜。

她有一个美丽惊人的躯体。

她随意地坐在我宽大的床边,松弛这个美丽的躯体。

但她目光中绝没有那种令男人忘乎所以、动作失态的神情。

她用平静的语调谈到我这个家，简单家具的摆设、书籍的零乱以及屋里的光线。

忽然她说："我在广州开店之前当过按摩女郎。"

她站了起来，走到那红色旅行包前、打开，从里面拿出两个瓶子，然后回到床边。这回她几乎坐在床中央，身体半仰着，用我的被子垫在背后。她把两手放在大腿上，搓卷着，慢慢地把袜子退下。她的动作始终保持一种节奏，脸上没有丝毫异样的表情。她将一个瓶子中的药水倒了些在窝起的手心里，然后顺着那条被袜带勒出来的红痕往下轻轻地揉擦。药水触及到肌肤，她的肌肉明显地抖缩……一会儿，整个腿部呈现出自然的白里透红的颜色。

她的目光一直在盯着自己的躯体。接着，她又拿起另一个瓶子。她说了句："这是按摩油。"开始把手伸进自己的短睡衣里，从小肚上开始，一直到她的颈子，她的身体并没有因为她手的揉搓而动弹不已，而像平静的湖面上起的一点微澜，只是这些润肤剂使她的身体在光线下变得富有光泽和弹性。

当她的手触及到乳房的时候，便很轻快地滑溜到一边，又顺着两峰之间的浅沟隔着乳罩上下抚摩。

"啊。"突然间，我听见门前有人大叫了一声。

我几乎不加思索地冲出门外，看见一个人很快地跑进另一条街道，于是我也跑着跟了过去。站在那巷口，我似乎看到了一个熟悉的背影。

后来我几乎在平静后才回到屋里，这时，她已穿着整齐。那身白色的套裙在她身上看来依然有另一种魅力。

她坐在书桌边，手里拿着我的小说。这篇只写完上部的小说。

以后的几天里,她便住在我的家中,当然,我们之间并没有发生男女之间那种事情。她始终态度庄重地谈着我的小说,我在她的帮助下开始写作这篇小说的下部。几个晚上我们都在平静地谈着雅兰。我对她的对话方式或者说悟性感到吃惊,她几乎用一些不经意的设问句逐渐使我对雅兰的回忆变得清晰。但她在谈话过程中并没有非常在意我的表情的变化,甚至我无法不回答一些令人尴尬的情节。

只是她对我小说下部的情节的安排表示不同的意见,有一次她开着玩笑说:"如果就审题来说,你这篇小说正在越来越偏离主题,你应该主要写雅兰。"

而我是梅芯。

清晨,她从小憩中醒来,便总是一个人匆忙地离开了我的屋子。她在白天出去干什么?这令我思虑。而我总是在大半夜的畅谈后,看着她和衣睡在我的床上,于是伏笔写一些与刚才谈话内容几乎无关的东西。

白天我睡在她刚睡过的被子里,总有一些发自她身上淡淡的香气使我离回忆越来越远。我对眼下这种生活方式充满眷念。

这一天早晨,她梳洗完以后,说:"我们为什么不去雅兰家附近看看呢。"

于是,我们来到了那条河边。

也许多年以后,我回忆现在的情景,随着时光的流逝,我会逐渐淡忘,甚至完全忘却,但我无法不在这张纸下留下一点痕迹，以倾述我内心的一些感情波动。我逐渐对这女人有一种依恋感，这使我对这篇小说失去了兴趣，现实要甚于回忆。

但她是一个洞察男人心理的猎手。她几乎用一种自然的方式使我在一个女人面前失去了表达感情的勇气，她和我保持一种平行的姿态。

人总是一种动物。

这条河依然流淌着。只是这片树林几乎荡然无存，替代的是纷纷攘攘的人群，这里变成了公园，毫无景色可言。

这令她失望，表情忧伤，目光低平。

于是我们坐在两张存留下来的方石上。看着河里人们抛弃的杂物随波逐流，看身边一些人工栽培的鲜艳的花。

"我想你该说说那天和雅兰初次会面的事啦。"

"这已与这篇小说无关。"

"不，我想听。"

于是我便开始了回忆。

"那天是阴天，我记得很清楚。天空没有阳光。雅兰手里拿着一本书在我们信里约好的地方和我见了面。在这之前我很兴奋，通过她的名字和字迹我以为她是个漂亮的女孩。看到她以后，我很失望。我想这一点她也看出来了。当时我才二十二岁。我们顺着马路随便地往前走，我们之间保持着一定的距离。当然我和她谈到了诗歌，主要是她寄给我的诗，我相当客观地加以了赞扬和批评；我说我并不是一个文艺圈里的人，只是认识一些文人罢了。我们谈的话相当少，有时候我侧过身子来看她，其余的时候往前直走。于是她便停下来去抚摸一些路上小孩的头,对那些长得英俊的孩子她甚至蹲下来和他们交谈。这使我不得不站在很远的地方等她。她解释说,她没有工作,平时靠在一个乡村小学里代课维持生活,她很喜欢城市的孩子,在一个四岔路口,她甚至和我话没说完便横穿马路,原来她看见一个非常漂亮的小女孩正独自站在快车道上。趁有车子过来,挡住视线的时机,我丢下了她,独自走进了一家百货大楼。"

这就是我和雅兰初次见面的主要经过。

我看见梅芯在我说完这件事的一刹那,从方石上站了起来,她走到河边,凝视河水。等我走到她的身边,她才转身微笑地对我说:"我该回广州啦,因为雅兰的事情我已经非常清楚。"

我想我在车站的最后时刻,才能把我恳求她留下的美好愿望表达出来。类似这样情景我在许多文艺作品中经常看到。

今天,她穿着一身黑色女式短裙,脸上过分地抹上了一些化妆品,这显然与她这些天来高雅的气质大相径庭。

但她脸上始终带着微笑。

在我几乎要说出口的一瞬间,她说:"吴鸣,你不是要求我留下来吧,"她把一封信递到我的手里,"这是雅兰临终前留给你的,我没有拆开过,但一直保留着。有空去广州玩,我的整容所在广州很有名气。"

她在火车上向我挥手告别,她的脸上始终蕴藉着微笑。

我注意了一下此刻的天空,太阳在大团大团乌云中窜来窜去,实际上是云在快速地移动。

以后，梅芯消失在一望无际的轨道上。

此刻，我的身体和思想静止在流动的时光中。

我转身离开车道，坐在一张候车室的长椅上。

我的目光穿过宽敞而喧闹的大厅，那忽明忽暗的阳光透过巨大的玻璃门窗，洒在熙熙攘攘的人群之中。仿佛是众多茂盛的树木在我身边流动。窗边，候鸟整齐而低低地从屋檐下飞过，顺着铁轨的方向消失在视觉中。

最后，我的目光停在那封摊在手掌之上的信封。

这信封里放着什么？

第一种可能，这里面是一封雅兰的遗书，可能字里行间充满悲伤欲绝的感情。我可能为此而流泪，在大庭广众之下我的表情会令人注目。

第二种可能，一张照片从信封里滑落到我手里，又落到地下。我捡起来，这张照片上的人物却是梅芯。她微笑的气息还在车站里流散着。

第三种可能，我从信封里抽出了一张存款单，一张写着"吴鸣"的巨额存款单。还有一封短信，上面写的是：雅兰赠。

我宁愿选择第三种结局。

我打开信封……

中奖彩票

早晨,柳明到厂里上班,没过多久就从厂门里出来。车间主任对他说,厂里今年效益不好,任务不紧,领导决定采用轮班制,让你们隔天上一次班……你就明天来上班吧。他边往外走边想刚才车间主任说话时的表情,还有那种不急不缓的语调。

他想,这比那些下岗的人要好得多了。

他推车沿着围墙的人行道往前走。稀疏的阳光从树枝缝间照到他的身上,地上落着许多梧桐叶。他走在上面沙沙地响。这要在前两年,地面要干净得多了,早晨总能见人拿着扫帚扫地,而且墙上还有许多鲜红的标语。他走到围墙尽头,在十字路口停了下来。他想要不要马上回家,沿着大路笔直向前可以到家,从旁边拐绕一点路也可以。他想,这么早回到家里也没事,不如在街上走走吧。

他向左拐朝五台山的方向骑去。

这时候慢车道上人很少,沿街的店铺大多数还没有开门。他骑得很慢。拐进一条比较宽的巷子里,看见一所大学的校门。门前一长排小商贩正在收拾地下的东西。远处传来一阵阵高音喇叭的声音,他抬头看见不远处五台山体育馆的圆顶和一些高层建筑,以及各种颜色的玻璃。

他骑出巷子,上了大街。看见很多人聚集在路边的一块空地上——五台山体育馆外一块很大的有点坡度的空地。还有许多旗帜插在四周的树和电线杆上。还没等他靠近,就从高音喇叭里知道怎么回事——正在销售有奖福利彩票。他骑到近前,坐在车上垫起脚朝人群里望望。反正没有事,进去看看吧,他想。在人行道上他找了个空当把车停好,往人群里走。人很多。还有许多人像他一样正朝里聚合。他从外面看见最里面的坡上搭着个高台。就往人群里挤。木材搭建的高台上坐着几个表情严肃戴着袖章的人,大概是纠察。他要看的却是几辆崭新的"夏利"轿车,各种颜色都有,车头上披挂着红色的彩球。他看看周围人的表情,心想,这大概就是他们到此来的目的吧。在高台前面放着一长排桌子。每张桌子后面都有人正在卖彩票。桌子前面人头攒动。他沿着桌子伸着脖子朝人堆里面望望。想绕完一圈就回家。刚走了几步,却没想到看见了自己的妻子。

她正站在一张桌子的后面,手不停地接着别人递过来的钞票,头一直半低着,不时要用手捋捋掉在眼前的头发。她怎么跑到这里卖彩票呢?他想。她原来在一家街道工厂里上班。他注意观察了她一会儿,见她手脚利落,神态疲倦但又显得很兴奋,张着嘴和面前的人说着什么。他想上前打个招呼,但一想,人这么多,她顾不上和自己说话。她也说不定不想在这种场合和自己见面呢。于是,就往别处走,刚走了几步,就听见她的嗓门大了起来,好像在和别人争吵似的。等他走出人群,再回头看的时候,已经找不到她在的位置了。

她怎么去卖彩票啦？他在路上想。

柳明回到家，躺在沙发上看电视，不知不觉就睡着了。到了中午，儿子开门的声音让他醒了过来。儿子看见他在屋里就吃惊地问，爸，你怎么在家？他看见儿子身后跟着一个女同学。女同学有点尴尬地低着头。他就站起身说，我给你们烧饭去。他把昨晚的剩菜热了热，又炒了个鸡蛋。把菜端上桌，用手敲了敲儿子房间的门。看见儿子一个人出来，顺手把门带上，就问，不喊你同学一起吃？儿子说，她吃过了。两个人坐在桌边一声不吭地吃着饭，儿子头埋得很低。过了一会儿，儿子抬头看了柳明一眼，说，她是我们班长。又低下头去。儿子正在上高三，是班里的团支部书记，有可能上大学。快要吃完了，儿子说，爸，给我二十块钱，要交复习资料费。柳明在身上掏了一下，想起自己身边只有十块钱，就放下手中的筷子，到自己房间里找。抽屉里除了一张存折，一分钱也没有。他回来小声对儿子说，钱都在你妈身上，等晚上再给你。家里怎么连二十块钱都没有？儿子有点埋怨地说。

柳明到厨房洗碗，听见大门"咣当"一声，从里面出来，发现儿子和他的女同学已经走了。他把存折从抽屉里拿出来，翻开，看见上面还有四百元钱。他想了想，又放了回去。手伸进口袋里，把十元钱摸出来，又把空烟壳翻出来，就往楼下走，在街上买了一包"龙泉"，又买了一张报纸，边走边翻到宣传"福利彩票"的那一版。

回家靠在沙发上想，厂里应该发上个月的奖金了。

傍晚，儿子回来不久，叶青也回来了。一进家门就喊，累死了。她看见放在桌上烧好的菜，就问，你怎么回来这么早。柳明把她拉进厨房,把厂里轮班的事告诉她。叶青嘀咕了几句,说,我本来不想马上告诉你,我也下岗了,街道安排我去卖福利彩票,已经有几天了。柳明想说我早晨看见你了,但看见她脸色不好,就忍住了。他知道叶青很要强。他们闲聊了几句,他想起一件事来,就对她说,你给我二十块钱,儿子要交资料费。

他知道叶青这段时间和儿子闹别扭,两人都不理睬对方。叶青怪儿子学校一天到晚要交钱,儿子嫌母亲越来越唠叨。

怎么又要收资料费……叶青果然大开嗓门,把学生都当摇钱树啦……柳明站在一边一声不吭。她骂了几句,还是从口袋里掏出钱给了柳明。柳明知道妻子的脾气,想说的话不说出来,憋在心里难受,说完也就算了。柳明推开儿子房间的门,看见儿子正坐在桌前望着台灯发愣,知道叶青的话他都听见了,就走到他身边,把钱放在他的桌上。又从口袋里摸出五元钱,说,这钱给你零花。柳明见他一动不动,就把钱朝他面前推了推,说,你不要怪你妈,现在我和你妈工作都不顺心,日子要比以前紧一点,你妈也是心里着急。他把手放在儿子肩上,还想说几句,又不知道该说什么。你出来吃饭吧。说完,刚要开门离开,儿子在身后轻声喊,爸,你来一下。他又走回去。他看见儿子半转身,头低着,有点欲言又止地说,学校……还要收一百块钱补课费。他说,不是开学已经收过了吗?儿子说,那是上半学期的,一个学期一共要交两百元。儿子看见他在犹豫,声音更低一点说,我们班主任说如果谁家里比较困难,可以打个申请,我……柳明赶紧抚摸儿子的头说,你放心,家里一百元钱还是有的,你只管安心读书,我过两天给你。

他想到那张存折……还有自己上个月的奖金。他决定不把这事对叶青说。否则,耳边又不得清静了。

　　吃完饭,他和叶青看电视。叶青还在说学校收钱的事,他就问,彩票卖得还好吗?叶青说,还可以,每天应该有四五十块钱提成。他想起下午看的报纸,就说,你要小心有人用假币买彩票,人一多一忙就发现不出来。叶青说,你放心,没人能骗得了我。她转口骂了几句用假币的人,说,我真想自己也买几张试试运气,今天就有人从我这里摸走了一辆轿车,你看那人高兴得都快发疯了……而且他只花了十元钱。

　　能摸到一台彩电或者自行车也好。叶青情绪激动起来。

　　柳明说,有人命好,该他发财;也有人钱多,摸不到也不心疼。

　　上床睡觉的时候,叶青叹一口气说,要是前几年,我们也会买它几张试试手气的。

　　第二天,柳明去上班。下午快要下班的时候,他把车间主任老张喊到一边,说,老张,上个月的奖金还没有发呢。老张一听,笑了,说,我以为你喊我什么事呢,原来是奖金的事。他递了根"阿诗玛"给柳明,柳明摇摇手,从口袋里拿出"龙泉"点上。老张问,是不是手头缺钱花,我可以借一点给你。柳明连忙说,不用,不用,我只是问问。老张低声说,不瞒你说,有的工人都吵到厂部去了,厂里也没有办法,没钱,外面还欠着债,别说是奖金,这个月工资说不定都发不出来。

　　柳明心里沉沉地回到家,见妻子还没有回来,就进厨房烧好饭坐在桌边等。已经过了七点了,就把儿子喊出来,让他先吃。他看儿子吃饭时的神色,就心里提醒自己,明天一定到银行提出一百块钱,不要让儿子在学校为难。快到八点钟的时候,叶青风风火火地推门进来,手里还拎着一个鼓鼓的塑料袋。她看着桌子上的菜,就问,你还没吃?我已经吃过了。柳明说,我在等你,柳青已经吃了。叶青拎着袋子往卧室里走,回头对他说,你快点吃完,过来帮忙。

柳明吃完,收拾好,走进卧室。看见叶青坐在床边,床上垫着报纸,上面堆着很多撕过的彩票。他问,你这是干什么,这些撕过的彩票有用吗?叶青一边低头看着手上的彩票一边说,你没有看今天的报纸?今天有人顺手在地上捡了一张,就捡到一辆跑车。你看这张,她从床头柜上拿过来一张,递到柳明眼前说,这就是一张有奖彩票,奖品是一块香皂。

柳明在床边坐下来,抓了一把彩票在手上,看见许多彩票上留着鞋齿印子。他看了几张问,我怎么知道哪些彩票是有用的呢?我跟你说,叶青停下来,指着彩票说,头奖的标记是一只熊猫,二奖是一只老虎,……也不跟你说这么多,只要彩票上不是"谢谢"两个字就是有奖彩票,你把它给我就行了。

你看,又是一块香皂。她兴奋地把它分开放在床头柜上。

柳明开始认真看起来。

过了一会儿,叶青低着头问,你一张没找到?柳明说,没有。叶青说,你手气不行,我已经是第三块香皂了。

柳明低声说,要这么多香皂有什么用?

这时,儿子在门口伸头进来朝他们望了望。接着抽水马桶响了一下。柳明听见儿子在客厅里喊,爸,你出来一下。

叶青抬头望望柳明,柳明还是从床边站起来,朝客厅走去。

爸,你们在干什么?儿子问柳明,是不是捡别人扔掉的彩票?

嗯，柳明点点头，他以为儿子是问自己要钱。他看见儿子脸上有点不高兴。

你们怎能这么做呢？儿子嘴里嘟噜着，这要是让别人知道了……

这没什么，别人也不会知道，柳明上前拍拍儿子的肩膀，大人的事你不要多管，你还是安心看你的书吧。然后小声说，你学校的钱，我明天一定给你。

你们这样做……君子不齿，儿子终于把话憋了出来。音调也高了许多。

你说什么？叶青突然出现在门口，在柳明身后说，你怎么跟你父亲说话的？什么君子不齿？放屁！给你吃，给你穿，一天到晚只知道要钱，还要管这管那。

柳明回头看叶青，想让她不要说。

我说你这样做不知道羞耻，跟捡破烂的差不多。儿子被说得脸涨红了起来，回了一句。

柳明又回头看儿子，朝他递着眼色。

你说什么？再说一遍，叶青从柳明身后冲到儿子面前，满脸怒火，眼光狠狠地盯着比她高一头的儿子。

我说你不知羞……

还没有说完，"啪"的一声，叶青的一个巴掌抽到了儿子脸上。

柳明心里一愣。儿子朝后退了一步，手捂着脸。

柳明赶忙上前挡在他们面前，他看儿子的左脸颊上留下一道红红的掌印，泪水从他的眼眶里流了出来。

叶青也呆站在那里。一只手还空举着。

你怎么打人呢？有话好好说嘛，柳明说叶青；又推推儿子，你回房去吧。

好，是你的儿子，你来说吧。叶青把手上的彩票往地下一扔，掉头朝自己房里走去，"砰"地把门关上。

儿子小声地抽泣起来。

你回房去吧，柳明又推了推站着不动的儿子，你不该这样对你母亲说话，把她惹火了。

他看着儿子抹着眼睛往房间里走，然后蹲下来，把散落一地的彩票一张一张地捡了起来。

他觉得自己眼圈有点涩。

他推开卧室的房门，屋里的灯已关了。他打开台灯，看见叶青侧身脸朝里躺在床上，彩票连报纸都扔在地上。他绕过去，坐在叶青身边，手搭在她身上。他刚想说话，叶青又朝另一边翻过身去。

他从床边站起来，望着叶青的后背，把放在她脚边的被子摊开盖到她的身上。她一动不动。他摇摇头，然后蹲下把彩票捋到报纸上，卷起报纸把它们放到窗户前的桌子上。

他抓了几张彩票在手上，又把它们丢下。走过去靠在床头，点起一支烟，静静地抽了起来。

他看见泪水从叶青闭着的眼睛里流了出来。

他用手轻轻地擦去她脸上的泪痕，伸出一只手臂轻轻地搂住她，说，不要伤心了，跟孩子何必动气呢。

她睁开眼睛，仰着头望着柳明。身子朝上移了移，依偎在他怀中，说，我不是跟孩子斗气，我只是越想越觉得我们太窝囊，连儿子都看不起我们。

中奖彩票

柳明没有说话。

我也不知道我怎么会下手打他，我打得重吗？

没事，过一天就好了，我明天劝劝他。柳明开始脱上身的衣服，顺手关了灯，睡吧，他说。

黑暗中，他睁着眼望着天花板，一时睡不着。听见叶青渐渐进入了梦乡。

等他睡着再醒的时候，发现屋里的灯亮着，身边没有人。他看见叶青坐在桌边，背朝着自己。他知道她在看彩票，就问，现在几点了？

快天亮了，你再睡一会儿吧，我过一会儿喊你。

他听见叶青自言自语，怎么就是这几张"香皂"。

柳明想劝她不要再找了。

过了一会儿，叶青走过来，坐在他身边。她看他睁着眼，就脸上带着笑容说，我想跟你商量一件事，你今天到银行里把存折上的钱取出来。她看见柳明睁大眼睛望着自己，停顿一下接着说，你也到我们那里去买几张彩票试试手气。

她见柳明没有言语，又说，我昨晚做梦梦见你摸到了一张"熊猫"，我现在左眼还一直在跳呢，我就不相信我们的运气就比别人差。她用手推推柳明，你快说，行不行？就算没有中奖，也是我们帮助了国家，做了好事，会有后报的。

可……柳明从床头坐起来。

你这人就是这样，干什么事都婆婆妈妈，还不如我一个女人，我跟你说，我们今天一定会中奖，就是不中头奖，也不会空手回来的。

说嘛,行不行?她又用手推推柳明。

好吧……柳明轻轻点点头。

一张不中我也不会怪你的,叶青说。

你还能怪我,是你让我去买的。柳明笑了,她也跟着笑。他想,就买几张试试吧,否则她不会甘心的。还要给儿子一百块钱呢。

他看着叶青轻松地走到窗边,拉开窗帘,把一桌的彩票捋进塑料袋里。

外面天已经放亮了。

叶青出门上班前还在叮嘱柳明,你今天一定要早点来啊,否则"夏利"都要让别人摸光了。

柳明走进儿子的房间,儿子已经上学去了。他把儿子的被子叠好,又帮儿子整理堆在桌子上的书。他看见一本书下压着一张信纸,就拿到手上看。是一份"申请"。上面写着母亲下岗,父亲单位效益不好……"家长签名"几个字后面空着。柳明把它窝起来,扔到簸箕里。

等银行开门,他取出钱,朝五台山骑去。

仍然人很多。木头台上依然放着几辆"夏利"轿车,不知道是不是前天看的那几辆。柳明挤进人群,在叶青附近的桌子边转了转,停了停。他早就看见叶青了,但不想马上和她打招呼。他刚一进来,心里就有一种不踏实的感觉。手放在口袋里摸着钱,觉得自己心跳得厉害,不知道该怎样把钱从口袋里掏出来,递给那些卖彩票的人。地上扔掉的彩票到处都是,而桌子上的又是那样密密麻麻。他站在人们背后,看见有人兴高采烈,就朝他身边靠靠,听他说中了什么奖。大多数人的表情都不好。柳明听见有人在说,他妈的，都买了五百块钱了，连一个奖都没碰上……心里咯噔一下。他看见叶青朝他招手，就朝她走过去。叶青问，怎么样，买了没有？柳明摇摇头。叶青说，买吧，不要犹豫，空转有什么用。已经有人中头奖了。

她见柳明要走，就说，先买几张试试。

柳明走到一张桌子前，看见一个卖彩票的人，年纪已经很大了，觉得她慈眉善目。那人热情地朝他微笑，他就从她面前的盒子里买了五张。找到一个人少的地方。先慢慢撕开第一张，见上面不是"谢谢"两字，心里一喜。赶紧把后面几张撕开，又有一张不是"谢谢"。他把五张彩票握在手心，跑到叶青面前，说，你……看。

叶青也表情紧张接过来一看，她扔掉手中的三张，说，看你把我弄得紧张的，只中了两个小奖，一块毛巾、一个铝锅，这两张我留着。她瞧着柳明的表情，就笑着说，这是好兆头，已经赚了，你再去买吧，好运气就要来了。

柳明说，我就在你这里买几张吧。

叶青轻声说，不要在我这里买，前几天我这已经中过头奖，不会再有了。

柳明又来到那个老妇人桌前，买了五张。就在她面前撕开。但这次五张都是"谢谢"。

抬头再看看这老妇人，觉得她在笑自己。

赶紧从她面前离开。又在一些桌子前转了转，看见一个人站在一张桌前高兴地说，一辆自行车。就在这桌上买了十张。挤出人群，站在马路边，一张一张撕开。"谢谢！"——还是废票。

有人在他身边说，又"谢谢"了多少钱？

柳明朝那人看看，想马上从这里离开，回家吧。但他马上想起早上叶青那种志在必得的神情，感觉她的目光一直在远处盯着自己。

最后十块钱，不管中还是不中。他提醒自己。又朝人群里走去。

刚走进去，就看见叶青朝自己迎面走过来，她说，我让别人帮忙看着桌子，然后到处找你，我以为你走了呢。怎么样，买了几张？

又买了三十块钱，一张都没中，全是"谢谢"。

再买呀，怎么可能一下就中呢，叶青着急地说，如果不是规定，不让我们工作人员在上班的时候买，我就不会让你来买的；你这人真是的！抖抖惑惑，不就是四百块钱嘛。

她把柳明拉到一棵树下，见四周无人，说，你到十四号桌去买，我问过人了，她那里到现在还没人摸过头奖。

柳明想，要留一百块钱给儿子。

快去呀，叶青催促，她朝远处指了指。柳明在她的注视下朝十四号桌走去。

一个和叶青差不多大的中年妇女站在桌后，桌上只有一个盒子里放着彩票，里面的彩票已经不多了。桌前只有一个叉着手的年轻男人。他在桌前犹疑了一阵，然后走上前轻声问，你这里没中过头奖吧？没有呀，那妇人笑了起来，你怎么知道的？她望着柳明，好像想起什么，收住笑容问，你是叶青家里人吧？

柳明点点头。

她看看那个正在观望的年轻男人，说，我跟你说，今天我这里只剩下这一盒了，我估计这一盒里一定会有大奖，"熊猫"有没有我不知道，但应该能中个彩电冰箱的，如果我带钱的话，我就自己把它全买下了……你要买多少？

嗯，柳明在犹豫，手伸进了口袋。

你把这些卖给我，年轻男人挤到柳明旁边，手拿着钱对中年妇女说。

我买了，柳明赶紧挡住那年轻人，还有多少张？

中年妇女对年轻人说，人家先要买的，你等会儿再说。说完低头数盒子里的彩票。

年轻人只好退后，嘴里嘀咕，没想到买彩票也开后门，我倒要看看能中什么奖。

不到两百张，你先撕，中了奖后面的就可以不买了，我帮你数。她又凑到柳明耳边悄声说，我和你家叶青原来是一个厂的。

柳明感激地朝她笑笑，又看看身边的年轻人。

他看见她把盒子推到自己面前，就低下头望着里面的彩票，这么多彩票，哪一张会有大奖呢？他心里默念着，迟迟疑疑地把手伸过去，先摸到一张，又放下，再摸到一张，感觉不错，就用姆指和食指捏着，慢慢地从盒子里抽出来，一点一点地撕开，然后失望地摇摇头。几张下去了……他呼了一口气，抬头看见中年妇女正微笑地望着自己。就又低下头把手放在排列整齐的彩票上面，摩挲着，中指尖压在一张上面，小心地抽出，撕开……你快一点，有你这样买彩票的吗？年轻人在旁边催促道，没钱就不要买。他再抬头看看中年妇女的表情，笑容已从她脸上退去了。他看看自己放在桌面上撕过的彩票，一会儿，他头上开始冒汗了，心里七上八下，再往下举起手，不知道该抽哪一张。

你就一张一张按着顺序撕，中年妇女劝他。

他狠狠心，就从最里面的第一张撕起来，边撕边问，我撕了多少张了？

十一。

他控制不住手有点抖继续往下撕。撕开一张，见上面不是字，心里一阵高兴。可眼睛上有汗看不清楚，他用手背擦擦仔细看看，不是熊猫，就递给她说，这是什么奖？

一块香皂，中年妇女接过彩票看了一眼说，奖已经开始出来了，我帮你把它放在一边，你接着撕。他看着她把这张彩票放进一个空盒子。

二十三……二十四………三十八……她轻声地念着数字。好像周围所有声音都消失了，只有这数字的声音在他耳边响着。

不能再撕了，已经不少张了，我今天运气不好。心里想但手还是不听使唤地继续朝盒子里伸去。两边眼皮都在不听使唤地跳动。他每撕一张都要朝堆在桌上的废票望望。它们张开口，在他眼前晃动，像在朝他笑。有一瞬间，他感觉自己紧张得要喘不过气来。

手背上的青筋凸出来。

快点，年轻人又在一边催促。

七十一……七十二。已经快要超过一百五十块钱了，他想，把刚捏起的一张放下。你快一点，还撕不撕？中年妇女终于抱怨了。一股热血猛地冲上他的脸部，他脸涨红了，热血又灌注到他手上，他手指伸长抓向盒子……

不远处传来人的狂叫声……他感觉自己的动作越来越快……妇人嘴里的数字飞快地朝上奔。到了一百张我就停，他心里默念着。

一百。他的手抖动了一下,这张彩票从他手缝间落在地上。他弯腰艰难地把它捡起来,用指甲慢慢抠着……他闭上眼睛。儿子说,爸,学校要收一百元补课费。他睁开眼朝揭开的彩票望去。然后,松开手指,让它掉在地上。

他目光直直地望着中年妇女。

她等了一会儿,问,不撕了?

撕!他脸色铁青地说。

他的手又朝彩票奔去。

儿子说,我要一百块钱。

一百二十……一百二十一……妇人的报数声就像机器的噪音一下一下地响着。一百三十一!他的右手突然瘫痪似的松开,刚高出盒面的彩票掉进盒子里。他盯着它。久久地一动不动。我……不要了——他从牙缝间挤出这几个字。让目光艰难地从盒子上移开,再抬头望着眼前嘴角上撇的女人……然后右手慢慢地伸进口袋里,抓住里面所有的钱,缓缓地朝外面掏出来。

左手从里抽出一张百元人民币,手和钱再一起放进口袋里。然后右手朝中年妇女伸去……

好了,该轮到我了,你朝边上让让。一直站在边上的年轻人上前,把他挤到一边,对中年妇女说,你数数还有多少,我全买了。

她一边数着钱和彩票,一边冷冷地望望柳明。

有经过的人在背后碰了他一下,他身体晃了晃。他的腿已经麻木了,他有点神色恍惚地望着前面,脑子里一片空白,他已经想不起刚才发生的事了;他只是愣愣地望着年轻人的后背,眼睛涩得要淌眼泪。

年轻人正在一张接着一张地把撕过的彩票扔到地上。

他的左手还在口袋里,紧紧地抓住那剩下的一百元纸币。我幸亏没有往下撕,还有钱给儿子……他开始有点缓了过来。但身体还沉沉地立在那里,不明白自己为什么还不离开。

一张废票……一张废票……还是一张废票……年轻人一边撕一边嘴里唠叨着,看我的手气……他突然停了下来,把手上的彩票举在眼前,这是什么,看看,这是什么?中年妇女也凑着头上前看。一辆自行车。两个人一起叫喊起来。哈,我中了一辆自行车——年轻人拖长了声音像唱歌似的,又回头朝柳明望望。

我说能中到大奖吧。中年妇女故意朝着柳明高声说。

我还是走吧,柳明想,我还是走吧。他感觉自己快站不住了。眼里已经漾着泪花。

他们还在嚷着。他朝那放在桌上的盒子望了一眼,僵着身躯低着头朝人群外走去,一只手在口袋里紧紧地握着剩下的钱。我回家要把钱给儿子,我要把钱给儿子。他嘴里不停地念叨着。

他走得很慢。他想快一点离开。

人影在他眼前晃动着。叶青在远处高声喊他。

他觉得地上的彩票正跟着他走。

熊猫——熊猫!一男一女的叫喊声从他身后不远处传来。熊猫!他像触电似的转过身去。他看见那年轻人激动地身子一上一下地挥动拳头捶着桌子,那个中年妇女也跟着尖叫……

熊猫——

柳明腿一软,倒在地上。

你做国王的时代

　　你躺在一张又破又窄的木板床上,发出一阵阵轻微的呻吟声。干瘪的躯体和仅有的几根枯白的头发表明你已濒于死亡的境地。谁也无法想象或者判别出你曾是我们这片广阔土地的拥有者——我们的国王。这间阴暗、空落的屋子里只有我还在你身边,我不时抖抖索索地点上一支劣质香烟,伴随你在梦中身体的一阵阵抽搐,我从口腔中发出一种粗重的咳嗽声。在你床后的墙壁上挂着一幅发黄的照片,我在昏沉的光线里常常几个小时一动不动地注视着它,昔日令我忧伤,连我都不敢相信,这张照片上那个英俊年轻、有着刚毅脸庞的男人就是你。屋子里没有镜子,我不想知道我如今的模样,我的目光也从不往我的手上看去——暴露着青筋,毫无血色,指甲发黑。就是这张照片上,站在你身边的是一位风姿绰约、有着倾城之貌的女人,光洁润湿的脸颊透着让人心醉的风韵。

　　这个女人就是我。我是一个妓女。而你作为国王,我们在一起的时光超过了半个世纪。

你已经半身不遂、清醒的时候,你目光呆滞地望着我。竖起你一直听觉敏锐的耳朵。我静静地把香烟叼在嘴里,我仅有的牙齿已全部变黑,眼睛眯缝着,眼角有多日不洗的污垢。我喜欢沉浸在往日复杂的回忆之中,有时在阳光照射到屋里的那一瞬间,我好像重新找回身上已然失去多年的激情。然而大多数时间,我在宿命死亡的到来,或者有时也在等待,等待一位像你年轻时一样的男人把我从你身边带走,摆脱你木乃伊般的影子,重新用他发热的手指抚摸我的肉体。

我知道你在听家具摇晃和老鼠跑动的声响,所有的家具已被老鼠们咬得摇摇欲坠。有时当几只耗子在你的床下撕咬或从你的脸上爬过,你的脸上便露出一丝转瞬即逝的微笑。此时,我从你身边逃开,在拐杖的支撑下,挪到窗边,扶着窗台,我朝屋外望去。每当从我的窗前走来一个或几个年轻的男人时,我的嗓子里会发出一种奇怪的叫声,像猫一样的叫声。

我们的儿子们年轻时都非常英俊潇洒,同时又对生活放荡不羁,所以我们就有了为数众多的孙子。我几乎辨别不出他们中哪一个是谁,谁叫什么名字。当然他们也在渐渐把我们遗忘、抛弃,除了一个好像当作家的孙子。他偶尔来到这间屋子。他爱说这里是活人的棺材。他的气色一直不好,他会给我们带来一些食物和劣质香烟。

这个作家孙子喜欢用一种考古的目光瞧着我们,他总是在我们的屋里来回走动,他有时走到你的床边,用手去摸你的头发;你用凶恶的目光瞧着他,他只好走开,自言自语:木桩子。他觉得我们都能活到一百岁是一件怪事,他时常盯着你床后的那张照片。他终于有一次爬上你的床，他的脚踩在你的身上，把那张照片取了下来。我朝他尖叫，他毫不在意，用手拂去上面的灰尘。可是不一会儿，他便大叫不止，有几只耗子从你被子里跳了出来，它们跳到他的身上，甚至咬住他拿照片的手，他哭号着丢下照片，从我们的屋里逃走。他在劫难逃，在离这间屋子不到十米的街上，一辆轿车从他身上碾过。有人来告诉我，他死了，他的肠子足足拖了有十米长。

那几天，我们的屋里飞满了全身血腥的苍蝇，你神志忽然变得清醒。你把手臂举在空中，挥舞着。

我知道你在指挥你的军队，我的国王。

那一天，你的神色凝重而忧伤，你在空荡荡的大殿上来回走动。你在思考刚才读的一本书中的一句话：道德无变化。就在这个时候，宫外响起了枪声，一片嘈杂的脚步声越来越向你逼近。

你知道这个时刻终于来到了，你的人民背叛了你。忽然间你领悟到那句话的含义。这一两年，你想用一种思想支配你的统治，你常常陷入深思。你无法理解世间的万物为何喜怒无常，特别是你的人民。

邻国的军队和本国的臣民开始向王宫发起进攻，你的卫兵已经四处逃散。"存在是可怜的，死亡是可怕的。"你想起一本书里有这样一句话。你迈着沉重的脚步躲进你的书房。你钻进几万本倒在地上的书籍里面。

胜利者们无数双脚在你的书籍上来回践踏，你的后背承受一次又一次的重压，但你不敢发出半点声响。他们搜遍了整个王宫，大街小巷贴满通缉你的告示，但他们无暇摆弄这些书籍，这使你大难不死。你趴在书堆之中，听见人们一遍又一遍地诅咒你，你的眼泪不禁夺眶而出。是你在统治国家的十年里，使他们享受着歌舞升平的生活，你的宽宏大量、仁慈，曾使他们感恩戴德。

有一天，你想彻底改变人们的思想的时候，你失败了。

你是靠吃这里的书挨过了饥饿，沉重的书籍已使你的脊椎受到严重损伤。茫茫黑暗之中，你一次又一次靠信念摆脱死亡的困扰。你想念我，你想起我美丽的身躯在等待着你……

你是多么希望你的人民也和你一样热爱读书，像他们享受物质生活一样去接受书中的思想和智慧。开始，他们为了得到你的赏识，在你面前他们手里都拿着一本书，并且高高举起，相互之间空谈言论，一时间洛阳纸贵。你被所有人的虚伪欺骗了，你以为颁布一条法律要求所有的人读一百本书并且参加政府的考试一定是民心所向，可是这条法律刚刚出台，人们便在你的背后大声咒骂你。

——国王是个书虫。

你是多么艰难地咽下第一张纸，渐渐地，带有油墨香味的纸张使你胃口大开。而且数量每天都在增加，你的头脑里越来越多地增加着你吃进嘴里的知识，你变得愈加痛苦和烦恼。在黑暗之中，你能感觉到有一种动物在和你争夺着食物，甚至有时你的牙齿和嘴唇能触及到它们的皮毛。你通过它们的声音知道是一群耗子，像一群快乐的孩子，它们在你的嘴边蹭来蹭去，你口渴的时候，只要你轻轻地咂嘴，它们便会用湿润的舌头去舔你干裂的嘴唇。

你艰难地等待逃脱的机会。

一队队的外国士兵从我的窗前走过，那时，我就站在窗后。

我身后的床上正躺着一个他们的军官,他赤身裸体,酣酣而睡。那时我是一个高雅的色艳照人的谁见了都会垂涎三尺的女人。在你躲在书堆里的那些日子,在我的床上,我欣然接受了许多英俊、强健的外族军官的求欢。他们分别用抢来的轿车带我招摇过市,我在轿车里向人们挥舞着鲜花,我身上洒满了他们羡慕的目光,这是你做国王时我无法享受的荣耀。

  黑暗中,你在心里呼唤着我,我的国王。

  那一年我二十岁,无限美好的青春像鲜花簇拥着我。你是一名年轻的军官。那时,我们祖国富有的程度如同行将灭亡前的古巴比伦王国,高大的建筑、豪华的轿车、令人眼花缭乱的娱乐世界、名牌服饰、香水、鲜花、山珍海味奇珍异宝以及妓院塞满了人民的生活。特别是首都的人们,更加沉醉在奢迷放纵的欢乐之中。

  ——让女人们自由和尖叫。

  你从边境的战火中匆匆而回,当你刚毅、消瘦的身影出现在大街上,无数的女人向你迎去,你大声地呵斥如同驱走身边的苍蝇。那天晚上,在一场豪华舞会上,当我刚从一个肥胖如猪的男人的拥抱下挣脱出来,有一只手搭在我的肩上,一个嘶哑、冷漠的声音在我耳边说着:婊子,我请你跳一曲。我回头,看见你站在我身后光线黑暗之处,但你眼中那种仇恨又有点忧伤的目光使我不得不把自己柔软的身子贴在你的怀中。你一言不发,目光却死死地盯着我的脸。一曲未终,你说:"你是属于我的。"说完,你甩开我的手,推开我的身体,大踏步地穿过人群向门外走去。

  你回城奔丧,你的母亲死于艾滋病。站在郊区你母亲的墓前，你手捧一束鲜花，忽然间你把鲜花扔在地上，从腰间拔出手枪。子弹疯狂地射向花瓣和墓碑，残花和石块犹如鲜血和残肢在你的面前飞舞，然后你跪倒在坟前，号啕大哭。

　　夜晚，我摇晃着微醉的身躯，在一个男人的搀扶下，走在已然空寂无人的大街上。在一条斜巷中你走了出来，手里挥动着手枪，你把枪头顶在那男人的腰上，说快滚你这浑蛋。黑暗的大街上只剩下你和我，你用手扶着我的身子，另一只手用力地朝我脸上扇去。我变得清醒，向你露出妩媚的微笑，我说您要我吗……

　　在你的家里，你用手枪逼我爬上你母亲的床，上面飘着腐朽和死人的气息。你让灯火明亮地照在我的身上，你看着我一件一件地脱去衣服，但你的呼吸却异常平静。你没有像所有的男人那样急不可耐地扑到我的身上，相反你走开了，你背朝着我。你站在你母亲的遗像前。我在你的身后不敢发出一点声响，我害怕惹怒了你，你是我唯一从心灵上感到恐惧的男人。你的手枪就放在离我不远的桌上，我可以用它摆脱你的控制，但我没有，一种从来没有的体验在刺激着我。我四面环顾着这间屋子，墙上挂满了那些已被人们遗忘多时的艺术家照片，还有一张你学生时的照片，那种自信的神态中有许多未知的忧虑。你使我着迷。

　　你自言自语地说着：母亲，母亲……你回过头来，朝床边移动双脚，神色紧张而温柔。你把脸放在我的胸脯上，任凭我微微起伏的胸膛和你的嘴唇轻轻地摩擦，你像一个婴儿般吮吸着我的乳房……

　　早晨的阳光使你更加迷人，你从我的怀抱中爬起来，把手枪放在我的胸脯之上，然后你笑了。你说我会娶你的。你穿好了军装。转瞬之间,你恢复了白日的冷峻。

这一天,你和年轻的战友们发动了政变,并且很快取得了成功。你挥动带着我肉体气味的手枪,在死亡的尸体间穿梭前进,在肉体之上你成为我们的国王。

新的旗帜在首都冉冉升起。

你说我是你唯一的女人,母亲之外的女人,进攻……进攻……我的国王。

你还很年轻的岁月,首都中心花园的鲜花四季争艳,雄伟的歌剧院不时传来悦耳的音乐。我们像热爱自己的生命一样热爱自己的祖国。那时我们的祖国已经非常强大,所有的人享受到极大的物质愉悦。我们的邻国也是一个强大的国家,多年来他们一直在觊觎我们的财富。他们不敢发起战争,于是他们想出了一些卑鄙的办法,他们主动和我们建立了兄弟般的贸易关系,在短短的几年间,他们搜罗了世界上所有的豪华轿车,浩浩荡荡地开向我们祖国的市场。

这是多么难以抗拒的诱惑呀,高贵华丽舒适享乐在向我们招手。我们的人民欢呼着,像迎接自己的亲人一般。人们以自己拥有一辆"奔驰""丰田""林肯"轿车为荣;他们喜欢在一望无边的公路上高速驾驶着汽车,他们在汽车上生活甚至交欢;孩子们从小便手握方向盘,老人们在汽车奔驰中升入天堂。

终于有一天,当每家每户都有一辆轿车并为此忘乎所以的时候,忽然所有人发觉自己已囊中羞涩,甚至连汽油都买不起。很快地,停滞不前的汽车阻塞了大街小巷,人们寸步难行。当人们从车座上下来，准备步行上班或者回家的时候，他们已变得气喘吁吁，汗流浃背；大多人的身躯已发胖，臃肿乏力。

政府也被告知国库空虚、财政紧张。"除了轿车，我们还有什么？"电视广播里一次又一次重复这样的话题。四季的鲜花暗淡无光。汽车像垃圾堆积在街头。这是多么无耻的阴谋，人民终于清醒了、觉悟了、愤怒了。把罪恶还给罪人。人们高喊着。

于是战争……

战争爆发的那一年，你刚满十八岁。你的父亲在你出生时便离开了人世，你的母亲是一位贤德、高贵的女性。你刚步入一所艺术学院，你准备学习音乐。你上中学的时候便喜欢抒情歌曲，约翰·丹佛、安迪·威廉斯甚至猫王，你像对父亲一样热爱他们，你用自己的母语演唱他们的歌，如泣如诉。

但你毅然参加了军队，你挥泪告别了母亲。战场上你表现得非常英勇而机智，你的艺术才华使你在战斗中极富想象力和创造性。不到两年的时间，你的参战，使战局由被动转入主动，你一跃成为前线最高的指挥官。你英雄的事迹在后方被编成一首歌，一首非常动听的华尔兹舞曲。人们在舞会上、饭桌旁甚至在情人的床上哼唱这首名叫"我一人俘虏了敌人一个整连"的歌曲。

每当战场上硝烟散尽，大地一片宁静之时，你总是独自一人遥望着远方的首都，你显得孤独。战争的胜利并没有给你带来幸福，面对敌人乞求和谈的使者你没有战胜者的高傲自大。那一年你二十岁，过早的成熟来源于战争的洗礼。你思念你的母亲。

战争中没有女人。

你接到母亲去世的消息，你让乘胜追击的大军停止了进攻，班师回朝。

你痛恨艾滋病，痛恨堕落，我的国王。

你来到我的卧室，你站在我的床边。我无力地睁开眼，那天你离开我的身边，我便一病不起。此时窗外到处是一片欢呼声，人们在呼喊着你的名字。你走到窗边关上窗户，屋里便渐渐安静下来。你握着我的手，脸上露出一丝微笑，但很快便消失了。你说可惜，这也许是我们最后一次见面。我是国王，你说，我必须……你想继续说下去，你看见我眼角的泪水，你用手抚摸我的脸，你说："你是这个国家最美丽的女人。"我会想念你的，你说。你把手枪放在我的床边，你说给我做个纪念，需要的时候可以用它自杀，你说我一定给你举行隆重的葬礼。

你是我们的国王，新法律规定国王必须要有三十个妻子，不要让国王因为女人而耽误了国事。

当又一个男人来到我的身边，他躺到我的床上，我恢复了往日的生气，娇美的容颜又回到我的脸上。但我在独处的时候，依然常常想到你，我在床上，把你的手枪放在赤裸的胸脯上，心神荡漾地回忆那一销魂的夜晚。我无法再和你会面，电视上，你常常发表演说，言辞优美而富有韵律，但你的表情依旧非常严肃。人们都在传言，说你的性生活并不幸福，你的三十个妻子不能给你带来快乐。我宁愿相信这是真的，我希望梦见你来到我的身边。

你颁布的法律规定：

——所有的私人汽车一律充公，人们必须以步代车，过一种简朴的生活。

——所有的胖子都是生活堕落者,必须减肥,减肥。

——所有的政敌和艾滋病患者必须进行道德教育,他们必须每天手拿《圣经》,在忏悔中度过余生。

——所有的妻子必须向自己的丈夫表现出最大的热情,所有的性冷漠者必须治疗,所有的男人必须珍爱自己的声誉。

——所有的公民必须精通一门艺术。

反对堕落,你振臂一呼,你招来无数人背后的不满。关于妓院,你说,只有意志薄弱和性冷漠者才会进去,它像一面镜子……照出……人们的灵魂……

那一天夜晚,我独守空房,我在电视前看着你的演讲。这一段你离开我的时间,虽然我的生活平静而舒适,过去的人们又穿梭不停地来到我的屋内,但有时我的情绪低落。我不知道何日才能摆脱你的影子。

这时,有人敲响了我的屋门。

我把门打开,一个戴着墨镜的男人站在门前,我说我今天累了,我不会客。没等我说完,他推开我的身体,径直走了进来。他站到窗前,背对着我。我说你给我滚出去的时候,他走到我的身边,抓住我想去开灯的手,他说婊子,然后慢慢摘下眼镜。是你,我的国王,我惊讶地叫了起来。你把我整个身子抱起,向床边走去。你指着电视上那个人,你说他是你的替身。

"对你施以柔情,它只此一遭,难以长存。"你跪在我的床边,轻轻地哼着一首歌,你看着我自己脱光衣服,你的脸上露出了动人的微笑。我呻吟着,眼里充满感激的泪水。"夜晚是属于我的,我想犯一个错。"你继续唱着,手轻轻地抚摸着我的乳房,我好似荡漾在银色月光照耀下的水面上。

时光在渐渐地流逝,你弄乱了我的头发,你躺在我的身边,发出低低的哭泣声,你在我的怀里颤抖。你说你还没有死,我以为你会死的。

我是你唯一的真正的女人,你说。我的国王。

也许是最灰暗的一天,街上有人告诉我,一支邻国的大军正在朝我们的首都挺进。也许有一个多月,我没有在我的床上看见你。我守在电视旁,看着你频频露面,你神色沉痛而庄严地告诉人民,你说这是我们国家最关键的时刻,我们需要正义的战争,抵抗侵略。似乎所有的人都用一种疑惑的神情望着你,战争?在我床上的男人们,小心谨慎地说着对你的不满。从那一天晚上,炮火声在城外响起,有人开始在大街上大声地咒骂你的名字。

那一天晚上,你出现在我的屋里,你用手枪赶走我床上的男人。你没有上我的床,你的脸上有一种抑制不住的愤怒。所有的人都是胆小鬼,你说,是一群道德小人。你在我的屋里来回走动。"只有你,"你走到我的面前,"你是否拥护我?"我望着你仇恨的目光,我说是的。

你让我执行一项重要的使命。

我来到城外侵略军的军营中,我乔装打扮成使者站在他们统帅的面前,我的怀里揣着你那把手枪。你说我必须用我的生命挽救祖国的命运,我必须打死他们的统帅。此刻,我面前出现的是一位高大、潇洒的男人,他用一种柔和的目光看着我。请让我诅咒他的目光吧,我已经面红耳赤,不能自已。我紧紧握住手枪,但手上已冒出汗水。他对手下人说，为什么不用盛情来款待我们这位美丽的使者呢？他把我的手从怀中拽了出来，然后又拉着我在一张宴桌旁坐下。你有一双多么好看的手啊，他说，真难以相信在你们的国家还有你这样清秀脱尘的男人。他轻轻地抚摸我的手，始终用那迷人的目光看着我。我努力屏住呼吸，他男人的气息绵绵不断地扑到我的脸上。你多像一个女人，你们的国王是多么的残酷，竟让你在炮火中来回奔波，他说，而你们的国王此时一定躺在女人的怀中。

他说，如果你是个女人，我一定会爱上你。

我努力控制住自己的思想，我心里提醒自己你给我的使命，但是我的身体不停地颤抖。他始终微笑地看着我。是的，对我来说，我的身体经常远离我的思想。我只要从怀中掏出手枪，我马上就能杀死他。但是我没有。

他从桌上端起酒杯递给我，他举起他手中的酒杯，他说让我们忘记战争吧，你的手不是用来拿枪的。我情不自禁地举起酒杯，喝下第一杯，然后第二杯、第三杯……一股热流在我的全身滚动，我不自觉中解开上衣的扣子，手枪从怀中露了出来。他把手枪从我的怀中拿到自己的手中，他仔细端详着它，他说这是一把曾经杀死过许多人的枪。说完，他把手枪又放在我面前的桌子上。他神情平静地望着我。我只要一伸手，依然可以杀死他，但是我没有。我差一点哭了。

他朝副官一招手。副官端上一个很大的盘子，他把它放在我的面前。我的眼前一片金黄。这是属于你的，他指着满盘子的金银首饰。我发出惊喜的叫声，这是多么难以抗拒的诱惑啊，我的国王，这是你从来没有给过我的，你做国王的这些年间，我还要靠出卖自己的肉体来维持我的生活。你从来没有给我带来一点财富。我的手伸向这些属于我的财宝，我精心地挑选着，我把镶嵌宝石的戒指戴满我十个手指，我把最粗最重的项链挂在脖子上……

他走到我的身后，他把双手轻轻贴在我的脸上，然后慢慢地朝我的胸脯滑去。我身体一动不动地任他驰骋，我陶醉在珠光宝气之中。女人，他在我的背后说，你是一个女人，从你叉开腿走进我的军营，我就知道你是个下贱的女人。

他把我按倒在地上，他扒光我的衣服，他把我扔到他的床上……我醒来，我的下身剧烈地疼痛，我脸上挂满羞愧的泪水。我轻轻地下床，走到桌边，拿起放在桌上的手枪，一点一点地来到床边，我把枪口对准他的脸，手指微微颤抖。他睡梦中依然带着得意的笑容。

我没有开枪，我看见了桌上的……我的国王。

最后。

你的灵魂在机器时代发出干涩的哭号。汽车在延伸，沿着大道玷污了天空。那些亡国的女人的裙子在桌子上飞舞。谁杀害了我们的母亲，孩子们请虚伪地微笑。跳舞、跳舞、跳舞，给你的情人找一张床。钱在银行门前的槐树下制造着垃圾。今晚你有空吗？春天的第一个早晨，书籍长满了衰草。监狱里那一双双隔着黑暗望见我们的眼睛。你的皮肤变成了皮革在士兵的脚下喘气。你是国王，除了吃饭你还知道什么。地震。几公里送葬的队伍遵守传统的习俗，小心死人的口袋。你握着枪的手，你的手抚摸我的身体。市场行情不景气，科学拯救人类。大厦爆炸，耗子躲藏在保险箱里。妓女的倩影让我通宵难眠。去远方，去诗人隐居的地方。你思想的触角停留于语言之上。

这是最后。

我一次又一次放声大笑，他们在我的肉体上爬行。在你母亲的床上，我身上异国的香水盖过了死人的气味。七天七夜以后，你躲过了敌人的搜捕，你溜进你的家，躲在床肚里面。你穿过黑暗的大街，你身上粘着鼠液。他们指着我的身体，他们说我身上会发出一种难以忍受的臭味，是老鼠的臭味。他们拒绝付给我报酬，他们在我的面前穿好衣服，他们说我是一个肮脏的婊子，他们离开了房间。

你站在我的面前。

我恐惧地看着你，灯光下你的脸已经扭曲、变形，只有你的目光依然那样熟悉。你眼光一动不动地望着我，一声不吭。我从床上爬到你的脚边，我抱着你的双腿乞求你的原谅。很长时间，我一直在痛哭流涕。你慢慢地把我从地上扶了起来，你用双手把我抱到床上，你坐在床边，用手轻轻抚去我脸上的泪水，你说："把我的衣服脱光。"我顺从地脱掉你的衣服。你光着身子在房间里走来走去，你站在镜子前，你在小声地呻吟……你用手枪对准了镜子，但你没有开枪，你转过身来，你面对你母亲的照片，子弹从枪管里射了出来。你听到我的尖叫声，你说别怕，你说你不会杀死我。

"我还爱你。"你说，你上床，你把身体压在我的身上。你关掉灯。

黑暗中，你用舌头轻轻地舔着我的脸，你的牙齿咬着我的嘴唇，你的身体一次又一次猛烈地撞击着我的肉体，你的嘴里传来兴奋的叫喊。我像一个丰腴的僵尸躺在你身体下面,毫无床笫的欢愉。我努力弯曲身体,阻挡来自你的进攻,你有力的双手把我拉直。我脑海里不断翻现出刚才你在镜前的表情,我闭上眼睛不敢去看你——黑暗依稀可见的那张耗子般的面容。

你睡着了,你睡得那样酣畅。我无法入眠,恐惧和厌倦时刻伴随着我的思绪,我甚至第一次乞求神灵的保佑。我慢慢地从床上下来,在黑暗中找到你给我的那把手枪,我把手枪对准了自己的脑袋,我闭上了眼睛……我的乳房在颤动。我感到死亡的恐惧。我转过身,我走到你的身边,看着你丑陋的脸庞,我的脸上露出了冷笑,我把枪口对准了你。

我扣着扳机的手指慢慢地聚集着力量,等待枪响的时刻……我听见有人在小声地呼唤着我的名字,我看见你的嘴在翕张着,你在梦中呼唤着我。

我丢掉手枪,我躺到你的身边,我拥抱着你的身躯。

我听见了一声枪响。早晨明媚的阳光从窗外洒到床上。我感到无数的液汁在我的胸上流淌,你站在床前,满怀深情地望着我,我发出剧烈的嘶叫。

那把手枪握在你的手上。

子弹从侧面打烂了我的乳房。你爱我,我的国王。

小路后的风景

前些天,我花了三十多元钱给不幸的儿子买了辆玩具轿车,它跑动起来发出像小鸭子欢叫的声音。同时我也为自己买了一件顶呱呱的西服,这一共用去了我一个多月的工资。出店门时我安慰自己说,让天下人都快乐吧。我把这件淡黄色的毛呢西服从衣橱里拿出来,在我新近认识的女友面前摆弄着,我说漂亮吧。她用奇怪的目光上下打量我,她说你为什么不让我和你上街一起选购,并且讲究起穿着呢。是啊,说老实话我不是一个讲究衣冠的人,更不愿独个去逛五花八门的店铺。原先和前妻和儿子三人在一起生活的时候,我总是在服装店的门前,松开他(她)的手,站在原地,说,你们进去吧我头昏。我边试衣边说我有一个朋友快结婚了,他叫马德。马德,听来像是在骂人,她笑,你朋友结婚又不是你结婚。我想也是,想我当年结婚的时候,穿的新郎装的价钱还不如这件西服。我说马德是我一个非常好的朋友,不同一般,到时候我要穿上这件西服去参加他的婚礼,而且由我来主持仪式,这是马德在信中说的。马德住在离我们城市不远的另一座城市，我风尘仆仆而去，当然要有点郑重其事了。

　　我的女友高高兴兴地在我的面前玩起我儿子的轿车，和我的年龄相比，她要年轻多了。我不知道我为什么把这个有点幼稚的漂亮女孩当作我的女友。她要比我前妻显得清瘦苗条，原先我对女人胖瘦有着特殊的鉴赏力。她让我想起了我的儿子和另一个人。我总是在提起儿子时前面要加上"不幸的"三个字，瘦小的儿子和他母亲住在一起，他变得越来越没礼貌了。每次我去看他，他总是对我不理不睬，甚至把我给他的礼物扔在地上。我想一定是他的母亲教坏了他。所以我和他母亲每一次见面不免都要大吵一场，她像离婚前一样在儿子面前骂我"蠢货"，而我则回敬她"猪猡"。每次我想起她现在被我骂得眼泪汪汪的，我就想笑。她越来越胖了，体重快超过一百五十斤了（我想）。我怎么也想不通她这样一个人离了婚反而快活起来了，而且还被别人称为著名的诗人、散文家，像一座大山一直压在我这个不得意的作家头上。

　　大概现在的女友能让我感到一点自我的分量吧。

　　她总是快乐地坐在我的腿上，把我手中的笔扔掉。她好像不在乎我的作品是好是坏。她喜欢用手在我的脸上抚摸着，然后让我给她说说我所知道的文坛趣事。在那个时候我是很快乐的，我有点乐不思蜀。实际上，自离婚以后，我一直从单位请假在家，我下定决心，一定要把结婚这么多年来失去的时间补回来，把我的脸从前妻那里捡回来，我要写啊写啊写啊。

　　另一个人就是马德的女朋友，再过些天她就要做新娘子啦。她倒不像我女友整天有说有笑的，她是一个文静的女孩子，有点胖，微微一笑，脸颊上就会泛起一层红晕。她和我女友的年龄相仿,却比她显得成熟。一年以前,她和马德经常坐长途汽车来我这里,她见我面总是轻轻喊一声吴老师,大概马德跟她说过我曾在一所大学里当过教师,并且出过一本小说集,所以她对我很尊敬。当然她对我前妻也快到了近乎崇拜的地步了。虽然前几次,我的前妻对他们的来访有点不高兴,她认为我应该接触一些层次更高的朋友,但后来她也渐渐喜欢他们起来,她说马德很有才气,将来一定大有前程。她认为她是一个单纯的女孩,马德找上她是很有福气的。那个时候,马德是一个文学爱好者,她是一个快毕业的理科大学生,每次我们四人坐在一起谈话的时候,这个女孩就默默地坐在一旁,几乎一句话也不说,一双黑黑有神的大眼睛紧紧盯在说话人的身上。

听到他们快要结婚的事我很高兴,这一年来,我们之间的联系很少,只有几次草草而过的电话来往,我的心思全被离婚的事扰乱了。我没有告诉马德我和那个女人分手了,这对即将结婚的人来说是多么不吉利的消息啊。我把马德才寄来的照片拿出来给身边的女友看,一张是他们的合影,另一张只有马德一人。她端详了半天,说照片上的女孩并不漂亮啊,马德却是很英俊的,只是太瘦了。我打断了她……

马德确实很英俊,我的前妻也这样说过。我知道马德在女人面前是很受欢迎的,这倒不仅仅因为他的长像,他在所有的人面前都显得才华横溢,锐气逼人。有的时候他口若悬河背诵他自己长达几百行的诗章,诗中充满大胆的想象和无法理解的诗句;有的时候他会突然停止谈话而陷入长久的沉思,而后提出一个你无法回答的问题来。我过去一直认为他在背离现实生活的轨迹,甚至会走到一个比较极端的边缘,虽然他身边有一个温柔的女友。

可是他来信告诉我他要结婚了。

那张照片上马德站在一座山峰顶上,他双臂向上伸展,脸仰望着天空。

我的妻子是一家文学刊物的编辑,我第一次见到她的时候,这个胖胖的一脸真诚的女人正在读我的小说。那是我写作以来最春风得意的时期。我来到编辑部,我的朋友向她介绍我说,这就是吴鸣。她那时正低着头读一篇文章,她站起来和我打招呼的时候,我偷偷地朝桌子上瞄一眼,它就是我在这家刊物上刚发表的一个中篇。这大概就是机缘吧。初次见面,就满心欢喜。她的脸颊微微泛红,双目之中透出一丝柔情,我马上感觉到她是一个多情的女子。可谁能想到这是我走向深渊的第一步呢。我是一个小有名气的作家,而她是一个有才华的女人,这是多么天造地设的一对啊,再说她那时正在朝文学的大路上迈进,需要我这样的垫脚石。

向我靠拢。

婚前一个星光灿烂的夜晚,我们坐在湖边,她主动地把她的身体靠在我的身上,含情脉脉地仰头望着我的脸。说老实话,那个时候我正在犹豫我和她之间的事,她不是一个很漂亮的女人,甚至我也想到两个文人在一起生活的不利之处。她用手摸着我的耳垂,一字一句地述说她的情感往事。她说有一个诗人正在频频追求她,给她一封又一封的情书、一朵又一朵的鲜花……她不停地变换语气以表示对那人的不屑,而那人名气又远远地在我之上。她让我陶醉在男人的自豪之中,月光之下,我映照在湖面上的身影变得非常高大,我忘记了问她——

我能给你什么呢?

刚开始的时候,我能帮她修改文章,校对文字,然后找我的关系发表出来。后来,我们结婚以后,我能给她带我们的儿子。除了我不能喂奶,我会为她干一切家务活:买菜烧饭洗衣,带我们不幸的儿子上医院进公园,拥抱儿子进入甜美的梦乡。而她可以坐在书桌前毫不顾及地写她的诗那些动人的散文。如今,她一定不会告诉我不幸的儿子,是谁把他抚养大的。是他的爸爸,一个上当受骗的男人。结婚以后,她最喜欢说的一句话就是:瞧,我的诗又发表了。终于我无法忍受了,有一次我把不幸的儿子当着她面丢在床上,我说你抱抱你的儿子吧,我说你抱儿子的时间恐怕还不到我一半。

她说,你忘了,在新婚之夜,你脱光我衣服时你说,你会为我牺牲一切的。

她是一个富有心计的女人,在别人的眼里她是一个有成就的女性。荣誉的鲜花铺天盖地地飞来,曾经有个评论家就这样肉麻地称赞她。马德说她的诗中很有拉美诗人聂鲁达的意味,他说得一点不假。那时在我们的床头就放着一本聂鲁达的诗集,她经常读它,什么"寡妇、黑夜、死玫瑰、黑色的盐"这些词汇就像青菜萝卜一样出现在她的诗中。一个女性写出让男人吃惊的诗,马德这样称赞她,我想也是她成功的原因吧。马德每一次来信中都有大量的篇幅谈到她的诗,而她则会当着我面大声地朗读来信,这是她讥讽我最好的把柄,"你的好朋友怎么不谈谈你的小说呢?"我唯一的安慰是马德也是一个诗人。有一次,她带回来一封信,是马德写给她的。他在信中提到我的小说，有一些让我不安的看法。信中夹着一首诗，有两句我至今还能记得：黑色的鲜花在夜晚嚎叫/死亡是一个幸福的吻。这不是马德的诗，而是他女友的诗，那个文静的理科大学生的作品。

我略微感到吃惊，但我马上想起有一次马德在谈话中提到，他正在让他的女友接受文学的熏陶。后来我思虑再三，还是给马德写了一封信，我说这样不好……有些话我不好多说，我只是劝他，让他的女友在将来成为一个贤妻良母。"不要想改变一个人。"在信的结尾我这样写道。

显然，马德和他的女友接受了我的建议。

某一年夏天，我带着四岁的儿子去了马德那个城市。这样的旅行对我来说是非常快乐的，可以短时间地摆脱我的妻子。马德和他的女友热情地迎接了我们，并且安排我和儿子住在他家。一些朋友在马德的招呼下，在马德家里聚坐一堂，对我和儿子问寒问暖。在大家的温情蜜意之中，我的脸上焕发了许久不见的容光。但这一次，我和马德很少谈到文学，我不愿谈。马德注意到了这一点。有一天下午，马德提议我们去郊外游览。那个下午，阳光灿烂。我们四人走了很长的一段路，从一个城墙缺口处爬过去来到郊外，走过一条非常幽静的小径。这条小路两旁都是些高大的松树，其间无序地生长着像乌桕树、刺柏这类矮小但枝叶繁茂的小树和野草，路上铺满了松针和还没有发红的树叶。像野雏菊这些植物对儿子来说是很有吸引力的。马德在路上告诉我最后的目的地是一个名叫"紫霞湖"的地方，据说明朝紫霞道人隐居此处并得道升天的。一路上马德滔滔不绝，情绪异常兴奋，他说那里平日很少有人去的,我们走的这条路也绝少有人知道,另外还有一条刚修好的山路。等我们转过几个弯来到目的地的时候,却发现这里有很多人,湖边空地上还停着几辆轿车和一长溜自行车。马德微微有点失望,但这里景色确实不错。山峦四面环合,中间湖面有三四个足球场大小,阳光毫无遮拦地照在湖面和四周的山上。远远望去,山色层次分明,靠山顶的树丛间升起一缕缕白色的山岚;湖水很青,在阳光的照耀下像一面镜子,湖边水浅的地方,能看见水中的沙砾和游人丢在水中的废物。在湖中游泳的人很多。马德的女友带我的儿子到四周玩去了,我和马德在湖边的一块大石上坐了下来。

　　马德望着湖面说,如今再也找不到一个安安静静的地方了,原先人少的时候,湖上还能看见翔集的鸟类。我举目四望,果然看不见鸟的踪迹。马德用脚踢开脚下的一个空可口可乐罐,有点愤愤不平地说,这里越来越脏总有一天会变成一个臭水湖……

　　马德说他原来打算将来有一天他成为中国最伟大诗人的时候,他要向政府申请在这个地方盖一间他自己住的屋子。中国最伟大,这五个字我还是第一次从他嘴里听到,原来我只知道他是一个雄心勃勃的人,他说这句话的时候,神色很平静,这些话脱口而出,仿佛酝酿了很久。他说要带着妻子一同住在这里,过一种隐居的生活,像晋朝陶渊明那样。他用手指着湖对岸的山坡说可以在那里种植蔬菜,也可以养几只羊……每月进城一次,见见朋友,把自己写的东西寄出去。

　　有那一天,你和你妻子儿子一定要来看我。他说。

　　我不知道怎样回答他,我很奇怪他哪来的这种念头。这时,他的女友和我的儿子回到我们身边，他们的手上执着一束束野花和色泽鲜丽的树叶，野菊花、蒲公英、飞燕草……她问我们在谈些什么，我笑着告诉她，马德将来要在这里安家，而且要成为中国最伟大的诗人。我说这话的时候马德的表情依然很严肃，他还沉浸在美好的幻想之中。她听完微笑地望着他，一句话也没说。

我抱着儿子环湖走了一圈，在湖的对面我朝马德那里望去，马德还坐在石头上，他的女友站在他的身边，在阳光下，他们就像一组精心雕刻的塑像：一个在述说中陷入了沉思，而另一个在倾听。大自然或许能让他们领悟到人生的意义？美妙的声音只有不平凡的思想才能述说，从历史到未来，从土地到天空。

马德婚期将近的那些日子，正是波黑战争最激烈的时候。离婚以后，使我有时间关心人类，马德过去在我耳边一扫而过的话有时会出现在脑子里。马德说，诗人的命运在于说话。我想这并不幼稚，关键在于说什么话，是否有说话的必要。电视屏幕上，波黑难民成群结队地在逃亡之路上低着头往前走，有时他们会抬起头疲倦地望着摄像机镜头。沉默。只有电视播音员在喋喋不休地说话。幸福的人总是爱说话的，他要向人们展示他更美好的前景。马德是否是一个幸福的人，我无法预测将来，但他有一个很忠实的听众——他的女友。她用微笑来告诉他她相信他所说的一切，有些内容在一般人眼里是荒诞不经的。除此以外，马德又找到了我，我的宽容使他以为我被他的话打动，起码我能很好地掩饰住我对他叙述的不耐烦和漫不经心。他充沛的精力常常使我夜不能寐，通宵坐在他对面哈欠连天地听他说话。老天爷，他越发消瘦了。

　　他有他的工作，他是一个中学语文教师。他毕业于一所师范大学，在大学的时候他以旷课出名，但他的成绩并不差，他有出奇的记忆力。他每天都是一脸倦色地赶到学校给孩子们上课，一旦上起课他又精神抖擞，他把课堂又变成他演说的阵地。孩子是他最老实的听众，孩子们既敬佩他又怕他。在课堂上他胡子拉碴，不修边幅，说起课来海阔天空，离题万里。他说有一次，他裤子的拉链没有拉好，坐在前排的女同学最先发现，然后全班同学都憋着笑听他谈论祖国的命运，直到下课才有一个男同学告诉他。他指着全班学生的合影给我看，他说害怕这些天真的孩子将来会变成街上的小流氓，他害怕他们像他们的父母一样没有思想地活着。

　　他很喜欢我的儿子，一有空，他便会让我的儿子规规矩矩坐在他面前，听他说故事。他说的故事生动有趣，但都是他胡编乱造的。这一点上我不如他，我只会给儿子说一些童话书上的故事。有一次我劝过他，我说你不妨试试写小说，你有很丰富的想象力，但我又知道这是不可能的，他缺少耐心。诗歌更适合他，一挥而就。

　　他说我的儿子将来一定会有成就的，他的理由是我的儿子在大人面前是很安静的，既不吵也不闹。他在思考，他说。但我知道我不幸的儿子为什么会这样。

　　那天，我把刚买到的玩具汽车给儿子送去，我来到他母亲的家里。我进门以后，发现我的儿子坐在客厅的地上。他就是这样几乎一动不动地抱着一张小板凳望着我走进屋来，所有的玩具都被他扔到一边,他看见我既不说话也不笑。我问他你妈妈在哪里,过了好长时间他才指了指卧室的门。那天,我的女友和我一起去的。她用同情的目光望着我儿子,她说他真孤独。我望着儿子冷漠的神情差一点痛哭起来。他的母亲过了很长时间才从卧室里走了出来,她衣衫不整,头发凌乱。她冷眼瞧着我的女友对我说,你来干什么?我很想大骂她几句,但我没有。我不想在我儿子面前再和她吵架。我也知道在卧室里还有一个人,一个男人。我说我要带儿子出去玩。她说你最好把他带走吧,永远不要回来。我烦够了,我烦够了……她喋喋不休地说。我拽着儿子往外走,刚走到楼梯口,儿子猛地挣开我的手往回跑,我一把抓住他,他在我的怀里哭着说,爸爸是个坏蛋,爸爸不要我了。

　　我的女友对我说,把儿子带回来住吧,我愿意抚养他。她深情地望着我,在大街上,在人群之中我搂住她,一直把她搂到我的家,搂到我的床上。这是我和她之间仅有的一次。我把头枕在她起伏的胸脯上,泪水如注,我向她倾述我多年来的不幸和我内心的苦闷,她用双臂紧紧地抱住我的头……

　　我爱她吗?

　　荣誉、头衔、桂冠、鲜花,这一切如今离我如此遥远。美妙的句章,在我头顶的天空上飞翔。我只能作为马德的好友出席他的婚礼,而不是过去那个受他尊敬的小有名气的作家。我穿着那件顶呱呱的西服,仪表堂堂地出现在大庭广众之下。他向他的亲友介绍我:这是我的好友,他的妻子是一个著名的诗人。人们围拢在我的身旁询问我妻子的情况……微笑,微笑,噩梦一般的微笑。

　　家庭就像一座坟墓,埋葬了艺术家的才华。这是马德亲口说的，我不知道他还能否记得。说这句话的时候，他的女友和我的妻子不在场。每次见面他总是要问我，你还在写吗？我还在写吗？我不知道怎样回答他，我只能苦笑。他能感觉到什么，但他不说，他是敏感的人。你可以写诗嘛，他这样劝我，他知道我也曾经写过诗。但这样更让我痛苦。他谈到他的未来，他说有一座天平，一边放着爱情，另一边是他的事业。他希望爱情和事业在他的生命中一样重要，但如果要有所倾斜的话，他可以为事业放弃爱情。

可是他就要结婚了。

在那次我带儿子去他那里的一个深夜，我们在阒寂无人的街上散步。他和我谈到他的女友，他说他们认识是在大学的一次舞会上，当时她坐在一个黑漆漆的角落里，没有人邀请她；他走过去请她跳舞，他发现她在他的怀里很激动，步伐也常常出差错，她努力躲避他灼人的目光……她的母亲是这所大学的教师，她极力反对他们的关系，她打听到马德在学校的表现，认为马德是一个危险的、毫无前景的学生。不，但马德的女友很坚决，甚至要和她的家庭决裂。

你说我会一直爱她吗？他突然问我，在寂静的夜里，他的声音传得很远，却没有回声。

我们将来会幸福吗？他望着我的脸。

有一年夏天，我和妻子之间爆发了一场大规模的"战争"，那年夏季的气温使人的每一根血管都要喷发出烈火来。我已经无法用语言表达对她的不满和愤怒，我们的动作使家中桌子上的玻璃器皿纷纷落地或者击在墙上，伴随着儿子的哭声，众多的声响使附近人们从家中出来或在路上停住脚步聚集在我家的四周,就在这个时候,马德和他的女友从外地来了。他们背着行囊尴尬地站在门口,注视着硝烟弥漫的战场。

这仅仅是一瞬间的事情,对我妻子来说,她很快地掩饰住刚才那种歇斯底里的表情,从容地走到他们的身边,对他们说,请进。我依然表情僵硬地站在原地,无法缓过气来。她让他们坐在沙发上,她抱起我们还坐在地上哭泣的儿子,擦干他的眼泪,她抱着儿子经过我的身边用手轻轻捣捣我。战争结束了或者干脆这就是一次战争演习。她低头用扫帚清理地上的碎玻璃片,当着马德他们的面抬头问我,我们一起出去吃饭吧。那是一个傍晚,火红的太阳穿过玻璃窗直射进屋里,我站在明亮的光芒中,手上流淌着鲜红的血液,一块玻璃划破了我的手指。

我们五人来到附近的一家高档饭店,妻子说,她最近才收到一笔稿费,她请客。除了她,所有的人在落座之前几乎很少说话。她出门之前换了一套衣服,打扮得庄重而典雅,她热情地拉着马德女友的手,让她坐在她的身边。我抱着儿子紧挨马德坐着,我努力使自己的脸上堆着笑容。

我们学校放暑假了。马德说。

欢迎你们来玩。她说。

……

你的诗我们杂志准备用几首,她对马德说,另外几首我推荐到其他地方去了,估计问题不大。

我最近又写了不少,我都带来了。马德说。又好像对我说,请你们看看。

你的《子夜哀歌》我很喜欢,另外有几首也不错。她说。

马德转过头来望着我。我一直没有说话,低着头喝白酒。我知道马德经常给她寄诗,马德的诗几乎都是她帮助发表的。吴老师,马德的女友从座位上站起来,我敬你一杯。我端着酒杯站起来和她碰杯,然后一饮而尽。你不能再喝了,瞧你脸红的,我的妻子说。眼前这个多么贤惠的妻子啊。

吴鸣过去能喝的,马德说。他又站起来敬了我一杯。

你们能来我很高兴,我说,我把酒杯端起来晃悠悠地递到妻子面前,我们喝一杯,我说。我不和你喝,她说,身体一动不动,目光冷飕飕地望着我,我不希望你变成酒鬼。

她让我端着酒杯站着,却对马德说,吃完饭我们跳舞。她用手指了指隔壁的舞厅,然后才对我说,你要喝你自己喝吧,我不希望你发酒疯。

我感觉到马德的女友正用一种善良的目光看着我。坐下吧,我在内心中提醒自己,坐下吧,坐下吧……

我们走进舞场,在昏暗的光线中找位子坐下。音乐响起,她便拉着马德进了舞池。我头疼得厉害,便要了一杯绿茶。马德的女友坐在我对面,她轻声地对我说,吴老师,你没事吧。我没事,谢谢你,我说。我知道她想安慰我,但她不知道怎么说。她是一个善良的女孩子。

一曲跳完,马德和他女友走进舞池。她满脸是汗地回到座位上,斜着身子看他们跳舞,她忽然转过头对我说,你态度好一点,他们是你的朋友。我没有理她。一首新的华尔兹舞曲,优美的旋律使人心醉,她按捺不住四肢的抖动,肥胖的身躯急忙朝刚想退

小路后的风景　　163

下、手还搀着女友的马德迎了过去。

我从座位上站了起来,我把手伸到马德女友的面前。她大大方方地离开座位,把手递到我的手上。

多么柔软的一只小手啊,我不知道该不该这样说。朦胧的光线下,我搂着她的腰肢,踩着缓慢的步拍。结婚以后,我几乎没和其他的女人保持如此亲近的距离。她的脸微微朝一边斜着,眼光望着我身后,有时不经意地从我脸上一扫而过。我毫无掩饰地注视她的表情,注视着她脸上渐渐泛起的红晕。我说,我的酒气重吗。她轻声说,不要紧。我搂在她腰后的右手透过她薄薄的衣裳感受着她光滑而肉感的肌肤,我略微收拢了臂肘。她一只手似乎在想推开我的肩膀,头稍稍往上仰,而有些颤动的身躯慢慢地一点一点地朝我的身体迎合过来。

你舞跳得真好。她说,露出两排洁白的牙齿。

和你跳舞是一种享受。

她笑得更加媚人。这是一种含苞欲放的美丽,在幽暗的旋转的灯光下让我陶醉,忽然产生了许多情欲的力量。马德将来一定会很幸福,我对她说。她明亮的眼眸一动不动地盯着我的眼睛,那只小手紧紧握住我的手。

跳完这曲我们出去走走好吗?

她点点头。

"我和我的新西服等待马德婚礼的到来。

谁明白为什么两个前一夜还如胶似漆的情人,只因一点的误解便各奔东西?两人都裹着孤独的骄傲,都怀着怨恨、复仇、爱恋和内疚的棘刺,永不再相见。这是一个天天发生的奇迹,却依然让人惊奇。谁明白为什么人们不仅品尝同类的不幸,还特别地品尝挚友的不幸,同时自己也苦恼?一个结束这串问题的无可置疑的例证,人类口是心非。所以,人类这些小猪崽才如此互相信任,毫不自私。"

这是法国作家洛特雷阿蒙在《马尔多罗之歌》中的一段话,我之所以引用是因为它充分表达了我和马德之间关系的本质。这种赤裸裸的独白使我毫无愧疚地面对马德的友情,对马德也一样,他可以在我和我妻子之间游荡,博取我们对他的理解和关注。对他的女友,他并没有投入极大的热情,他没有像我一样在婚前为心爱的女人牵肠挂肚。他的内心世界是复杂而多变的,正如他在很久以前,那时他还没有认识现在的女友,他就对我说,他不相信世上存在真正的爱情。他喜欢在诗中嘲笑和异化爱情的力量。

马德的女友私下对我说,她和马德的接触是朋友介绍的。第一次见面,他就在她面前滔滔不绝,毫无羞涩之感。她喜欢他的自信和才华,当然,她说,他长得很漂亮。马德的精神气质中有许多戏剧性成分,他喜欢把生活中的事情诗化和戏剧化,而不追求真实。他可以很诚恳地对你讲述一件事情,却不管它是否真的存在。

马德没有对我谈过他的性生活,但在他的诗和散文中却到处都是女人的肉体和男性的生殖器官,多数是些丑化或无法正视的语句。我在和她女友散步的时候,我注意到她的眼角有许多鱼尾纹。马德在公众场合对她的目光和态度是令人疑惑的,她是一个只有靠得越近才能发觉其魅力的女人,有时她的身上能迸发出一个成熟女人的热情来。

那次跳舞以后,我的目光会不自然地注意到她,我会很小心地和她说话,细心地观察她的表情,甚至他们离开以后还在脑海里回忆她的容貌。我和妻子早已分床而卧。她不止一次地进入我的梦乡,这种梦境让我在早晨醒来以后回味无穷。女人的肉体,我用手轻轻抚摸着,痛苦的是她离我越来越遥远,或者是她隔着一层薄薄的衣衫……我大胆的表露,并不能证明我有越轨之心,反而是我对性生活更加慎重和忧伤。

离婚以后,我对投入我怀抱的那个年轻的女孩子非常地克制,我认为一旦我们床笫之欢的次数增多,我将一点一点地失去和她在一起的兴趣。我把她当作一朵美丽而脆弱的鲜花,在手上把玩的时间长了,它就会慢慢枯萎。我更不愿失去她对我的尊敬,在她的眼里我是一个作家,起码我这样认为,我不能靠我健壮的身躯和潇洒的气质去吸引她这样美丽的女孩,我就必须让我头上的花冠令她倾倒。

我爱她吗?

这种想法更让我痛苦。

她真的爱我吗?上帝知道。

你能让我幸福吗?我们快点结婚吧。

你能生个儿子吗?我们快点上床熄灯脱衣吧。

忧伤的季节就要过去了。

几天以后,接到一个长途电话。马德的女友用一种缓慢而忧郁的声音告诉我,马德受伤住进了医院,她说马德非常希望能马上见到我。来吧,来吧,她在电话里恳求我。在我居住的这座城市里，一条僻静的街道两旁樱花已经开放了，白色和粉红色的花瓣沿街撒落。几年前，我曾经在这种春天的季节来到马德的城市，在公园的樱花树下，马德摇晃着低矮的树干，无数花瓣像雪片一样纷纷扬扬地落在我的头上……

我对季节的变迁有着特殊的敏感，这又是我离婚以后的第一个春天。马德的坏消息没有完全影响我的心情。我在房里注视着窗外天空中飞来飞去的燕子，现时马德的形象在我脑海里愈来愈模糊起来。他在粉刷墙壁的时候从梯子上掉了下来，摔伤了腿。婚期渐渐逼近，他也变得忙碌起来了。

我的女友劝我穿上新西装出远门。我摇摇头拒绝了，等到他们婚礼的时候再穿，我说。从她的眼神中我看出来她非常想和我一起去，她想知道他们为即将来临的婚礼准备了什么。她想看一看新房，她想知道那个将要成为新娘的女孩到底长得怎么样。我答应她我一定带她参加他们的婚礼，并且宣布一下我们之间的关系。她曾经多次甜蜜地说起我们的未来，仿佛马德他们那种美好的日子对我们来说也并不遥远。

去的那一天，天气很好，火车在清新的空气中急驰。下了车，我径直朝马德家里奔去。遇见他的母亲，他母亲从忙碌中歇息下来，高兴地拉着我的手，询问我儿子和妻子的情况；然后告诉我马德所在医院的位置。出租车经过那座公园前的大路，我透过玻璃窗果然看见一排排盛开的樱花树，枝头上下如雪的樱花漫天飞舞；公园门前露天茶馆里坐着很多人，曾经这里面有我和马德的身影。我想我一定要和马德再来一趟。纯洁的鲜花使人想起宁静的生活。

我和马德初次见面也是在这里的，好像是一年夏季我在这座城市里参加笔会，听说在这座公园里有一个"诗人角"，便抽空和朋友一起来了。看见公园中的一座古塔底层的墙壁上贴满许多用白纸誊写的诗文，平台上站着三五成群不知名的年轻诗人。我的朋友认识其中几个女诗人，便把我介绍给她们。她们中间有一个做护士的手里拿着一本油印的诗集，题目叫《嚎叫》，封面上画着一只被捆在十字架上的狼。我便拿过来翻翻，马上就被诗中奇特而大胆的意象吸引住了。那个女护士用手指了指远处的露天茶馆，说作者就在这里，并且主动地走过去邀请他过来。那个时候，马德还是个大学生，在炎热的夏季，他穿着一条厚厚的膝盖有点破的牛仔裤，脸上胡子拉碴，一头长发乱蓬蓬的四处翘着。他走到我们身边，充满敌意地望着我们。

透过病房门上的玻璃窗，我一眼就看见他正坐在病床上，屋里很安静，没有其他病人。他女友趴在另一张床上，好像在睡觉。现在是下午，阳光透过玻璃窗洒进屋里。马德膝盖上垫着一本本子，他正在本子上写着什么。我在门前站了很久，然后轻轻地推开门，他闻声抬起头看见我，大叫了一声，吴鸣，是你。他的女友被他的叫声惊醒，连忙站起身，用手捋了捋头发，羞涩地说，你好。我走过去按住要起身的马德，顺手把礼品放在床头柜上。

马德显得很兴奋，我看不出来结婚这件事对他有什么影响，他比以前胖了，而且脸上干干净净的。他穿着一件厚厚的棕色毛线衣，就像一个年轻而时髦的大学生，满脸朝气。他的女友却有点憔悴，并显得不安。这个日渐消瘦的女孩使我感觉到婚姻这种大事对她的压力，可以肯定地说，即将而来的生活重任会使她逐渐失去一个女孩短暂的青春。

我说过吴鸣一定会来看我的,马德对她说。

我们好久没见面了,我说,你的腿怎样呢?

没事了。他把腿从被子中抽出来在我面前来回伸屈着,腿上绑着绷带。不要太用力了,还没全好呢,她小声地劝他。我喜欢住院,他说,这里很安静,可以什么事也不用烦,如果时间长一点,我就可以写完一篇小说了。

我要在结婚前写完一篇小说,题目就叫《小路后面的风景》,献给我们的爱情。他谈起他的小说,满心欢喜。

她坐在那里,并不高兴。

结婚的日期定了吗?我问。

她望了望他,说,还没有。

等我小说写完,他说。我现在的状态比以往任何时候都好,我请你来就是想要你对我的小说提提建议,你现在还在写小说吗?

我出去一下,她忽然站起身,对我说,我要买点结婚用的东西,好多东西还没准备好。你们慢慢谈,请你劝劝他。

我陪她走出门,她站住眼圈红红地对我说,我有点受不了了,快到节骨眼上,他又要写小说……婚期一再地往后拖。

请你劝他打消这个念头吧……不要和他谈小说。她有点断断续续地说。

这个可怜的女孩,我真的有点同情她。她要嫁给一个伟大的幻想家——诗人,如今又要成为小说家。像马德这样的人应该不结婚的,起码不能和她这样的女孩结婚。

我害怕她在我面前哭泣。

她一定在你面前发牢骚,我进门来,马德说,女人就是目光短浅,一点没有浪漫精神……

你还是老老实实忙结婚吧,每个人都必须经过这一步,有些事情可以放在结婚以后再说。

结婚以后还会写得好吗?他望着我。

我想她会支持你的。

他没再说话,过了一会儿,他才说,女人都会变的。你不是说过,女人结婚前后会大不一样吗。

我想告诉他我已经离婚了,但话到嘴边又咽了下去。我不能在这种时间让他再产生一些混乱的想法。有的时候他过于敏感并且想象力丰富,他会主观地不经实践地判断一件事情的好坏。在我面前,他像一个长着奇特的巨大脑袋的孩子。

我想对他说,你的女友是一个非常善良、通情达理的女孩,对生活并没有多大的奢望,她非常地爱他,我希望他能珍惜这种感情。那天,在舞厅门外,她很克制而又机智地阻止我酒后的一时冲动,我就知道她是一个怎样的女孩。

她和其他女人不一样,我说。

我知道,他说,我知道她是个好女孩,所以我才和她结婚,只是……他停顿了一下接着说,我想把这篇小说作为结婚礼物送给她。

但没想到结个婚这么繁,他又说,我有点受不了。

他情绪激动起来。

吴鸣,我想告诉你,但你不要对任何人说,……我想告诉你,那天，我是故意从梯子上掉下来的。我故意的。

第二天，他坐在轮椅车上，我推着他沿着小径在医院病房楼前的花圃丛中散步。

昨天晚上，我住在医院旁的一家招待所里，透过楼上敞开的窗户，我闻到从这花圃中传来的一阵阵梅花的香味。远远地马德所住的病房的灯光和我屋里的灯光遥遥相对，我想，他一定在写他的小说。他是否能说服医生或者护士让她陪伴在他身旁，他需要她静静地听他朗读他已写下的优美的文字。他让我也阅读了其中的一部分，这更证明了他的才华。我认为这是他写得最美好的东西，那些朴素而真实的情感让我感动，那小路、那湖边的风景再一次出现在我眼前，仿佛他正站在那里频频地向我招手，他的妻子含情脉脉地靠在他的肩上……这篇小说他好像忘掉了他偏爱的技巧和手法。昨晚，我几乎彻夜难眠，许多人和事在我脑海里反复出现，我的儿子、女友、马德和他的女友，甚至是我的前妻，他们时而对我微笑，时而又满脸怒气地望着我。

快到中午的时候，阳光是很煦暖的。草地上铺着的小草一块块的又青又绿，有的地方还露着潮湿的泥土，但踩上去软绵绵的，会渗出水来。花圃中央是一个很小但别致的喷水池，四周被水泥路分成几块大小一样的花坛，花坛中有的种着树，摆放着整齐的花盆，有木槿、黄杨、广玉兰、鸡爪槭、蔷薇、兰天竹等，最显眼的是那枝繁叶茂但很羸弱的梅花，花枝上花事正盛，树下却有许多散开的枯烂的花瓣。还有几株樱花树零零落落的，显得有些孤单，远没有在路上所见的那样秀美。我把马德推到那些只有草坪的花坛中。

马德好像并没有留意这一切,他只是眯着眼睛惬意地晒着阳光。他一直在背诵着他昨晚才写的语句,这些语句在他嘴里行云流水般地倾述出来。

我喜欢这句话,我打断他,"我的生活中有一种幸福,我正在慢慢享受它。"

还有比这更好的,他说,他继续往下面背。

他努力想把我带到郊外的小路上,那湖边树叶鲜艳的乌桕树下……他忽然停住说,山上有些植物我忘记了它们的形状和名称,等我腿好了,我一定要再去看看。

你和我一起去吗?他问。

不了,我说,我明天就要回去了。

那真遗憾。

我不想告诉他现在才是春天,而他描绘的那一幅美景只有在夏秋的季节才会来到。昨天,他说他的小说马上就要写好了,一写完他就结婚,但他会为了这篇小说再一次推迟婚期的,我相信他会的。

不要写得这么细,我说。

刚才,我独自站在梅花树丛中,我就想到我应该马上回去,我要把我的儿子从他母亲那里接回来,我要去找我的女友对她说,我们结婚吧。

我的生活中有一种幸福,我正在慢慢享受它。

在这个时候,我们听见马德女友的叫声,我们看见她正站在病房的窗口,向我们挥着手。她在喊我们回去吃午饭了,马德说。

她今天的精神非常好，两只手快乐地在窗口挥舞着。我想一定是昨天我离开病房以后，马德对她保证了什么。多么单纯的女孩啊。我推着马德往回走，我们的目光一直在注视着她。

　　你看她像不像你妻子，马德问我。

鸟　人

那一天，我从金陵城灵谷塔的第九层跳了下去。

此塔始建于1929年，于1933年完工，是为了纪念北伐战争壮烈牺牲的国民革命将士的。这是一座用现代钢筋混凝土构成的九层塔，塔身高约五十五米。也就是说我要从五十多米的高空中坠落到水泥青石铺成的地面上。有一点生活常识的人都知道，这是非常危险的举动，何况我身上又没有降落伞。在这之前，我从没有在这么高的位置上往下跳过。别说跳过，就是俯着身往下看一眼也会吓个半死。我曾经摔得最惨的一次是我上初中的时候，不小心从一堵高约五米的墙上掉下来，结果是一只腿绑上石膏在医院的病床上躺了一个多月。

我知道我这次的行为和一个叫阿莲的女人有关。

反正我是不想好了，不想好就想到了死，这种死有一个非常诗意的说法，叫作殉情。男人为女人而死古来有之，挺让人感动的。古人认为，死有重于泰山，也有轻于鸿毛。如果一个人真的轻于鸿毛，他从泰山上跳下来，那就会飘飘悠悠、飘飘悠悠地轻轻地落在地上而不至于粉身碎骨。我个人认为这种说法很矛盾，死就死吧，还说这些大道理干什么呢？现代人的死法有很多种，据说在日本有一本书叫作《自杀大全》，里面收录了几百种自杀的方法，很受不想好的人民大众的喜爱。我们中国目前最流行的有几种：一种是割腕——太疼了；一种是吃安眠药——速度太慢，容易让人发觉，被人救活；一种是关上门窗放液化气——我家里没有液化气；还有一种最通俗最喜闻乐见的方式，就是跳——跳山、跳江、跳楼……我选择了最后一种，但我是跳塔，说明我有点与众不同。从高处往下跳，眼睛一闭，身子往前一倾，几秒钟最多几分钟就完事了，一死百了，想后悔都来不及，非常干脆。其实我们金陵城有许多像灵谷塔一样有名的高大建筑，比如说金陵饭店、长江大桥等。其实在我跳塔之前，我是准备从金陵饭店跳一回的。那一天，我偷偷摸摸地溜到了顶楼旋宫，刚把自己的一条腿翘在窗户上，就被身后的几个保安抓住了。也许以往从这里跳下去的人太多了，大楼里的保安就特别注意像我这样神色黯淡、表情绝望的人。他们把我带到办公室，对我谈了许多催人振作的大道理，差一点我就要变成另一个人啦。一个保安说，大丈夫何患无妻。这句话又把我说得忧伤起来，我想，我这辈子不能和阿莲好，还要其他老婆干什么？世界上任何女人（包括玛丽莲·梦露以及林青霞等）和亲爱的阿莲相比，都是粪土和鲜花的关系。所以我的眼泪又噼里啪啦地往下掉……他们看我这种痴情的样子，就一边一个硬把我拖到一楼，然后往门口一扔，说，你另找地方吧。此路不通。我之所以没有从长江大桥上跳进长江，是因为我经常在报纸上看到保卫大桥的人民解放军战士，提高警惕，把那些妄图跳江的人逮到，粉碎悲观失望者阴谋的事迹。最近有一篇报道，说是有一个家伙，在夜幕的掩护下，终于从桥上跳了下去。由于人的求生本能，他在空中来了个转体一百八十度的跳水动作，不仅没摔死，而且还被国家跳水队招去当了个替补队员。他背叛了自己的初衷，我可不愿像他那样做一个半途而废没有骨气的人。

我只要一想到阿莲，我就觉得自己非死不可。没有其他的选择。

经过几天的苦思冥想，我终于想到了灵谷塔。

有一件往事一直萦绕在我的脑海里。那是我上小学的时候，班主任带领我们全班同学去中山陵秋游。我们买了票进了灵谷寺，排着队正往里面走……只要仰起头就能看见灵骨塔高高地耸立在远处。突然听见里面有人在高声尖叫，有人跳塔啦。这时从里面出来个工作人员挡住了我们的去路，然后里面的游客陆陆续续被赶了出来。我听见有人经过我身边说，好惨啊，到处都是脑浆啊……另一个说，我都没看到他（她）的头，可能缩到肚子里去了……后来，一个多小时以后，又让我们进去了。等来到塔底下，全班有一大半人没敢往上爬，其中也有我。我连头都不敢往上抬，还处处留心自己脚底下，生怕一不小心踩到那死人的脑浆。其实地上除了一些一时冲不掉的血迹，其他东西都被清理干净了。

其实能死在灵谷塔下，我应该非常满意了。这个地方环境幽静，群山环抱，松柏傲立……不远处还有中山陵、明孝陵，有这么多名人和我死在一起，我应该受宠若惊，死也瞑目啦。

这是一个细雨蒙蒙的下午。我之所以选择这样一个天气，是因为这时塔上的游人很少，我的行动会很自由。我身穿一身黑色西装,怀揣三份遗书和一张便条,神色庄重地朝灵谷塔进发。来到塔下,我仰头朝塔顶望去。高耸入云端。其实不是云,而是雾,使我有一种飘飘欲仙、登临仙境之感。进入塔内,每一层我都徘徊片刻,随着层次越来越高,我必须竭尽全力控制住自己的感情以及小腿抖动的次数。终于来到了第九层,高处不胜寒,我的双腿已经不听使唤了。首先我扶着塔身,四周转了一圈,然后选定面南背北的方向站好,平视前方(我不敢朝下面看,否则整个计划就会泡汤)。一阵阵大风吹来,我的身体不停地晃动,赶紧双手扶住栏杆。我听见我对自己说,跳吧,跳吧……跳吧,可就是不见我的身体朝前移动。我想,这样可不好,如果今天不从这里跳下去,连我自己也会瞧不起自己的,别说阿莲了。于是我闭上眼睛,尽力回想阿莲的音容笑貌、她对我冷漠的态度以及甩手离我而去的情景……一时间,我热泪盈眶,满腹怨气,绝望到了极点。

最后,我说了声,再见,阿莲。然后朝塔外纵身一跳。

我是一个民间作家,大概有三十多岁了。说我是个民间作家,是因为我到现在还没有被官方承认,你也很难从杂志上看到我的小说。我从二十几岁开始在家里专业爬格子,一直没有固定的职业,也没有固定的收入(连我都搞不清楚这些年我是怎么活过来的)。我很坚强,对未来满怀信心,如果不是爱情上出了毛病,我想我会活到老写到老的。上高中的时候,语文老师在课堂上读我的作文,然后说,此生有作家之才……我就决定这一辈子当作家了。二十年来,风风雨雨,我一直痴心不改。我这人信命,有时躺在床上睡不着,想想这么多年来的悲惨命运,觉得自己挺可怜的。老天不长眼啊。和我一起写作的朋友，不是成为了著名作家，就是小有名气了。他们一个个风光体面，美女入怀。有时候我生起气来，恨不得把有些家伙好好地揍一顿，首先是一个叫卡夫卡的坏蛋，然后是海勒、伯尔、辛格、贝娄、贝克特、冯尼古特、巴思、卡尔维诺、巴塞尔姆等人，他们一个个老而无用，却拼命地往我脑子里钻，让我到现在还写不出中国人民喜闻乐见的东西，我把他们给宠坏了。其实我在金陵城的作家界还是有一定名声的，许多人都知道我。我曾经偶然听到他们在背后议论我，哦，就是那个鸟人啊……哈哈。后面的话我就不转述啦，会让我很难过的。中国像我这样的作家并不多，大概只有我、孟秋和王小波，我们的命运都不好。王小波生病死了，我也去跳塔了，只剩下个孟秋也该差不多啦。虽然这样，我活着的时候还是很坚挺的。我给自己印了一套名片，上面大大方方地写着：中国当代最伟大的后现代作家、后现代主义中国分部领袖。我是遇见一个熟人就给他一张，不管他赞赏不赞赏，也不管他是不是干这一行的，就连我邻居的小孩子我也毫不吝啬，一视同仁。这张名片让我成为金陵城文艺界的一大笑料，却也给我带来了我一生中最美好的一次艳遇。

　　阿莲就是手拿这张名片，按照名片上的地址找到我家里来的。很显然，她不是金陵城文艺界的一分子。我是不会轻易把名片送给女同志的，我挺害羞，也很胆小，对女人的政策一直是敬而远之，别说像阿莲这样气质高雅、美妙绝伦的女子了。我估计是哪一位熟人把我的名片扔在马路上，让她给捡着了。瞧她第一次上门的神情，就像一个进步女青年慕名去拜访鲁迅先生，我就知道我名片上的内容把她给镇住了。

我和阿莲一共见过三次。开端、发展、结局。高潮是我和后现代主义去跳塔,连着我写给她的十几万字的后现代主义情话也一同灰飞烟散了。啊,阿莲,亲爱的(让我在这里抒一下情吧),我爱你透明的后脑壳,乌云翻滚,掩盖了你岁月的苍茫。你身上一千七百万个汗毛孔,就是无耻狂徒射出的弹孔。我就是一把遮阳伞啊,月光下唯你独尊。

这就是我一贯的写作风格。

我去跳塔的时候随身带了三份遗书和一张便条。一份是给我母亲的。我是半个孤儿,从小和母亲相依为命,自从我当了作家以后,她就和我分开住了。像我这样当作家的最后众叛亲离,可也够惨的,但我仍三天两头地往她那儿跑,只要她一见到我,就会主动地打开钱包把她微薄的退休金分一点给我,然后问我,你媳妇呢?我知道她做梦都在想我娶老婆给她生个孙子,我一想到她一个人在屋里哄布娃娃睡觉的情景就觉得对不起她。如今我死了,她一定难过极了。第二份是给孟秋的,他是在这个城里比较尊重我的人,我俩志同道合,经常在屋子里执手相看泪眼。他和我一样也是至今未娶,但和我不一样的是他爸每月都给他介绍一个女孩子。他爸是大学老师,他教的女学生几乎都差一点成为他的儿媳妇。孟秋这辈子接触了不下一百位女学生,他就像女人来例假一样每月忧伤一次,然后就拼命地写文章发泄心中的不满。他在爱情问题上要比我坚强,否则他就会跳一百次塔了。他经常给全国各地的编辑部寄稿子,那些女编辑们给他回信(男编辑很少回信),都一口同辞地骂他下流、无耻、神经病……反女性主义是他后现代主义思想最集中的体现。最后一份遗书就是献给阿莲的。我写这份遗书的时候,感情悲哀到了极点,所以这张纸上到处都是我的泪迹。我希望阿莲一辈子都别忘记我,不管是吃饭、睡觉、洗澡、上厕所还是性交,只要一不留神,眼前就会出现我的形象,当然不是我活着的形象,而是脑瓜崩裂、四肢不全摔死的样子。还有一张便条,是给第一个发现我的死尸掏我口袋的陌生人。便条上写的是:亲爱的朋友,如果你第一个发现我的尸首,请你在掏光我口袋里钱的时候(不好意思,就这么多,我是个穷人,这就算我们的见面礼吧。如果你愿意,可以把我的衣服扒光,洗洗还能穿的),给我的母亲打一个匿名电话,让她来收尸;也给我的女友打一个电话,让她来见我最后一面。拜托啦,谢谢。我母亲的电话:5142542。我女友的电话:5418418。

  第一份遗书:亲爱的妈妈,您好!您看到这份遗书的时候,您的儿子已经不在人世啦。请您原谅您的儿子事先没有给你打招呼,就这样走了。您忧伤不?您一定会痛不欲生的。如果我下辈子转世投胎的话,我一定还做您的儿子。当然我也再不会当什么劳什子后现代主义作家啦,我要成为一个正正派派的作家,娶好几房媳妇,给您生一大群孙子(到那时,什么事情都说不定呢)。我还要挣一大笔稿费来养活您,把这辈子借您的钱都还给您。母亲,请您相信您的儿子是个好人,好人命短啊。青山有幸埋忠骨。请您跟政府商量一下,就把我的尸首埋在这灵谷塔下,如果政府不同意,就找孟秋,和他一起晚上偷偷地在这附近的山上挖一个坑把我埋掉算了。每到清明节的时候,在我的坟上插几支"三五"烟,我就心满意足啦。再见了,妈妈。此致,敬礼!

第二份遗书：亲爱的孟秋，你好！你看到这份遗书的时候，你的朋友已经不在人世了。你会为我流泪吗？我想会的。你是我这辈子最好的朋友了。你会为我写一篇纪念性的文章吗？我想会的。我只是希望你的文章不要写得太意识流，不好发表，让人不了解我生前的丰功伟绩。同时，我想在此提醒你，我死后，你要把我借给你的几本书（特别是那本巴塞尔姆的《白雪公主》）还给我母亲。亲兄弟明算账嘛。我借你的几十块钱，你也别忘了问我母亲要。她要是不给，你就把我的书扣下来。亲爱的孟秋同志，我死了，这将是中国后现代主义事业的重大损失，我希望你能继承我的遗志（后现代主义中国分部领袖的职务让给你啦），把中国的后现代主义事业推向新的高峰。再见了，孟秋。此致，敬礼！

第三份遗书：亲爱的阿莲，你是否还能记得我们见面的情景，那时候天空明朗，我的心情皎洁无瑕。你就是巴塞尔姆笔下的白雪公主，而我就是小矮人。我仰望天穹，看到了你硕大的头颅，你的双眸像灯笼一样明亮，可是你的心眼到哪里去了？你不应该有眼无珠看不上我，我的死你要负全部责任，不可推卸的责任。死去元知万事空。我就原谅你这一回吧。但我希望你最好不要忘掉我，我知道你是信仰上帝的。亲爱的阿莲，我在给你写这份遗书的时候，痛苦得一塌糊涂。屋外细雨霏霏，一道闪电击穿了我伟大的心灵，你的形象在我的脑海里乱窜，我好爱你啊。亲爱的阿莲，听到我的噩耗，你会无动于衷吗？再见啦，阿莲。紧握你的手！

阿莲来找我的时候，我正在屋里写小说。那是个大热天，屋里气温很高，我趴在桌子上挥汗如雨。一台老式的台扇在我身后哗啦哗啦地吹着热风，我必须一只手拿笔，一只手按住稿纸才行。如今金陵城像我这样不用电脑写作，绝对是稀奇罕见、绝无仅有的。后人知道我的伟大作品是这样写出来的，一定会把我当作中国的凡·高给捧上天。我听见敲门声，赤膊穿着裤衩去开门。我从来没有想到会有一个陌生女孩子来敲我的家门，何况又是阿莲这样的美丽、高雅的女孩。我只觉得一个仙女突然降临在我面前，眼前艳光闪闪，令人炫目。我听见她说，你是作家吴鸣吗？我愣了半天说是的。我主动地低下头不去看她，我有点自惭形秽。我看到她手上拿着一张我的名片，她说，我可以进屋坐坐吗？

　　阿莲在我屋里坐了一会儿就离去了，大约只有十分钟左右。这不能怪她，你可以想象一下，让一个衣冠整齐的女孩子坐在一间像蒸笼一样的屋子里，而且面对一个几乎半裸的男人，她能坐得住吗？如果我有钱，我一定要首先在这屋里装一台大大的空调，大庇天下儿女俱欢颜。在这短短的十几分钟里，我一直在琢磨这个女孩子找我干什么呢，我可不认识她啊。如果是我那些声名显赫的朋友，碰到这样自己送上门来的女孩，三句话一说，不管三七二十一，就会扑上去的。有一句名言说：男人不坏，女人不爱，也许女人也挺乐意这样的。如果我不是那样腼腆害羞胆小无能，如果我勇敢地注意一下她进门后的表情，我就会清清楚楚地知道她对我的企图了。我只是在她坐下以后在她身前来来回回地走动，忙着给她倒茶水（这是我掩饰内心激动的方法），然后又蹲在地上捡被风吹落的稿纸，然后当我坐在她面前的时候，发现她又低着头（其实不是害羞，而是不忍看到我半裸的样子），然后当我刚想和她畅谈,她又大汗淋漓地说要走了。

你正在写作,我没打搅你吧?她刚坐下就说。这是客气话。那时我正端着茶杯往厨房里走,我给她洗杯子。我应该说,不要紧,或者是欢迎,热烈欢迎你来。

这么大热天,你还在写作,真了不起。这是恭维的话。那时我发现忘了给她杯子里放茶叶了,又往厨房里走。我应该说,我正在写一部长篇,马上就要结尾了,或者说我一写作,把什么都忘记了,这屋里早该装空调,让你坐在这种屋子,真是有点不好意思。最好再加上一句:等一会儿我请你到咖啡馆去坐坐吧。

我挺喜欢文学的,我特别崇拜那些……她的话没说完,但含义还是很明确的。一是交代了她此次拜访的原因,二是暗示我她可能爱上我。崇拜和爱是多么相近的两个词啊。我应该在这时主动放下手中的一切事情地坐在她身边,就文学的话题不断地引申、引申再引申直到引诱……而我那时发现忘了拎水瓶,正红着脸往厨房里走呢。

……

我是一个地地道道的傻瓜,这大概都是后现代主义害的吧。后现代主义总是让人颠三倒四,目中无人。如果阿莲不是个大大方方的女孩子,如果不是她在这十分钟里主动地在我的稿纸上留下她的姓名、地址、工作单位和电话,如果不是她在临出门的时候对我说,希望能读读我的作品,那她就一定会像美国电影《天使在人间》中的仙女从我身边飞走,我再也见不到她了。如果是这样,让广大的文学工作者知道了,就连孟秋也会骂我是鸟人的。我在楼上望着她的背影消失,到那时我还有点恍恍惚惚,不想吃饭睡觉,只想写情书。

这就是我和阿莲爱情的开端。

有些事情是人们预料不到的,比如说有人早晨高高兴兴地和妻子儿女道别,准备到单位里被领导表扬提升官职,没想到一出家门就让汽车给轧死了;有人经过福利彩票摸奖点,看见那么热闹的气氛,心想花两元钱买一张玩玩,就算为国家的福利事业尽一点微薄的贡献吧,没想到他却中了,而且是大奖——一辆小汽车,等等。祸福在天,生死由命,挡也挡不住的。就拿我自己来说吧,我这人一辈子受苦,如今为了爱情而准备以身殉情,从五十五米高的塔上跳下来,心想这下我该粉身碎骨了吧,没想到天不遂人愿,我竟然没有摔死。

我在天上飞了起来。

这种事情可能大家都不相信,连我自己都不敢相信呢。这事如果发生在美国一个叫大卫的人身上,大家会把它当作魔术,只是睁大眼睛觉得神奇而已。可是我千真万确地在天上飞了起来,这有点拉美魔幻现实主义的味道。我这飞和鸟儿的飞翔还有点不同,我只是像一个气球在空中飘来飘去。我的肚子胀得厉害,鼓鼓囊囊的充满着气体,后来我想到,这就叫满腹怨气。开始这事把我吓得要命,我以为我已经死了,灵魂正在升天呢。说老实话,谁不怕死呢,自杀也是万不得已一时糊涂才干的蠢事。如果让一个自杀死的人再活过来,你就是怎么劝他怎么逼他他也不会再死一次了。我闭着眼睛在空中手舞足蹈,拼命地挣扎,过了很长时间,才发觉有点不对头,我没听见身体着地的"扑通"一声,也没感觉到疼;我再伸出手来摸摸自己的脑袋,掐掐自己的身体,感觉到自己完好无损,秋毫不犯,于是我勇敢地睁开眼睛。

　　天空好美啊,空气是多么的清新。

　　但我并不感到非常的高兴,我这样完完整整地活下来,我怎能让阿莲相信我确实跳过一回塔呢?这时,我听见我身下有孩子在叫喊,天上有一只大鸟。不,是一个外星人,是另一个孩子的声音。我被人发现了,可就连一个孩子也不相信我们人类会在天上飞。如果现在不是黄昏时分,如果不是这附近游人稀少,一定会形成万人争睹的壮观场面,说不定还会有人用砖头砸我,或者用气枪瞄准我,说不定政府还会派飞机来追踪我呢。我想我还是先找个地方降落吧,以后的事情慢慢再说。可是我怎么下来呢?我真是一点办法都没有,除非像气球一样慢慢地瘪了气,或者在空中被鸟一啄炸掉了。我满腹的怨气可不是这么容易一下子消掉的。

　　我只能随风荡漾了。

　　我一直在郊外的空中飘荡了好几个时辰,天已经彻底黑了,没人再看见我。风一会儿把我吹向几百米的高空(那时我感觉到呼吸困难),一会儿让我头朝下直栽地面(把我吓得脸色惨白),然后在离地咫尺之距又把我掀到空中。我就像一只风筝。好歹风是朝金陵城的方向吹的。这几个小时我在空中,可是感慨万千,思前想后,情绪就像打摆子一样。慢慢地,风把我吹过了古城墙,进了城,又把我朝夫子庙的方向吹去。我可以时不时地俯瞰一下城中的夜景。好热闹的一个金陵城啊,平常走在大街上没感觉到什么,如今在空中一看,简直是一片欣欣向荣的景象。繁华无比的大都市呀。大款们开着汽车,情人们搂着腰肢,夫妇们抱在一起,儿童们又吃又蹦,领导们又唱又跳,再加上那些高楼,那些醉人的灯光……

我飞到了夫子庙的上空。

这种地方可就更不用说了,食物的香气直冲云霄(我确实饿极了),灯火恍若星辰,再就是美女如云……我这么朝下一看,心里就开始嘀咕啦。我想,这么美好的人生,我怎么会想到死呢?这么多人都不去自杀,为什么偏偏我要去干这种傻事呢?有关和阿莲的爱情问题,我还可以再努力一把嘛……这样一想,我肚中的怨气就开始慢慢消解了,身体也开始慢慢地降了下来。

我指望自己能落在一个没人的地方,可夫子庙人也确实太多了。我这样一落,正好就砸在一个人的身上,还没等他和周围人反应过来,我俩就一起趴在地上。好歹我是压在他身上,一点也不疼。那人从地上爬起来,正想和我急,等我站好了,他一看我,先是一愣,然后大叫起来,吴鸣,怎么是你,你怎么跑到这地方来,别是从天上掉下来的吧?

事情也就是这么巧,被我砸倒的不是别人,就是我最好的朋友孟秋,我口袋里还有给他的遗书呢。他看见我亲热得过分,好像有一种生离死别的感觉。他说,我找你一天啦,你的脸色好难看啊……他一定是被砸晕啦。和他紧挨着站着一个大学生模样的女孩(这个女孩后来成了孟秋的老婆。敢情我这么一砸,把他砸开窍了,他变得勇敢无比……他应该感谢我,不然算什么朋友呢),她和围观的人一样,用一种惊奇的目光望着我。他们一定在想,这人到底从哪里来的?

吴鸣,和我们一起喝茶吧,孟秋说。

不啦,我有急事。说完,我头也不回地往外就跑,不管他在我身后怎么喊。我冲出夫子庙,叫了一辆出租车就朝阿莲家奔去。这个时候,还有什么比见到阿莲更重要的吗?我下了车,一口气奔上七楼。猛捶了一通门板,一个男人打开门(这家伙我有点面熟,好像也是我们金陵城文艺界的),我看见阿莲正坐在客厅的沙发上满脸怒气地望着我。吴鸣,怎么又是你?她说。这个男人用身体挡住我,嘴里有点不干不净,像一条看门狗。我用力地把他朝旁边一推,然后大踏步地冲进屋里,穿过过道,头也不回地朝阳台冲了过去。我听见阿莲在身后尖叫,你想干什么?

我从阳台上跳了下去。

后来我在家里憋不住了,就给阿莲打电话。起初,我以为她会像第一次那样再一次敲开我的家门,可过了两三天,门外没有兔子撞门的动静。这两三天,她的整体形象在我的脑海里越来越高大,膨胀得使我寝食难安,虽然当初她一离开我家我就记不清她长得什么样了。我考虑了又考虑、斟酌了又斟酌,到最后我决定主动地给她打一个电话。过去我有过这样的经历,某一个女孩满脸微笑客气地和我说再见,等我再去找她的时候,她就像不认识我一样对我非常的冷淡。我有孤注一掷的准备,只要她在电话里说一声"不"字,我马上就把电话一扔,逃之夭夭。这最多让我白酝酿了几天感情。没想到她在电话里对我非常的热情,她用一种很动听的声音说,今晚九点在圣保罗教堂门前等我,别忘了带上你的作品,我想拜读拜读。

我八点钟就来到了教堂门口,听见教堂里面有非常动听的歌声，就走了进去。教堂里除了一些唱诗班的队员在排练以外，就我一个外人。我在最后一排靠墙的长椅上坐下，看她们排练。歌声中有一种神圣而庄严的气息。我注意到这群人中最漂亮的是一个弹钢琴的女孩，她穿着一身白色的套裙，表情圣洁而严肃，鹤立鸡群。我觉得她就是那个阿莲，可又不敢站起来走上前去辨认，我只是一直盯着她脸看。快到九点了，便走出来站在门前等。过了一会儿，果然看见她一个人推着自行车从里面走出来，看见我便说，刚才坐在教堂里面的就是你吧，你来得这么早？

阿莲就是那个弹钢琴的女孩。

我这回比较勇敢地看着她，她简直美极了。白色的衣服在夜色中格外醒目。只是她还沉浸在教堂的气氛中，表情有点严肃。她说，我们去哪里？我说，随便呵，你说吧。她望了我一眼，就说，我们走走吧。我们推着自行车朝前走。门前是一条比较幽静的巷子，很长。我们谁也没有说话，我是不知道该说些什么，她也许是比较累了。默默地走到巷口，有一家咖啡馆，她停下车，说，我们进去坐坐吧。我说，好。我感觉刚才这一段路我走得非常难受。

其实这几天里，孟秋找过我，他把他这么多年来恋爱的教训都告诉我了。比如见到女孩要主动，要大胆，要热情，要潇洒，等等。当时我铭刻在心，可现在一紧张全成了纸上谈兵。不知道谁曾经说过，恋爱中的男人是最愚蠢的。我们进了咖啡馆，落座，要了两杯绿茶。那个服务小姐站在我身边不走，说，先生，还要点什么？我望着阿莲，她说，再来两份水果点心。我就对服务小姐说，来一份水果点心。我故意笑笑地对阿莲说，水果点心我不喜欢吃。我是怕我下午刚从母亲那里拿来的几十块钱不够付账。她也没再说什么，只是若有所思地望着我的脸。

坐定以后，她就说，你的作品带来了吗？其实她早就看见我手上拿着两个鼓鼓囊囊的大信封。一个里面是我精心挑选的作品（有的我还重新抄写了一遍），另一个是我这两天写给她的情书。我说，带来了。她说，让我看看。我像小学生交作业一样把两个信封一上一下地递给她（作品在上，情书在下）。我端着茶杯小心紧张地看着她把上面的信封打开，从里面抽出一叠叠稿纸，在手上快速地翻看着。很短的时间，她把稿纸放回信封，又拿起另一个信封。这时我说，这是我最近才写，你能带回去看吗？她说好吧，把手中的信封朝桌旁一扔。

她低着头吃水果点心，快吃完了，她抬起头来问我，这里面怎么没有你发表的东西？

我这一生就怕别人问我这类问题：你的大作发表了没有？有空我来拜读拜读……这就像问一个不能生孩子的妇女，你的孩子多大啦？如果面前是一个男人，我可以红着脸跟他解释解释，以凡·高为例谈谈艺术家不平坦的道路。如果是个女孩，我就会低着头看看地下有没有一个缝我好钻进去。我说，啊……我……还……没有……发表过……她看我结结巴巴挺害羞的样子，就不再问了，低着头继续吃点心。

多么难过令人窒息的空气啊。

我终于说，你钢琴弹得真好。她说，谢谢。连头都没抬。

我还想说，你今天真漂亮。没敢。堵在嗓子里。

她吃完了点心，就站起来说，我们走吧。我也站了起来。服务小姐过来收钱。我在几个口袋里都掏了一下，才凑足了钱。这过程中,服务小姐不怀好意地打量着我,她心里想说什么我都知道(如果换了另外的场合,我一定会问她,你们的绿茶怎么这么贵啊,二十元一杯)。阿莲有点不耐烦,没等我付完账,就自己走到门外去了。我看见那两个信封还放在桌上,赶紧拿起来追了出去。

她已经骑在自行车上了。我来到她的近前,说,这两个信封……她没说什么就接过来丢在车篓里。她说,我要回家了,再见。我说,我送你。她说,不用了,有空我给你打电话。说完,一溜烟骑车走了。

这就是我和阿莲爱情的发展。

我飘飘忽忽地从阿莲家阳台落到街面上,然后仰起头朝上面望去。我看见阿莲正趴在阳台上盯着我,她脸上的表情我看不清楚。过了一会儿,我听见她在上面喊:吴鸣,你上来呀。我从过道朝楼上跑去,迎面看见了正在下楼的那个男人,他有点灰溜溜的,和刚才在门前趾高气扬的神情完全不同,他看见我朝我狠狠地瞪了一眼。我来到楼上,阿莲站在门前,上下打量了我一下,然后语气轻柔地说,进屋吧。

她让我坐在她对面的沙发上,给我倒了一杯茶。你怎么能这样呢?她说,刚才把我吓死啦。

我笑笑,心想,还不是你逼的吗。

你没有摔坏吧?

摔不坏的,我说。

我不相信,你站起来让我看看。

我就从沙发上站起来。她说,你走走看。我就在她面前走了几步。啊……她惊讶地叫了起来,这怎么可能?

你的轻功是跟谁学的?我坐下以后,她又问我。她一定是把我当作电视里那些武功高强的大侠啦。

不是轻功,我是在飞。

我不相信,我不相信……她摇着头可掬可爱的神情简直让人羡慕死了。

我不知道怎样跟她解释。

吴鸣,你真的会飞?过一会儿,她又表情郑重地问我。

是的,已经不止一次了。我说。

你能再飞一次给我看看吗?

能的。

那么现在……她从沙发上站起来,然后又摇摇头,说,算了,明天我们重找一个地方,你能从更高的地方往下飞吗?

我说,可以,再高的地方我都飞过的。

她显然非常高兴,眼珠转动得非常厉害,然后她说,你把你过去飞的事情告诉我吧……

从她家里出来的时候,已经很迟了。她一直把我送到楼下,还一直叮嘱我,明天晚上,你在家里等我。她对我热情极了,可以说柔情似水。我把她以前对我的态度给忘了。我有点胜券在握的感觉。所以刚才在她家里,在她热情的煽动下,我第一次面对一个女孩滔滔不绝,一种勇气从心底里迸发出来。我添油加醋,胡编乱造,几乎把自己说成了超人啦(多少我也是个作家嘛)。她一直在沙发上前仰后合,笑声不绝。我有点依依不舍地从她身边离开,心想,如果她……我又责怪自己,我怎能有这样的非分之想呢,我们真正的爱情才刚刚开始,阿莲可是个好女孩呀,如果她真的这样,说不定我会看不起她呢。

我陶醉在无比的幸福之中,皎洁的月空下我犹如新生。

我步行回到家中,一进家门,我就开始写小说了。刚才在阿莲家胡编乱造的过程中,我就涌起了非常强烈的创作冲动。我感觉我马上要写的东西可是亘古未有的佳作啊。小说的开头大概是这样的:在古代,有一个英俊潇洒、胆识过人的英雄,他就叫吴鸣。有一次,敌人偷袭,把他围困在一个城堡的塔楼上。由于敌人知道他英勇过人,所以不敢攻上楼去,只是想把他困死饿死在上面,并且敌人抓住了他心爱的妻子(我考虑了半天,还是没让他妻子叫阿莲,暂且就叫阿诗玛吧),把她绑在了塔楼下的一根木桩上。我写到这里,天已经亮了,我也写不动了,心想今天还有表演呢。就停笔上床睡觉去了。

一觉睡到下午,梦中我和阿莲亲亲热热,幸福无比。醒来后就躺在床上等天黑。心里又有点不踏实,就来到自家二楼的阳台上。我想我还是先试试吧。看看周围无人,就从上面跳了下去。扑通,不到一秒钟的时间,我就一屁股坐在地上。幸亏楼层不高,否则我就玩完啦。我摸着屁股龇牙咧嘴地回到屋里,想,这下不就整歇了吗,我又要在阿莲面前丢丑了。赶紧回忆前两次我是怎么飞的,想啊想啊,慢慢地终于想出诀窍来了。

这一定要有怨气在身,怨气越足飞得越好,就像气球气越多升得越高一样。可现在还有什么让我不高兴的呢?

那些天,我一直在等阿莲的电话。时光流逝,岁月无情,她好像把我给忘了。我常常站在自家的阳台上,注视着马路上来来往往的人群。独自凭栏,为伊消得人憔悴。我希望能突然看见她的身影出现在我眼前。只要屋里电话一响,我就以最快的速度冲过去,可每次都不是她的声音。有一天母亲打电话过来,问我,孩子,你怎么不过来拿钱啦,我以为你快饿死了。其实,没有了阿莲,吃饭对我有何意义呢?好几天,我就是粒米不进地躺在床上,双眼绝望地望着天花板,脑海里不断闪现着阿莲的形象,眼看着一代大文豪就真的要被饿死了。开始我还在想,是不是她在考验我呢?就耐心地等啊等啊,望眼欲穿。后来我又想,她是不是把我写有电话号码的名片给丢了,就在晚上从床上爬起来,给她打电话。起初,没有人接,后来有人接了。我说,我是吴鸣。那边却冷冷地说,你找谁?我说找阿莲,那边就说,她不在。明明是她家里的电话嘛,而且我感觉那边就是阿莲的声音。我不死心,又打了一次,还是她不在的回答。接着再打,那边干脆就不接了。

最后,我决定去找她。经过又一个白天的思考,我认为也只有这样了。不这样,等她再来找我的时候,我大概已经没气了。我吃了一点东面,临出门的时候,在镜子前照了一下,我吃了一惊,想,这是谁啊?

我按照她留给我的地址找到了她住的那栋楼,那是傍晚的时候。我想也许她还没有下班吧。就躲在路边朝她必经的路上看去。果然,不一会儿,就看见她潇洒地骑着自行车回来了。等我望着她上楼,又过了一会儿,我想我该上去了,她衣服一定换好了。于是我一步一步地朝楼上走,边走边想,等一会儿见到她父母(我还不知道她一个人住呢),他们要请我吃晚饭,我该怎么说呢?在门前,我犹豫了一会儿,然后开始敲门。

谁啊?里面有人问。是阿莲的声音。她打开门,好像吃了一惊,满脸不高兴地说,怎么是你?你来干吗?

我想……我等你电话……我有点语无伦次。一见到女人这种态度我就慌了。

哦,你是来拿东西的。她说完,把门一关。过一会儿,她又把门打开,手里拿着两个信封。这里面的东面我都看过了,现在还给你,她说。把信封递到我手上。

我……不是……

没别的事了吧?那么再见,说完,她把门一关,自己进屋去了。

我呆呆地望着门,然后下楼。

如果那时天下雨就好了,人们就看不见我在流泪了。我偷偷地抹着眼泪往回走,想,吴鸣啊吴鸣,就这样完了吗?你应该还要找她啊……于是又走回来,站在楼底下,朝上望。

足足站了一个多小时。下定决心,又朝楼上走去。

她开门看见我说,怎么你又回来了?不过,语气比刚才缓和多了。她一定是被我可怜兮兮的样子打动了,终于侧着身,笑着说,进屋坐坐吧。

她看我毕恭毕敬地坐在沙发上,就说,吴鸣,你比以前瘦多了,最近在干什么?

我一直在等你电话,我说。

哦,我把这事给忘了,对不起。她处处显得彬彬有礼。其实我要打电话也没什么可说的,你的文章我都看了,我不喜欢,很多都看不懂。

我真难过。连情书她都看不懂。

我这两天又写了几篇,你……我又从怀里拿出一个信封。

不用了,我不想看了,你拿回去吧。再说,我现在的工作很忙,空闲时间很少。

我尴尬地绝望地抬头望着她。

吴鸣,你把事情想复杂了。她终于笑出声说,回避着我的目光。我去找你,没有其他意思,只是觉得名片上这样写的人一定是挺有意思、很好玩的人,我只是想了解一下现在的作家是怎样生活的,再说我上中学的时候也是挺喜欢文学的。

你是不是把事情想复杂了?她又追问一句。

我痛苦地点点头。

那么现在你该知道了。她边说边走到门边,把门打开,我们交个朋友吧,欢迎你来玩,现在你该走了。

我被她扫地出门。

我回到家中,依然不死心,一改文风,连夜起草了几万字的现实主义情书。字字真情,句句动人。我给她寄了过去。几天后,接到她的电话。她有点愤怒而激动地说,你这人真是讨厌、无耻、痴心妄想,从我身边滚开,别烦我。

这就是我和阿莲第一次爱情的结局。

我说,你爱我吗?

阿莲说,我爱你。

我说,你愿意嫁给我吗?

阿莲说,我愿意。

我说，你今晚可以留下来陪我吗？

阿莲没有回答，她只是一副羞羞答答、投怀送抱的神情，我正要上前拉住她，就在这时，一阵敲门声让我从梦境中醒过来。我睁着眼睛看见阿莲自己推门走了进来。她看见我躺在床上，大梦初醒的样子，就说，我们该走了，你一定等急了吧？我看看墙上的钟，已经是晚上十点多了。

人要一直生活在梦里该有多好啊，眼前的阿莲要比梦中的阿莲少了许多柔情。

我们并排地坐在出租车的后座上，她很有分寸地让身体和我保持一定的缝隙。她的身上香气扑鼻，一种神秘的女性的气息让我心潮起伏、心猿意马。她说，如果让你飞得太早的话，会让路上行人看见的，警察发现了，还会有麻烦。她的膀子碰了一下我的身体。她问，你准备好了吗？我说准备好了。她又说，你一点不感觉害怕吗？我说，不怕。其实我现在的大脑一边在想象着她如果脱光身上的衣服该是什么样子，一边想着还有什么事情能让我痛苦、满腹怨气的。

我们在一幢高楼前下了车，这回，阿莲主动地付了车费。我抬头朝楼顶望去，天黑，数不清有多少层。阿莲说，二十九层。阿莲在电梯里对看电梯的说，顶层。我们来到了顶层，由一个侧门上了楼顶平台。偌大的平台的一角好像有许多人坐在那里，有好几张桌子和十几张椅子。阿莲领着我朝那里走，走到近前的时候，那些人都站了起来。阿莲大声介绍我说，这就是我说过的吴鸣。大家一起朝我鼓掌。我有点不好意思。今天晚上星光灿烂，月光明媚。阿莲又开始向我介绍那些人，她特意把一个很有气派的男人拉到我的身边,说,这就是今晚这个聚会的组织人——刘总经理,他在这栋楼里有一家很大的公司。这个男人客气地递给我一张名片,又很热情地和我握握手。他对我和阿莲说,你们先坐下休息休息,喝一口水。我和阿莲在一张很醒目的空桌子边坐下,周围的人成扇形包围着我们。我坐下以后,感觉到人们的目光不时地朝我射来,又在小声地议论着……一种等待刺激时刻到来的焦急和不安。阿莲小声地问我,你感觉怎么样?我从她的脸上也看到了一种紧张和兴奋的表情。我说,很好,不要紧……这些人都是你的朋友吗?她点点头。如果不是今天我以主角的身份参加这个活动,我是很少有机会和这些人接触的。男的个个西装革履,风流倜傥;女的个个浓妆艳抹,美目盼兮。这和文艺界人士不修边幅大相径庭。

从这里朝远处望去,皎洁的月空,明亮的城市,好像也有一种等待的焦躁。啊,一个激动人心的时刻即将到来。可我的心里却不断地翻涌出不安和恐惧,我想起下午一屁股坐在地下的情景……这真是骑虎难下啊。但我努力克制住自己的感情(幸亏现在是晚上),我不能让我身边的阿莲察觉,不能让她失望啊。如果再让她瞧不起我,从我身边离开,我是生不如死啊。

这时,那个刘总经理把阿莲从我身边叫走,他们在一边无人处小声地谈了一会儿,然后又把我叫了过去。刘总问我,你真的能行吗?我在阿莲的注视下鼓足勇气说,行。很干脆。阿莲说,我是亲眼看见吴鸣飞的,他不会出事的。刘总听我们这样回答就说,那马上就开始吧,他们已经等不及了。说完,走到人们中间大声宣布,表演马上就要开始了,请大家做好准备。

人们先是叫好,然后拿出预先准备好的望远镜、照相机,并且一起站到平台的护墙边。

刘总又回到我和阿莲身边,他从口袋里拿出一个信封递到我的手上,说,这是一点小意思,请收下吧,听阿莲说,你手头不宽裕。我红着脸要拒绝,阿莲就说,你收下吧,别客气嘛。我就羞答答地把信封放进了口袋。

阿莲面带微笑,非常亲切地对我说,吴鸣,你去吧。

我以一种赴汤蹈火在所不惜的大无畏英雄气概朝护墙边走去,在阿莲和众人的注视下,我登上了护墙。那一瞬间,我听见身后有人轻轻地"啊"的一声,那一瞬间,我闭上眼睛,慢慢地一股怨气在肚中升起,膨胀……我纵身往空中一跳。

我从事文学创作多年,真可谓含辛茹苦、鞠躬尽瘁。没想到如今文坛豺狼当道、娼盗横行。一小撮人利用手中权势,结党营私,排斥忠良。好端端,一个伟大的后现代主义作家,被他们折磨到作品没处发、饭也吃不饱的地步,更令人发指的是,他们竟然诬蔑、中伤他,称他为"鸟人"……真是可恼,气煞人也。

我终于成功地完成了阿莲交给我的任务,我在天空自由自在地飞翔……一个小时以后,我落地,又重新回到了平台。在闪光灯的闪烁下,在人们的赞美声中,我听到了阿莲那令人幸福的声音:

——吴鸣,你真了不起。

我的小说继续朝前发展:吴鸣在塔楼上,眼睁睁地看着敌人用各种方式折磨他的妻子。先是用皮鞭抽打她,再用辣椒水洒在她的伤口上……他听见妻子撕肝裂胆的叫喊声,痛不欲生。当看见敌人正要扒光妻子衣服的时候,他大喊一声,挥舞着大刀,从塔楼上杀了下来。可刚冲出塔门,就被无数的乱箭射了回去。他冲了许多次,直到身上中了一箭……敌人在塔下对身负重伤重新退回楼顶的吴鸣高声叫喊,吴鸣,你赶快投降吧,否则……他听见衣服被撕裂、妻子凄惨的叫喊声,不觉嗓子一热,一口鲜血吐了出来,马上昏倒在地。晚上,他苏醒过来,慢慢地爬到窗口朝下望去,一轮明月下,妻子赤身裸体地被绑在木桩上,奄奄一息。他忍住剧痛,包扎好伤口,从塔楼的背面放下一根长绳,他顺着绳子滑到地面,然后悄悄地向妻子靠近。他干掉了几个正在打瞌睡的哨兵,轻轻地砍断妻子身上的绳索,把妻子抱在怀中。亲爱的,亲爱的,你快醒醒,他轻轻地呼唤着。他怀中的女子慢慢睁开双眼,朝他一笑,突然间,她把一把匕首猛地插进了他的胸膛。

虽然我只是在小范围内做了表演,但我会飞的消息还是不胫而走,连我的母亲都知道了。她在电话里对我说,孩子,你可不要乱飞啊,小心飞进了军事禁区,被防空导弹给打下来。她还一再地警告我,可不要以为自己有了点本事,就干出违法乱纪的事来。她一定是怕我飞到别人家偷人家的东西。虽然她这样说,但我还是能听出她在为我感到自豪。有一天,孟秋领着上次我见过的那个女大学生来到我家,他先是故意把我臭骂了一通,说我能在天上飞这样的大事都不预先告诉他,然后他指着他女友说,她有许多女同学希望能和我见见面。你还没有结婚吧?孟秋的女友有点不好意思地问我。我点点头。但我还是拒绝了,让孟秋失望地走了。

我不会把我和阿莲的事告诉他的,否则又会到处传扬,挺让人不好意思的。再说,阿莲也没当面对我说她爱我。其实我是多么希望她能这样说啊。自从上回我表演过以后,我感觉我们的关系又进了一步。她对我的态度可以说是和蔼可亲,关怀备至。她时不时打电话把我喊到她家或者其他地方(当然每次都有其他人在场),让我参加她和朋友的聚会。我和她的朋友很快就混熟了。那些人虽然多在生意上有所建树,可对我却非常尊敬。他们开口闭口喊我吴大师,这让我想起那些文艺界的家伙喊我"鸟人",我从心里感激他们。阿莲偶尔也会路过我家,她进屋问问我最近的情况,当听说我正在写小说(我没告诉她这篇小说和她有关,等我写完了再说),也没说什么。她只是要我好好保重身体,有时再问问我的经济情况,就走了。我告诉她说,上次刘总经理给的一千块钱我还没用完呢。每次我和她见面以后,我就会在梦中和她亲亲热热,那种情景说出来简直让人肉麻极了。我是多么希望梦想成真啊。我这人是很有耐心的,如果没有耐心,我会到现在还在写小说吗?我知道总有一天,也就是我这篇小说写完,发表,轰动文坛的时候,阿莲就会放下淑女的架子,投入我怀抱的。你想想看,有哪一个美女能经得住伟大文学家诱惑的?

啊,我的未来是多么美好呀。

有一天,阿莲来到我家。那时我正在写作,主人公的妻子被敌人扒光了衣服……所以我不好意思盯着她看,只觉得她今天打扮得非常动人。她说,不要写了,今天晚上我请你吃饭。

在出租车上她说,你可以用电脑写作嘛。我尴尬地笑笑。她说,你会有钱的。我想,对啊。小说发表了,稿费可不少呢。

车停在金陵饭店门口,她领我上楼进了餐厅。远远地,就看见那个刘总经理坐在一张餐桌边。他看见我们,向我们挥手。我们走了过去。你好，小吴（只有他一直这样叫我，他年龄好像要比我大不少呢），请坐。他和我握手，让我坐在他和阿莲中间。刚坐下，菜就端上来了。这是牛鞭，这是烤乳猪……阿莲向我介绍端上来的菜。满满的一桌。刘总打开一瓶茅台酒，给我的酒杯斟满，说，小吴，今天我们三人好好地聚一聚，一醉方休。

我有点受宠若惊。但我也不客气，尽管让他俩给我夹菜倒酒，这么一桌菜，浪费了可不好。

吃了好一会儿，他们看见我脸已经红了，打着饱嗝。刘总放下筷子说，小吴，我想和你谈一笔生意。

有什么事情你尽管说，老朋友还有什么客气的。我喝下的酒开始往上翻。

好，够爽气。他又给我倒了一杯酒。朝阿莲望了一眼。

阿莲说，是这样的，自从刘总看过你的表演以后，觉得你的这种才华被埋没了可惜。就想让你再表演一次，到时候邀请全世界各大新闻媒体进行实况转播，包括我们的中央电视台……

在什么地方？我卷着舌头问。

就在这金陵饭店，刘总把椅子朝我身边移移，亲切地拍着我的肩膀，小吴，这可是一笔大买卖啊，如果成功了，你还可以在法国的埃菲尔铁塔、美国的科罗拉多大峡谷……

他后面说什么我都听不清楚，我快要睡着了，嘴里只能说着，行，行……然后朝桌上趴去。

刘总用手摇着我的肩膀，小吴，醒醒。他看我睁开一只眼睛，就说，如果你愿意，就在这合同上签个字吧。

我接过阿莲递过来的笔，勉强地睁开双眼，在一张纸上写下了自己的名字。

其实我们从金陵饭店出来的时候,我已经有点清醒了,但我仍然让刘总和阿莲一边一个扶着我上了出租车。我总是把身体朝阿莲一边倒去,我想让我一直躺在阿莲温暖而醉人的怀抱中。那是多么美好的时刻啊。其实这件事只要阿莲和我说一声,就算马上让我去死,我也会在所不惜的,何必要把我灌醉,既伤身体又花那么多钱呢。在这个世上,有许多作家,要么为生存而拼命地写作,要么有了钱后为别人的生存而写作,他们一样都得到了人们的尊敬。我为什么不能成为后一种作家呢?我可以不用再去母亲那里乞讨,我可以抽着好香烟悠闲自得地坐在电脑前,想写什么就写什么。当第二天阿莲来到我家里,把一叠一万元的人民币放在我桌上的时候,我就知道幸福的生活已经降临了,我再也不是过去那个让人瞧不起的穷作家啦。我感激地甚至有点讨好地望着她。我听见她说,买一台电脑,再买几件像样的衣服,如果钱不够,就来找我。我忍不住地流下了热泪。她不仅美丽、高雅,而且身上放射出一种让人幸福的光芒。

阿莲,我爱你。在她从我家里离开以后,我终于在屋里高喊了一声。

吴鸣发现躺在他怀里的并不是他心爱的妻子,他中了敌人偷梁换柱的诡计。就在这个时候,敌营中响起一声号角,他身边亮起了无数火把。敌人把他团团包围。多么英勇的吴鸣啊,他身负几处重伤,但他毫不畏惧。他扔掉手中那个恬不知耻的女人,然后在敌人的围攻下奋力拼杀,杀出一条血路,重新退回到塔楼上。

敌人乘机蜂拥地朝塔楼里冲来,经过一夜殊死拼搏,他终于杀退了敌人。塔外尸横遍野,血流成河。第二天天明,他仍然昂首屹立在塔上。他看见敌人重新把他的妻子绑在木桩上,狡猾的敌人又把他年迈的老母抓来,把她捆在妻子的旁边。敌人一遍遍地劝他投降,这时,他母亲高声叫喊,孩子,为了民族大业,你千万不能投降啊……凶残的敌人把钢刀插进了他母亲的胸膛。这个时候,吴鸣已经精疲力竭了,他想,与其这样,不如和自己的亲人一起死吧。他勇敢而绝望地从塔楼上跳了下来。大丈夫生为人杰,死为鬼雄。可是他并没有摔死,而是在空中飞了起来。敌人被这种情景吓呆了,纷纷朝后退。他乘机飞到妻子身边,把她抱起来,从敌人的头顶上飞了过去。他们飞上高山,敌人追上高山,他们飞到海边,敌人追到海边。后来,他们飞越大海,来到了一个荒无人烟、美丽的小岛上。

写到这里的时候,我原先的打算是吴鸣和他的妻子飞到这个小岛上,已经都不行了,他们经过一段感人肺腑的对话,吴鸣终于负伤过重死在妻子的怀中。她抱着丈夫的尸体,一步步地朝大海里走去。可我一想,生活是多么美好啊,人间哪有这么多悲剧呢,就把结尾给改了。我写道:吴鸣和妻子来到这小岛上以后,很快地治好了伤病。他们决定就在这岛上生活下去。吴鸣常常飞过大海,从陆上买回许多东西,他们在岛上建立了一个幸福美满的家庭。

我终于完成了这篇我自己认为有史以来最好的小说,并且马上寄了出去(过去我不是这样的)。那天,我高高兴兴地带上小说的打印稿去找阿莲。可我来到她家,看见她和刘总等一班人正在为我的演出忙着呢,我就不好意思打搅她了。她一见到我,就反复地嘱咐我这段时间要好好养足精神，不要再写东西了。这可是一次至关重要的表演呢，千万不能出差错，她说。我看着她满眼猩红、非常疲倦的样子，心里说不出的心疼，我还能再叫她费脑神去看我的小说吗？我想还是等我小说发表了再拿给她看吧（我知道她喜欢看发表的小说）。我对这篇小说的发表充满信心，因为我一改往日那种后现代主义文风，语言朴实，感情真挚……我在家里烧我过去名片的时候，我就在想，让后现代主义滚蛋吧。连孟秋自从恋爱成功以后，也不再写什么后现代主义作品了，我还这么固执干吗？

然后，我就在家里静心休养了。说老实话，还有一个重大的问题需要我去解决呢。我要是能飞，心里就必须有一件不高兴的事情，那样才会有怨气嘛。可如今我高兴还来不及，哪有什么不高兴的事呢？有一次我想，如果孟秋突然死了……可马上我就开始骂自己了，我还有一点良心吗？有一天下午，我想着想着就睡着了。我梦见自己直直地从金陵饭店上摔下来，阿莲抱着我血肉模糊的尸体在哭呢。我吓得从床上坐起来，冷汗直冒。我想我还是找阿莲谈谈吧，放松放松。

我去的时候，阿莲不在家里。我在楼下等了一会儿，也没看见她人，就跑到附近的北极阁山上去了。那时天已经黑了，我在山顶待了很长时间，我想，我总要试一试吧。想来想去，我把母亲给想死了（妈妈，请你原谅我，反正人总要死的）。我就飞了起来。可飞得不是很好，忽上忽下，需要我集中注意力充分想象才行。母亲僵直地躺在床上，我抱着她尸体放声大哭……这究竟不是现实嘛。后来，我飞到了阿莲家附近，看见她家里有灯光，就悄悄地靠近阳台往里面瞧,我想给她个惊喜呢。从阳台的窗户望进去,我看见了阿莲,她……她正躺在床上。她怎么不穿衣服呢?我还看见了刘总,看见了他白白净净的屁股。他……她……他们……

那天晚上,我差点飞出了地球。

这是一个星期天。阳光普照,万里无云。一大早,阿莲打电话过来,她说,表演将在十点钟正式开始,请你赶快准备一下,我们派一辆车来接你。我说,好吧,我已经准备好了。然后又接到孟秋的电话,他说,我估计看你表演的人不会少,我一定会按你吩咐照顾好你的母亲。我说,谢谢。他又说,我有一个好消息要告诉你。我说,等表演完再说吧(其实我知道他要告诉我什么,我前两天已经看到我的小说登在杂志上了)。说完,就挂断了电话。我不想有什么事情再来打扰我,我需要保持内心的平静。这几天,我已经看到报纸上的宣传了,什么"轰动全球的表演""中国人的创举"……几乎全城的人都会拥到金陵饭店的周围,翘首以待我从它上面飞下来。

我穿上第一次跳塔时穿的黑西装,在镜子前站立了一会儿,我看见自己的表情很严肃,一种漠然处世的态度。我又找到那三份遗书,把便条给撕了。我把给母亲的遗书改动了一下,提到这次表演我的收入以及遗产的问题。然后把三份遗书叠好,放进口袋里。我站在阳台上,注视着天空和身边的城市,它们都变得凝固不动,像被毁灭前的死寂。不,我就像一个外星人望着这陌生的世界。

我知道,死不是容易的。它不需要勇气,需要安静。

没过多久,车就来了。司机客气地说,吴先生,请上车,他们已经在饭店等你啦。

不要欢乐,也不要痛苦。

我在饭店后门下了车,交通已经瘫痪了。走进饭店,看见许多工作人员、警察和记者。他们朝我热情地鼓掌,许多人朝我身边涌来。几个工作人员保护我上了电梯,朝楼顶旋宫升去。我听见旁边有人说,他好像来过我们饭店,我还找过他谈心呢,早知道这样,上次就让他飞给我们看了……进了旋宫,阿莲他们迎了过来,把我团团围住,许多记者被挡在人群外面,让我先和一些重要的人物握手。有市长、保险公司以及国内外各大新闻媒体的负责人等。然后阿莲对我说,吴鸣,你对广大电视观众说几句话吧。他们让我坐在一张主席桌后面,桌上放着许多话筒和录音机,许多架摄像机对准我。

我说,今天天气很好,人很多,大家的脸上都带着微笑,都在焦急地等待,我想你们会看到精彩的一幕的。我望望站在一边的阿莲和刘总,他们有点紧张地看着我。我继续说,我今天早晨看见了许多在天上飞翔的鸟儿,它们的动作优美极了,它们身上有美丽的羽毛,它们结伴而行,自由自在,可有谁会去理解它们,真正地爱护它们呢。我突然停下来,沉默不语。

人们等了一会儿,才有一个记者问,吴先生,听说你是一个作家,你这次的飞行表演和你的写作有关系吗?

我笑笑。

吴先生,你有家人和孩子吗?他们会支持你做这种比较危险的表演吗?

我又一次望望阿莲。我好像在她的脸上看到了不安与愧色。

我没有回答。

吴先生,你下一步有什么打算,会到世界各地去表演吗?一个外国记者问。

等这次表演以后再说吧。我说。

这时候,刘总走上前,对大家说,表演就要开始了,请大家让吴先生休息一下,做个准备。然后他小声对我说,请你熟悉一下环境。

我和他以及阿莲站在一扇放好梯子的窗户边朝外望去,空中有好几架直升机在盘旋,对面的高楼自上而下挂着许多宣传彩幅。往下看,人山人海,延伸到各个大街小巷,像章鱼的腕足。在紧靠窗户的空地上,放着几米厚的气垫。

我回头对刘总说,我不需要气垫,否则表演取消。

他说,是这样的,市长不希望出现意料之外的事情,所以他让人……

把它拿走!我高声地说。

好吧,我去和市长商量一下。说完,他走了。

一直站在我身边的阿莲说,吴鸣,你今天的脸色有点不对头,有什么事情?她见我不回答,又说,是不是有点紧张?

我突然笑着对她说,阿莲,你放心好了,我一定不会让你失望的。

然后我不再说话,眼望着窗外。我需要平静。平静。她默默地从我身边离开。

我看见气垫被拿走了。十点钟就要到了,楼外的高音喇叭在宣布,表演就要开始了。喧闹的人海一下子安静下来,无数的人头朝上仰起……

刘总在我身后说,小吴,开始吧。

我理了理衣服,摸了摸口袋中的遗书。然后慢慢地由梯子站在窗台上。广场上传来一片"呀"的叫声。这时候,我回过头,再一次朝阿莲望去。她在人群中紧紧地抓住刘总的肩膀,她好像感觉到什么。她面色惨白,身体在颤抖。

阿莲,永别了。我轻轻地说了一声。然后我闭上眼睛,张开双臂,朝前一跃。

以最快的速度到达地面,进入天堂。我想。

死不是容易的。

是的。天无绝人之路呀。我忘不掉那天晚上我看到的情形……我忘不掉我对阿莲的感情……我忘不掉心中的忧伤……

我听见阿莲在我的头上激动地叫喊,吴鸣他飞起来啦,他飞起来啦……

万众欢呼。其中有我的母亲、孟秋和刘总等人,还有许多天真浪漫、可爱纯情的少女,她们一定从心里爱上了我这个了不起的超人。但我现在什么也不想,爱情离我的身体那么遥远,我只想到阿莲——她微笑和生气的神情,她穿衣服和不穿衣服的样子。

一个人想死也不是那么容易的。鸟儿永远会飞翔。我是飞起来了,但我是多么不愿意这样啊。

水

我知道的东西并不多,但我相信人类的灾难一定会降临的。一定会的,我时常这样提醒自己,但我从不会把我的想法向别人说,我知道说出来他们会笑我"杞人忧天"的。几年前,我就开始精心建造我的居屋,我称它是我的"避难所"。它位于一座城市一个偏僻、不起眼的角落,在一块很大的靠近垃圾场的空地上,我有点像"小鸟筑巢"一样一点一点地用木材搭建我这样的家:它的形状有点像一条船,弧形底座悬于地面,中间长方体的船舱是我的起居室。偶尔有人经过这里,他们一定会驻足观看,他们有点奇怪甚至好笑,在如今高楼林立的现代社会,竟然有人把家建得像古代社会的木帆船,他们大声地冲着我叫唤:"喂,你在干什么啊?你为什么不把你的船建在海边呢?你一定是怕砖头砸破你的头吧?……"遇到这种情况,我从来都不理睬他们,埋头继续干我手中的活,我心里说:总有一天你们就会知道的。

我就这样平平静静地过了几年,从来没有关心别人或让别人关心过我自己,我所有的心思都放在我的"船"上。我经历了许多次挫折和失败，原先我对建筑这事一窍不通，几年下来，我变成了行家里手。我最大的幸福就是在我休息的时候，望着我的家一天一天地朝我理想的那样发展。终于有一天，我丢下手中的工具，我的"船"彻底地建成了，我围着我的屋子四周一圈一圈地转了大半天，然后躺在屋里的木板地上，瞪大了眼睛从木墙看到屋梁，又从屋梁看到墙，那种心情是谁也无法形容的，反正屋里的地板让我的泪水弄湿了一大块。以后，我每天都是这样欣赏着我自己的杰作，同时也努力找出一些不尽如人意的地方加以修缮。有一天，我从"船"上储藏室里拿出食品吃饱喝足，我躺在床上，望着餐桌上的碗筷，我想要是有一个女人在我身边服侍我那一定是锦上添花，想到这，我自己都哂笑起来。我知道这是不可能的，在我身边的人中，要是有谁不说我是神经不正常就算不错的了。

好歹我不是个喜欢想入非非的人，就连人类的灾难真的降临到我们头上的时候，我也表现得异常的平静。一些年后，有天夜里，我酣睡在甜美的梦乡中，一股巨大的力量把我从床上掀到地板上，我被惊醒，在黑暗之中发现我的屋子在剧烈地晃动着。我小心翼翼地打开屋门，想看看究竟发生了什么事，我差点被一阵屋外迎面而来的巨浪卷进水中。

水来了，无边无际的洪水一夜之间淹没了城市和村庄——整个世界变成了一片汪洋大海。

我跌倒在过道上，但我情急之中抓住了过道的扶手——一条横木。过道和居室都是这条"船"的一个整体，我称过道是"船"的甲板。等我扶着横木重新站起来，全身已被上下交织在一起的雨水和污浊的洪水浸湿。四处汇聚而来的洪水都在冲撞着我的家,我的"船"在左右猛烈地颠晃着。

虽然这一切都在我的预料之中,但我不希望它真的来到我们身边。我目睹的这一切是多么的可怕,除了我和我的家,灰茫茫中我再也看不到一个生命和一座建筑物,肆虐的洪水就像野兽在我身边吼叫着。我小心翼翼地进屋关好家门,重新躺到摇篮般的床上,手紧紧抓住床板,我想要是人们都愿意接受我的预想,他们就会和我现在一样高枕无忧的。我从床上爬起来,仔细检查一遍房间的四周,发现家中毫无漏水的迹象,四壁坚固,于是我便露出了一丝得意的笑容。

我仿佛躺在一叶很大的浮萍上,任由洪水没日没夜地摇晃着,我不知道如今漂泊到了什么地方,反正漂到什么地方对我来说都是一样,我每天就像以往一样正常地有条不紊地生活,只是无法在门外散步罢了。

终于有一天,这种摇晃渐渐地平稳下来,雨停了,水流也小了下来,但天空依然乌云密布。我可以把门打开,像站在船甲板上一样在屋子四周的过道上遥望四处浩瀚的水的世界。我可以清楚地看见在"船"附近的水面上漂浮着许多人类用过的东西,还有人的尸体,他们残留的表情是那样的痛苦。我想"船"现在的位置下面,一定是一座城市。我从水中捞上来一些我所需要的东西,比如食品,一些包装精致没有受到污染的食物。我捞上一根钓鱼竿,我想在食物告罄的时候可以用上。我看见在那些死尸的周围,有许多鱼儿在欢快地游戏,争食着腐烂的肉体。

有一会儿,我看见了幸存者,我听见他们从远处传来的呻吟和呼救声。我想他们这些人可不简单,他们抓住一根木头或是一些简陋的漂浮物,在洪水中挣扎了这么长时间。但我知道他们的时日不多,他们已经奄奄一息,他们又是多么可怜。我不会去拯救他们,在这一点上我不会受同情心的诱惑。他们会扰乱我平静的生活,他们会占据我的床,他们会吃光我的食物,连我将来有一天还需要靠打鱼为生呢。

但我想也许我可以有一个女人,我储存的食物够两个人食用,再说我也需要有人来照顾我,我还想传宗接代呢。过去我不敢这样去想,可环境已经发生变化了。可以说,我是这世界的幸运儿。

我丢下一根又细又长的竹竿,一头插入水里,一头我握在手中,需要的时候我会把竹竿递到我想拯救的对象手中。我让竹竿在水中荡着,我让过了那些老人、孩子和年轻的男子,我无法去直视这些人眼里那样可怕的目光——希望破灭后绝望的眼神,我甚至听见有人在用微弱的气力怨毒地咒骂我。我可顾不了这些,我继续在水中搜寻着……有一个女人抓住了竹竿,开始是一个,过后两个、三个,甚至十多个,她们都用乞求的目光望着我,希望我成为她们的救命恩人,但我没有,我一个一个地把她们抛在船后。她们不能让我满意,再说我有的是时间,我也想尝尝选择女人的乐趣。

后来我看见一个女人,她趴在一扇巨大的门板上,从远处很快地漂到我的"船"旁边,我也让她抓住了竹竿,但我很快发现在她身边的门板上还躺着一个男人,他紧闭着双目,脸皮浮肿,看样子已离死神不远。她用力抓住竹竿一端,仿佛抓住了救命稻草。她声音很大地对我说:"求你救我们。"我说不行,并且用力想把竹竿从她手里拽出来,"我不能同时救两个人。"我也大声冲她叫喊。但是她的力气很大，我们你拽我拉地僵持了好一会儿，最后我说："好吧，只要你把他丢下，我可以救你上来。"其实，我已经对她比较中意了，她的身体很健壮，一定会很好照顾我的。

她拽着竹竿爬上船，目光注视着还躺在门板上的那个男人，他渐渐地向远处漂去，"他是我的男人，"她回过头看着我，眼里流出泪水，"你是一个没有良心的坏蛋。"说完她便昏倒在我怀中。我把她往屋里抱，我几乎抱不动她，她是一个魁梧的女人，长相一般，皮肤有点粗糙。我望着她枯黄的脸，我想她一定是饿过头了。

她躺在我的床上，我在床边端详了她整整一天，我想我也要有妻子啦。到了晚上，我听见她轻轻的一声叹气，她醒了。我点起很少用的蜡烛，烛光下，她从床上坐了起来，她发现自己全身一丝不挂地面对着一个陌生的男人，又大叫一声昏倒在床上。

就这样，她成为我的老婆，这个漂泊之家的主妇。

她的身上仿佛有一种顺天由命的柔美，她渐渐地适应了她的位置和她的生活。她是一个沉默寡言的人，开始我以为她还在思念她原先的男人，后来时间长了，她还是一声不吭。除了干活、服侍我（除了钓鱼我可以什么事不干），剩余的时间，她总是坐在屋子的角落里，能几个小时毫无动静，目光直直地停在一个点上，若有所思。要么就站在屋外的"甲板"上，许久凝视着水面。好歹我这人天生孤独惯了，没人和我说话我也能适应，只要晚上在床上她能让我满足，我就不去管她。也只有在床上干那事的时候，她才能发出一种像正被人宰杀的尖叫声，她的脸上泛着红光，这才能使我确信我的老婆是正常的人。

有时我真有点担心,她一大早就站在"甲板"上,一直在注视着水面,时间长了,我在她身后叫她,她死也不会回过头来,我担心有一天她会猛地跳入水中。所以我尽量对她温和些,失去她的夜晚是难以忍受的。

家继续在洪水之中漂流着,谁也说不清我们身处何方,在哪个国家,在哪块土地上;连季节都有些分辨不清。太阳仿佛被乌云吃掉了,天空时常落下或大或小的雨水,洪水也时急时缓,像情绪不安的孩子。

水面上几乎一无所有,早先的漂浮物不知道被水卷到什么地方去了。我想动物的尸体大概都被鱼吃光了,经常有一些体积很大的鱼撞到我的屋子上,或者肚皮朝上地浮在水面,我想它们一定是吃多了。有时我钓上的鱼中,许多都是眼珠又凸大又红,像嗜好吃人的野兽,模样令人恐惧。我的女人从不碰这些鱼,在饭桌上我也不让她吃。

她只吃我原来贮存的食物。她渐渐变得又白又胖起来,皮肤也变得细嫩,只是她在我面前一直是沉默寡言,神情中总是带有一丝愁绪。

一天早晨,我被一阵响声弄醒,我醒来发现她已经不在屋里。我从床上爬起来到屋外的过道上,我看见她半蹲着身,在她身边的木板地上躺着一个很大的东西,我看清楚是一个人,是被她刚刚从水中救上来的溺水者。她抬起头望着我说:"他还活着。""不行,"我马上怒气冲冲,"快把他扔到水里去!"我说着上前就去拽这个昏迷不醒的男人,我要把他重新扔进水里。这个男人的身体很沉,"快来帮忙,"我对蹲在一边的她喊道。她一声不吭看着我把这个溺水者拖到"船"边,忽然间,她向我挥动双臂,猛地把我推到一边,"你给我滚开!"她大声地吼着,手里握着一把菜刀对着我的脸。我仰面倒在地板上,诧异而恐慌地望着这个疯狂的女人。

我第一次感到面前的女人是多么的凶狠,我心里忍不住担心,但此刻已无能为力。我只能看着她把那个男人从地板上抱起,走进屋子,放在我的床上。我跟着走进屋,她回过身挥着那把一直握在手中的菜刀,恶狠狠地说:"你不准进来。"我慢慢向门口退去,看着她一件一件地脱掉那个男人的衣服,扔在地上,毫无羞涩之意。我回到"甲板"上,等我再一次推开屋门的时候,那个男人已经醒了,他穿着我的衣服,正坐在床上狼吞虎咽地吃着她给端来的食物。

"你给我滚开!"她再一次向我挥动着菜刀。

他并不是一个男人,只能算是一个孩子,我想他的年龄不会超过二十岁;他闯进我的"避难所",并且替代我成为家里的主人,当然离不开这个恶女人的帮助。他穿我的衣服,吃我的食物,睡我的床,而我被那个恶女人赶到了储藏室,睡在地板上。这个女人完全变了副模样,她一次又一次在我面前挥动着那把菜刀,大声呵斥我如同对待一只臭虫。我的心里充满着悔恨,恨不得把自己的眼珠抠出来。每天晚上我听见从隔壁传来他们欢乐、尖厉的声音时,我的血就往头上涌,我一下子就要冲进去把他们杀死在床上。但我没有,我知道我一人是敌不过他们的,特别是那个女人,她力大无穷,而且时时对我满怀警惕。有一天晚上,我听见那个女人在床上对那年轻人说:"我们可以动手杀死那个没用的男人。"我知道她说的是我,我吓出一身冷汗,"有他在我总是不放心,他一定恨死了我们。"这个女人继续说。我从没想到这个女人的心也这么歹毒,当初我为什么偏偏救了她,我心里既懊恼又恐惧。过了一会儿,我听见那个年轻人说:"我想还是不杀他好,我看他还是比较善良;再说这原是他的家,他又救了你。""哼。"那个女人轻蔑地哼了一声,没有言语。"就是他要害我们的话,他又斗不过我们,他又瘦又老。"那个年轻人接着说。"好吧,听你的,"那个女人说,"但你要提防他。"……我差一点就死在这个女人手里,幸亏这个年轻人,但我并不感激他。总有一天,我会送他们上西天的。但我必须学会忍耐,必须让他们放松对我的警惕,然后找准时机下手。这个年轻人,心地和善,而且处世不深,我可以得到他的信任。

　　我开始在他们面前脸带微笑,好像我这人天生的逆来顺受,是个容易忘记过去没用的家伙。而且我主动地变得勤快起来,在他们周围忙来忙去,帮他们做饭端到他们面前,甚至帮他们整理床铺……但我的心里恨得咬牙切齿:这对奸男淫妇在我的床上……我的努力并没有白费,首先换来了这个年轻人的好感。他经过我的身边,时常面带微笑,但他并不愿和我说话;他喜欢说些笑话,逗得那女人哈哈大笑,有时我在一旁也忍不住地笑起来。我笑的时候故意摇头摆尾,就像一个无知的小丑,反过来又逗得他笑起来。他还喜欢唱歌,说老实话,我还是第一次听到如此悦耳的歌声。有时我微微地叹息,如果他不是我的敌人,我一定不会害他,他就像一位飘逸、纯洁的诗人,难怪那个女人为他神魂颠倒。但是那女人仍然对我面带凶狠,并且处处提防我。她常常在夜晚偷偷来到储藏室的门边，想法偷听我的梦话。我故意说点忧伤、自慰的话，甚至去赞扬那个年轻人……我知道她在仔细地听着，然后又冷笑地离开。

由于这"船"上多了人，所以食物也渐渐紧张起来，我每天都必须钓鱼来填饱肚皮，他们俩从不吃鱼。我每天几乎从早到晚地坐在"甲板"上，手里拿着鱼竿。他们大多时间一直待在屋里，偶尔也在"甲板"上结伴而行。他们在远处望着我把鱼一条一条从水中钓上来，放在身边的水桶里，那个年轻人会在我钓上鱼的同时发出惊喜的叫声，显然他被这事吸引住了。有一天，他独自一人来到"甲板"上，站在我的身后，看我钓鱼。我知道我的机会到了。他说："你的技术真不错。"我回过头对他说："这并不难，"我故意停了一会儿又说："你不想试试吗？"他正在犹豫，我又满面堆笑地说："水里的鱼很多，很容易上钩的。""好吧。"他接过我手中的鱼竿，坐在我的身边。我在他的身边手把手地教他怎样把鱼钩甩到水里去，慢慢地让身体移到他的背后。一会儿他的精神便专注起来。我心想：年轻人，你不能怪我，是你自寻死路。我猛地从他背后站起来，从怀中拿出早已准备好的木棍对他的头部重重地一击，没等他叫出声又飞起一脚把他踢进水中。他在水中双手挣扎了一下，便无声无息地消失了。

那个女人听见了屋外的动静，急忙向屋外走来。她刚刚走出门，就被守候在门边的我用木棒击倒在地上，我看着她倒在地上，又用木棒连续击打她的头部，她大叫一声昏了过去。我笑了，而且笑声非常洪亮，我看着这个昏死的女人，我不禁破口大骂起来，我用脚踢她，把口水吐在她的身上。我用手抓住她的双脚，把她往"甲板"边缘拖。但我一想,不能让她死得这么便宜,我要让她知道受折磨而死的滋味。我又把她拖回屋子,用绳子把她结结实实地捆了起来。

我可不是一个残暴的人。我从小就是一个孤儿,在我过去生活的那座城市里,人们总是想尽办法欺负我,他们总是认为我智力低下,毫无思想。在那时,我默默忍受他们对我的侮辱,我只是有点想不通,我这样的人怎么来到世界上的。我没有诗人那种浪漫的才华,没有歌唱家嘹亮动人的歌喉,没有商人大贾们挥霍无度的财富。我天生丑陋而卑微,小心谨慎地躲在人们的背后,面对耻辱我只有大把大把的眼泪。

我看着她头上的血迹,她一直昏迷不醒。我的眼泪又不知不觉地流了出来。我想,我要杀了她,我要等她醒来以后杀了她。我努力地去想她对不起我的地方,但是目光一接触她的身体,马上眼泪就禁不住地流了出来。

不,我咬着牙对自己说,她是我的仇人。

我感觉我的手在颤抖,我便离开屋子站在"甲板"上。

"船"在碧绿而清澈的水中漂流着,一股凉爽而干净的风迎面吹来。我知道我已经漂泊在海面上了。我看见鸟儿在天空飞翔,在细雨之中穿梭。我甚至看见从陆地上飞来的鸟类,一只羽毛洁白的鸽子停在我的屋顶上⋯⋯

我听见她在屋内发出的呻吟声,她已经醒了。我走回屋子,我站在她的面前,我面对她的目光,慢慢地举起手中的菜刀⋯⋯

我在南京一间简陋的平房里写下了以上的文字,这么多年来,我一直是个名不出户的作家,我身躯瘦小、皮肤黝黑。眼下,江南的梅子已经成熟,充沛的雨水降临到这座古老而烦躁的城市,暴雨成灾,这使我无法在大街小巷中行走、漫步,只能幽居在屋里。妻子几天前离开了家,她不堪忍受家里霉湿、闷热的空气和我沉静的表情。你是一个无用的死人,我记得她临走时这样对我说。那天,我望着她离开家门,走进门前路上齐膝高的积水中;污浊的水很快地弄脏了她的白裙,上面沾满了菜叶、西瓜瓢甚至像粪便一样黄色的污物。她义无反顾地在水中朝前走,快要到路口的时候,她才回过身来。那一瞬间,我看见她脸上湿漉漉的,但不知是雨水还是泪水。

她是一个外表美丽的女人,我们的婚姻建立在我年轻时代溢于言表的才华之上,可这种才华很快地消失了,无法给她带来成为一个名人妻子的荣耀和她渴望的财富。世俗的精神唤醒了她思想的无知。

她的出走已经不能给我带来剧烈的痛苦,但使我湮灭多时的创作灵感又重新回到我的身上。我沉浸在我的思想所营造的世界之中。

靠近一条地势低洼的马路,我的家时刻面临泛滥成灾的雨水的威胁。水渐渐要漫进我的家门,我在自己搭建的厨房门前用沙袋拦起了一道简易的堤坝。我祈求水让我安宁,让我完成我的小说。我的写作时断时续,时间一长,我无法避免妻子的形象不断出现在我的脑海里。我的小说不时受到现实逻辑的冲击,我无法安排小说中人物的命运。

这一天,我离开书桌,坐在门边的椅子上,注视着门外路面上淤积的泥水。我的眼前仿佛是我小说中那场灭绝人类的滔天之水。黄昏时刻,光线阴沉,很少有人从这条街上经过。偶尔有人骑自行车从我的视线中一闪而过,其架势如逃命一般。

我看见有一人这样骑着车匆匆而来,却跌倒在我的门前,像一块巨石落入水中。雨连绵地落着,灰蒙之中我等待他的起身。许久,满身尽湿的他才从水中爬了起来,是一位老者。他抬头看一眼坐在门边的我,又低下身子把手放进了水里。我听见他说:"我的眼镜掉在水里了。"我的精神飘忽在现实和虚幻之间,我想,我应该让我用菜刀一刀一刀地把那女人的肉割下来,扔进水里喂那些吃人的鱼……但一会儿,我又看见那个老者连爬带摸地来到我的门前,他打断了我的思绪。他说:"你有手电筒吗?请借我用一下。"我回身从屋里找来手电筒递到他的手上,他说谢谢。他回到跌倒之处继续在水中摸着。

我是否要帮助他,我想;水会弄脏我衣服的,我想……

我还是来到他的身边,很快就有一丝后悔的感觉,水是多么臭啊。我听见他低着头说:"你不要踩碎了我的眼镜。"他没有看清是我。我没有用手,我赤着脚,我用脚在水里捞着。

我像水中的一棵小树,上身处于直立状态,只是脚在水里贴着路面微微移动着。某种意义上,这是我对水的一次真实体验,我需要这种体验。

我的目光散射在这黑暗、空寂的水面上,好像我独自一人站在船头面对浩瀚无边的洪水,耳朵能听见周围细微的声响:那个老者焦虑的喘气声……昆虫飞动的声音……那个男人杀人之前的喘息声……很久,在我的背后,忽然传来的沉重的落水声,伴随尖厉的叫声打破了这种空寂,我慢慢回身望去,又有人落入了水中。

是一个女人,一个穿着白色裙子的女人,她呻吟着从水里站立起来,她就像夜晚从天而降的陨石,格外引人注目。黑暗中我无法看清她的脸,我几乎不经思考便向她那里蹚了过去。

我来到她跌倒的地方,可是她的身躯却很快地向路边移动,仿佛故意在逃避我。我看见她站在一块没有水的台阶上,目光朝我望着。"你需要帮忙吗?"我朝她大声地说。"我的一只鞋掉进水里啦。"过去了几分钟她才说。我望了她一眼,然后弯下身。她的手上拎着另一只鞋,像受难的圣女。我的上身浸泡在水里,污浊的气味直冲进我的鼻翼,我的双手和脚同时在水里搜寻着。

我终于摸到了它,我从水中站立起来,我把它举在头顶,像举着一件珍贵的宝物,可是,当我再一次向那块台阶望去的时候,我的目光暗淡下来。那个女人无声无息地走了,台阶上只留下了一只鞋,湿漉漉的鞋。

这双洗净的女式凉鞋如今放在我的书桌上,它很像搁浅的船。

他没有让刀落下去,他握刀的手一直停在空中,他感觉自己的身体在不停地颤动,他从来没有这样近地看见鲜血要从一个人身上流出来。他希望看到面前的女人因为死亡而恐惧的表情,可是她很平静,可以说是以一种冷漠的目光望着他,死死地盯着他的脸。一种恐惧感反而从他身上升了起来。不,不能这样,他在心里提醒自己。他闭上眼睛,逃避她射来的目光,另一只手用力朝她脸上扇去,一下、二下、三下……他心里数着数字。他没有听见叫声。直到他手上被泪水沾湿,他才停住,睁开眼,他看见她的泪水就像

水　221

泉水从眼眶里流了出来。

"啪"的一声，菜刀从他举在头顶的手中落到地板上，他的身躯像瘫痪似的倒在地上。

过了一会儿，他从地板上爬了起来。他发觉她依然在望着他，只是改变了原来的眼神，他看出了她眼里略微带有一丝笑容，那是一种嘲讽的微笑。他恼怒地用脚踢了一下她的下肢，他说："我会杀了你的。"

"我会杀了你的。"他重复了一句，声音非常微弱。

他向屋外走去，不再理会这个躺在地上无力挣扎的女人。他放下手中的菜刀，手里拿起了钓鱼竿。

他要到外面呼吸一下新鲜的空气，吹吹海风。他想让自己心情平静下来。他把鱼线甩到海里，坐在"甲板"边上，面朝大海。

天晴了，风平浪静。使他惊讶的是他眼前一片光明，火红的太阳冲出了云雾，万道金光洒在碧波荡漾的海面上，无限生机笼罩在他的四周。他就像刚从黑暗的洞穴中出来，忽然遇到了强烈的光线，眼前金星飞舞，眼睛有点睁不开，泪水从眼眶里流了出来。

他感到自己胸口发闷，心中慌突起来。太阳并不能给他带来希望，反而使他不安，使他产生了无限的悲哀。

他朝大海的深处望去，他希望能看见远处的乌云飘过来，遮住太阳；他希望能看见呼啸的巨浪和电闪雷鸣，雨水从天而降。

他看见了陆地，他看见了遥远的但又非常清晰的陆地的影子，它好像从地平线那里升起，夹在广阔无边的天地之间。他不敢相信自己的眼睛，他猛然从"船"边站立起来，极目远眺。

他再一次看清楚了：陆地。洪水没有淹没所有的陆地。他愣愣地站着,他感觉他的"船"正顺着水流向那里奔去,以无法抗拒的力量要把他甩到那没有水的地方。是的,陆地。越来越近,它的轮廓越来越清晰,他甚至看见了耸入云端的山峰。

他匆匆地朝屋里奔去,把门紧紧地关上,又用桌子顶住,他害怕有一丝的光线从屋外照射进来。他的全身都在发抖。他惊醒了她,她刚迷迷糊糊地闭上眼。她看见他面色苍白,她听见他不断地自言自语:陆地、陆地……仿佛大难将要降临到他的头上。

他在她的身边来回地转动,完全陷入了无法自拔的恐慌中。"陆地、陆地……"他嘴里一直在重复这两个字。

"我有希望了。"她想,她很快知道外面出现了什么,一种强烈的求生欲望在她心中燃起。

可是他忽然停住了脚步,他朝她望了一眼。这目光第一次让她心寒。"我不能让他杀了我。"她想。一种可怜的神情在他面前表露出来。只是短暂的一瞥,他没有再看她,大步朝储藏室里走去。

一会儿,他走了出来,他手里拿着一把铁凿子和一把锤子。他走到离她不远的地方,把这两样东西往脚下一扔。响声使她尖叫起来:"你要干什么?"声音在颤抖。他没有理她,他坐到地板上,把那两样东西重新握在手里。他一只手扶着凿子,让它尖头朝下竖在地板上;另一只手把锤子高高地举过头顶。

"你要凿船!"她一下子明白他的举动。随着她的喊声,锤头重重地落在凿子上。一下、二下,连续的几下,他用力很猛,火花四溅。很快,地板上便出现一个小洞,水顺着凿子尖头渗了进来。他故意停下手望着她。"我求你,你不要这样。"她哭着朝他叫唤。他没有理她,又继续干着。她的哭声和金属撞击声交织在一起。

很快地,地板上又出现了几个漏洞,水毫不留情地涌了上来,越来越多,地面已全部浸在水中。

"船"猛然晃动了一下。他终于丢下手中的工具。他纹丝不动地坐在水中,用一种平淡的目光看着她。她在他的面前拼命挣扎扭动着,想挣脱身上的绳子。她想从地上坐起来,她努力地挪动身躯,想爬到离她不远的床上。"我不想死,我求你……"她一边叫喊一边拼命地晃动头颅,湿漉漉的头发披到她的脸上。过一会,水漫过她的嘴部,喊叫便微弱下去。

他笑了。他望着她,脸上的肌肉在微微抖动。"我看见陆地了。"他对全身泡在水里还在抽搐的她说,好像在叙述一件难忘的往事。他爬到她的身边,用力把她从水里抱出水面,他站起身,把她放在床上,他坐在床边,用手抚摸她的脸……她已经奄奄一息。一会儿,水漫过了床,再次漫过了她的脸部。"我来救你。"他说,然后仰倒身子和她并排躺在淹没于水中的床上。

水。那一瞬间,他说。

血流成河

有时候，你可以愤怒也可以绝望。

我走进教室，一眼便看见了他。我慢慢地从门口走到讲台中央，这个过程周围很安静。我听见混搅在一起的粗重的喘息声。我把双手放在背后，挺着胸面对他们站着。几十个孩子双手趴在桌子上，用好奇的目光望着我。我有些忧郁，我不知道为什么我一走进这门，就变得忧郁起来。我的目光从他们的脸上扫射过去，然后落在他的身上。他坐在最后一排，但他身子整个靠在椅子上，仰着头，望着天花板。

他一直没看我一眼。

我面对他们站着，我说，同学们，你们好。我无法看清楚他的表情，他的身躯一动不动。我的声音很洪亮，也很干脆。我要引起他的注意。小家伙，老实点，我心里说。班长说，起立！他们唰地站起来。他也直挺挺站了起来。但他仍然仰着头。

他的个头不高，几乎被前面的人挡住。

他应该坐第一排。看来是个让人讨厌的家伙，我想。我举起右手,在空中做了个手势。我手往下一落,他们整齐地坐了下来。

看来我需要做个自我介绍。

坐下后他还是仰着头,他的下巴朝着我。我是否应该一言不发地走到他的面前,给这个目中无人的小家伙一个下马威?也许我会朝他怒吼:你给我站起来,看着我!不,不需要!我不是那些刚当教师的年轻人,火气很旺。我需要观察一下,等一会再说。

我在讲台上横着走了两步。

他们的目光追随着我。他们应该知道我是谁,应该有人事先告诉他们,你们要来一个新的班主任。这群十五六岁的孩子,他们比谁都精明。刚才他们站起来的时候,我发现大多数的男孩子个子都很高,有的比我高半个头。但他们都规规矩矩地望着我,等待着。

除了这个不知深浅的小子。

他们都在注视我,看我的脸。早晨我照镜子的时候,我看见我的胡子,我没有把它们弄干净,它们让我略显消瘦、棱角分明的脸更显得严肃。其实我过去的同事们都说我是不怒自威的人。在家里我对着镜子笑了一笑,有时候,我希望自己能和蔼一点。也许我能来这个学校任教,就是因为我这张脸,还有十几年班主任的经验。我微笑的时候,更让人恐惧,有的学生这样说过我。一个优秀的班主任,多年以来,我的评语上都这样写着。这个学校的校长对我说,原先这个班的班主任,也就是你的前任,她太年轻,没法管住他们。他们很调皮,你应该对他们严厉点。

我对他们说,我姓吴。

我说话的节奏很慢。我知道和他们第一次见面该说些什么。我用目光扫视着他们,还有他。他为什么一直仰着头?只是我觉得他听到我的声音后,身体好像轻微动了一下。我要一边说一边注意他们的反应。第一次说话要把握好分寸,要让他们留下深刻的印象。

他是一个很瘦的家伙。穿着很普通。

很奇怪我把刚才进门前想到的话忘掉了不少,看来是这小子分散了我的注意力。只有傲慢而无知的家伙才会这样对待我,你是否想向我挑战?是否想知道一下我的厉害?这可是我这么多年来难得遇到的事情。为什么要马上和这家伙斗气呢?他如果再做出一些过激的举动我再找他算账。我应该沉着一点,过早地暴露自己的锋芒并不是件好事。

当然对于敢于出头的,我决不会放过,这叫杀一儆百。

从今天开始我将成为你们的班主任,我说,我的声音略为上扬了一点。这个小子坐在那里一动不动,像是死了,但是他的眼睛还是睁着。难道天花板上有什么东西?

算了吧,我对自己说,只要他老老实实地一个人待着,等下课摸摸他的底细再说吧。

我希望你们能在我的领导之下,我说。我停顿了一下,但不是故意的。成为尊敬师长……懂规矩的学生,但是首先,我必须对你们宣布一下一些纪律……他穿着一件灰色的衬衫,领口一半朝外,一半朝里翻着。现在的天气有点冷。我好像看见他一大清早懒懒散散地从床上爬起来,没有洗脸,没有吃早饭,然后把书包搭在肩上,晃晃悠悠地朝学校走来的情景。他一定是个随随便便的家伙。

第一,我说,我希望我们能保持一种平等对话的关系,但是,你们必须懂得尊敬和服从你们的老师,我们是你们的管理者,这也是我们民族优良的传统。我过去很少把这一条作为我宣布纪律的第一要点。对于他们来说,自从第一天上学,看到别的孩子恭恭敬敬地对待老师,这一条已经深深地刻在他们的意识里。现在,我好像是专门说给他听的。

我的思维有一点混乱。

他还是仰着头。

我轻轻地吸了一口气,离开讲台,朝他的方向走了一两步。我需要看清楚他现在脸上的表情。我必须保持克制、克制,我对自己说。

我无法看到他的脸,他的头朝上仰着,几乎和天花板平行。我必须再朝前走几步,站在他的身前,居高临下地俯视他。

我是有点不高兴的。

有些学生已经觉察到我的举动,他们微微地把头朝教室后面转过去,顺着我的目光朝他那里看去。我咳嗽了一声。他们赶紧调过头来。这是一个不好的兆头,我想,他已经开始影响我将要领导的这个班级,这将对我的权威是一个挑战。

走过去抓住他的衣领,把他从座位上拎起来,还是……我想。

我觉得教室里的空气有点紧张。

但我突然觉得放松起来。

我慢慢地转过身又走回到讲台后面。一个高明的领导者必须做出一些让别人意想不到的事情。我觉得我的脸上开始露出一些微笑。有的时候,我需要一种挑战。如果你喋喋不休对一些人大谈什么道理,不如给他们做一次示范。给他们一些鲜活的教训。

这将有助于他们深刻地理解、牢牢地记住我对他们的教导。有些学生，在第一次见到我的时候，他们故意做出某些出格的举动，比如，大喊大叫、趴在桌子上睡觉或者突然从座位上站起来等，也许不用几天，他们就痛哭流涕地站在我的面前，全身颤抖地请求我的原谅。

我暂且把目光从他身上收回来。

然后我的目光朝全班学生的脸上扫射过去。从他们的表情我就能看出他们之中有没有幸灾乐祸或者跃跃欲试的家伙。他们是一群调皮捣蛋的学生，我记得校长对我说过。当时，我看出他的目光里有点怀疑的成分——对我的能力，当然，我是新来的。我需要找出他的同伙。也许，我想，他只是一个卒子，他的背后有人给他撑腰，他们让他跳出来，试探一下我的能力。

他是一个瘦小的家伙。

好吧，我对自己说，我必须不动声色。

我环视着我面前的学生，我看见各种各样的表情，有的谨慎不安，有的恹恹欲睡，有的迟疑观望，更多的是麻木冷漠……也许他们在等待什么。

最后我的目光还是落在他的身上。他的颈子紧紧地拉着他的头。我感觉它要落下来，慢慢地滚到我的脚边。他的鼻孔对着我，黑乎乎的像一个深渊。我有点恶心。我朝窗外望去，窗外的天色阴沉了许多，我走进校园的时候，天好像是晴朗的。

我又一次忧郁起来。

这种忧郁和天气没有关系。它是埋藏在心底的，很多时候是一种无意识的状态。有的是在我早晨刚刚醒来的时候，有的是在看着学生低着头从我身边离开的时候……它悄无声息地到来。我不知道今天为什么会忧郁起来。

它会让我丧失斗志的,我知道。也许我是有点老了。

我说,作为学生……从一开始到现在,我说话的声调一直是很平稳的,在很多场合下,我的语言是非常有感染力的,声音抑扬顿挫,还会伴随着手臂的摆动。你们应该知道如何去尊敬你们的老师,我说。我感觉我的嗓子里被什么东西堵着。

他的身上好像有一个磁场,吸引着我的目光。

他的嘴张开了,好像呼吸很困难。也许他要说些什么?他会突然大叫起来吗?或者往后一用力,连人带椅子一齐倒在地上。

我的手有点抖动。我有点控制不住。

我又一次离开讲台,朝他走过去。我走得很慢,我需要一点时间思考。绝大多数孩子的目光跟着我朝后面望去。我走了几步,迟疑了一下,我一直走到他的面前。

教室里有一些骚动。

我没有再想去制止他们,这很正常。人们会对一些奇怪的事情感兴趣。我想,等一会儿就会让你们安静下来的。

我微微地弯着腰,我的脸插入他的视线里面。

他应该跳起来,或者低下头。一切也就这样结束了。我会用手抚摸他的头,面带微笑地转身对全班的学生说,这位同学刚才睡着了,对不起,我打搅了他的美梦,这位同学,你能站起来给大家说说你梦见了什么吗?等他在大家的哄笑声中站起来后,我会一直让他站着,一直到下课。

而且我会一直面带微笑的。

他睁着眼睛。

他望着我。眼珠转动了一下,但目光是没有光泽的,他好像在躲避我,眼珠往上翻。他的身体也抖动了一下,但很快又恢复到僵直的状态。

他好像很痛苦,但这种眼神转瞬即逝,他努力收敛着目光。麻木或者什么,我说不清楚。

他的同座用手轻轻地碰了他一下,然后小心地抬头望着我。

我静静地望着他。上身略微地抬起一点。

他几乎要把眼睛闭上。他的脸呆滞着没有表情。但他好像感觉到我的存在,身体慢慢地紧缩起来。

我不知道我脸上的微笑是否还在,也许有点僵硬吧。

我轻声地说,你叫什么名字?

他的嘴张开了,一些浑浊、含糊不清的声音从里面混了出来。他的鼻子好像堵着。

你叫什么名字?我声音大了一点。

我的一只耳朵无意识地朝他的嘴伸了过去,看来它和我一样非常希望听到他的嘴里能发出清晰的声音,这就像一个医生在治疗一个垂死的病人希望他能睁开眼一样。他像一个谜,一直在折磨着我。我的身边、身后乱哄哄的,我已经无暇顾及了。

他把嘴彻底地闭上了,目光茫然地从我的脸上移开。

他难道是在藐视我吗?我想。

我很想顺着他的目光把我的头抬起来,我很想知道他一直望着的天花板上有什么东西。但我不会这样做的,我知道,这可能是一个危险的恶作剧,他在勘验我的智力,一旦我把头抬起来,而天花板上什么也没有的时候,我相信他会突然哈哈大笑起来。然后教室里所有的人都会哄堂大笑起来。然后我就威严扫地,成为他们永远嘲笑的对象。

可是他目光中那转瞬即逝的痛苦又是什么?

如果不是在教室里,如果他不是我的学生,如果我看到一个成年人眼里的这种目光,我一定会,起码说有一点怜悯之心的。但是他,难道,有什么苦难让他如此地去折磨他的老师?

我又一次说,请你告诉我的名字。我觉得我的语气中有一丝隐忍或者什么,也许是渴求吧。

我听见身后传来一阵阵轻微的笑声。

好了,我看见他终于张开了嘴巴,我看见他露出洁白的牙齿。我等待着——甚至有点祈求,快点结束这种让人心烦意乱的沉默吧。

他深深地呼了一口气。嘴巴重新闭上。

这个过程很漫长。

我看见他满意地闭上眼睛,嘴角甚至露出一丝微笑。他的身体放松地躺着,好像刚刚结束了一场苦难,进入了甜美的梦乡。他已经把我忘掉了。

你给我站起来——

这是一声怒吼,从我的胸腔里发出来,摆脱了我的大脑和理智。我已经被他激怒了。我的手不自觉地朝前伸了过去,朝他仰着的脸伸了过去。

我听见四周"啊"的一声惊叫。然后一片死寂。

我被他激怒了,但这一声惊叫让我的手停在他的脸的上方,大概只有一寸距离的地方。我打了个冷战,差一点这只手将毁了我。

我有过这样的教训，在我刚刚工作的时候。我用力地把这只手拽回来，让另一只手和它绞在一起，放在胸前。

在我的叫喊声里，他的身体抖动了一下。然后在我的注视下，慢慢地站了起来。

他的脸依然仰着，眼睛睁开了。

他是一个倔强的家伙。我遇到过这样的学生，他们一言不发地忍受着我对他们的惩罚。这种不合作的态度往往让我煞费脑筋。我最好的经验就是，让他们站着，而我不能着急。

这需要耐心。

我似乎听见自己加速的心跳声。我需要一面镜子，我要努力地调整一下自己的表情。

也许是经验挽救了我……

我回过身去。我现在最要紧的是赶紧从这种对峙中解脱出来。我不能为了一个人而忘记我的职责。我不仅是他的教师，也是这个班级所有人的领导者。我必须从刚才差一点失去理智的举动中挽回自己的影响。有一种策略，就是从被动中转为主动，我需要用舆论来得到大多数人的支持，虽然他们只是孩子。

他们从乱哄哄的状态中恢复了平静。他们睁大了眼睛望着我。

只是一瞬间，我又恢复了微笑，朝讲台大步地走去。

我站在讲台上。我朝他们一个个望过去，我注意他们的眼睛。他们的眼睛会告诉我，他们现在正在想什么。我暂且一言不发。不，我现在已经不能也不需要再去盯着他啦。他仰着头站立的姿势也许撑不了多久。

只是我发现许多不满的目光。这很正常，我对自己说，但也很危险。

好了,到我该说话的时候了。我说,谁是班长?

一个脸长得胖乎乎的小女孩站了起来。

你知道为什么他一直仰着头吗?我问,态度很温和。我并不急躁。

她疑惑地摇摇头。

老师,他是一个好学生,突然有一个男孩大声说道。

我把目光聚集在他的身上,又是一个调皮的男孩,我想。我从讲台跨一步走到这个坐在第一排的男孩面前。我说,你站起来。他站了起来。我用目光威逼着他的眼睛,他躲避着。他有些气馁。我说,你知道在课堂上应该怎样发言吗?他说,要举手。我拖长了声音说,看来你是知道规矩的,你应该在我允许的情况下才可以发言。他低下了头。

好吧,现在你说说看,他是怎样的一个好学生。我说。

他轻声说,他成绩好。

是吗——我故意拖长了声音,嘴里发出一两声冷笑。我把手举了起来,越过面前这个学生指着他。学生们又一次回过头去望着他。我说,你们看看,他这样目中无人的学生能算是个好学生吗?他想用这种方式表现他的高傲和与众不同,可是这种姿势是多丑又是多么难受啊,你们也想试试?有些学生笑了起来。我接着说,我刚才才说过,一个尊敬师长的学生才是好学生,一个接受别人教育、守规矩的学生才是好学生。成绩好就是好学生?你们难道不知道有大学生杀人犯罪的事情吗?

如果我将来培养出这样的好学生,这将是我的罪过,这是我们教育者的悲哀!我挥动着手臂,语音高昂。

看来我又找到了感觉,这种过去慷慨陈词、滔滔不绝的感觉。这让我心情舒畅。我清楚地知道,在一个班级之中,许多学生是对成绩好的学生心怀不满的,而且他们是大多数。这时候,我伸出手轻轻地落在面前的这个男孩肩上。我轻柔地对他说,我觉得你和他相比,你就是一个好学生,你能接受我的教育,而且还有同情心。

我又转过头来对一直站着的班长说,你说,我说得对吗?

她微笑地点点头。是的,老师,她说。

我轻轻地一挥手,让她和他坐下

一切都在我掌握之中了,我这样认为,我看见他们聚精会神地望着我,那种不满的神情正在逐渐消失。我似乎看见了许多敬佩的眼神。我可以振臂一呼,我相信他们会响应的。

我说,我必须接着说,不能松懈下去,如果这位同学能够马上认识到自己的错误,并且改正自己的错误,回答老师的问题,我想我们大家是会原谅他的,而且——我故意停顿了一下,既往不咎。我加重了语气。

我希望能听见掌声。但是没有。

我没有再去看他。我知道他还仰着头。我已经不在乎他啦。

他已经被孤立了,我想。我不再言语,但我已经感受到一种快乐。我在讲台四周信步而走,环视着我面前正襟危坐的学生们。

教室里安静得连呼吸声都听不见了。

我在想,我应该马上采取什么手段让他彻底地屈服……但是,我还是希望他能够主动地低下他的头。

我看见他的同座迟疑地举起手。我盯着他,我看见他脸上诚恳甚至有点讨好的表情。我故意让他等了一会儿,然后,我让他站起来。他一边小心地望着我一边说,老师,你让他坐下吧,他全身在发抖,他要倒下去了。

没有人再回头。

我再一次看着他,我好像看见他身体在摇晃。

他的话提醒了我,如果让这个学生倒在众人面前并不是件好事,我毕竟才来这里上班,这对我的影响不好,我的新同事们会看我的笑话的。但是——如果轻易地让他坐下,这会显示我的懦弱,他是一个典型,我不能放过。

我挥挥手让那个学生坐下。

我必须保持平静,我说,这位同学很好,我发现在这个班级里,大家都很有觉悟,而且富有同情心。我是可以让他坐下的,但是,这要取决于他的态度,如果他觉得和我说话很困难,只要他能和大家一样规规矩矩地坐好,望着我,我不会过分计较的,毕竟他和你们一样,也是我的学生嘛。

只要你肯低头,我想,我会一步步地让你屈服的。

所有人都不约而同地回头焦急地望着他。

看来他还是有人缘的,我想,我的分寸应该把握得不错。

这是一次机会,对这位同学来说,我接着说。

快点啊——许多人忍不住叫了起来。

他的头动了一下,好了。看来他要屈服了。我们等待着。

只是微微地动了一下,但是,头还是仰着。一直僵直地仰着。

我看见许多失望的神情,还有更多的是鄙弃。他彻底地被人抛弃了。

他完了。

我又一次朝他走过去。这回，我不慌不忙，脸上堆满着笑容。我走到他的面前。我没有去注视他。对我来说，他是一个彻底的失败者，他失去了民心。我现在需要表现的是一个胜利者的高姿态。

我对刚才举手的学生说，你愿意带着这位同学去我的办公室吗？让他在我的座位上坐下，让他反省一下他的错误吧。

对我来说，这是一种居高临下的宽容和大度。

那个学生点点头。站起来，上前扶着他。

他顺从地在同座的搀扶下朝教室外走去。

我们望着他们。他依然仰着头。但这已经不重要了。

他的身影从门口消失了。

我重新站在高高的讲台上面。所有的不快、疑虑从我的内心中彻底地消失了。我的目光从他们的脸上再一次移到窗外。外面的天色很好。阳光似乎温暖了我。

看看吧，我说，这位同学他的行为影响了我们，占用了我们很多的时间。但是我相信，在我们共同的帮助下，他一定会认识到他的错误，我想，他会后悔的。

这是一个成功的开始，我想，一个让人满意的早晨。

报告，他的同座站在门口。

我挥挥手让他进来。

他快步地走到我的身边，轻声地对我说，老师，他哭了。

我笑了。

但是他的脸色很慌张，他喘着气说，老师，他流了好多血，地下到处都是。

我看见他坐在一张椅子上,他平视着我。

我有点气喘吁吁。我冲到他的面前。

办公室里很安静。

他用一只手捂住他的鼻子,但是血仍然正在从他的手掌和指缝间往外流淌。他的衣服上全是血渍。他的身体四周都是血迹。一连串血的脚印延伸到我的脚下。

血在朝地下四处蔓延。

他望着我,过了很久,他说,老师,我可以去上课吗?

他的吐字很清楚。他的脸色有点苍白,但表情很平静。我看不到他眼里一种怨恨的东西,但一种奇怪的目光让我全身颤抖。

老师,我可以去上课吗?他又说了一遍。

然后,他用手抹了一下流血的鼻子,他在我面前慢慢地站起来。

他又一次仰起他的头。

我赶紧让开。我目视着他从我身边走过去,晃晃悠悠地朝教室的方向走去。

我有些头晕。

一种忧郁的感觉再一次袭扰着我。

回　家

　　如果不是中秋节这样的节日或者某个亲戚来到我家做客,我们是不会有意提起他的——我的哥哥李雄。我有十几年没有见到他了。虽然时光流逝,人们总是忘不掉他那些不光彩的过去。人一天天地衰老,而记忆却在黑暗中沉淀着。这个流氓,十几年来父亲一直硬着嗓门说起他。现在他坐在椅子上的时间要比他出门走路的时间长多了。而母亲一直在父亲的阴影中一声不吭。我的哥哥,我对他的印象也模糊了,我只能像人们翻看旧照片时想起某个死去亲人一样,记得他鼻子下又黑又硬的胡须和胸前浓密的汗毛。有的时候,我还能羞辱地记起他揍我的情形。虽然说,现在我不像过去那样恨他了,但绝不会想到去爱他。生活平静得不需要我用眼泪来表达感情。我只能记得我十三岁的时候,他被抓起来送到西北的一个劳改农场。

　　他被捕的那天是一个夏日傍晚。一家人正在吃晚饭。不知什么缘故,他正面露凶狠地和父亲吵架。那时候他已经二十岁出头了,身高力大。突然从门外冲进来几个警察,当着我们的面把他按在饭桌上,从背后给他戴上手铐。他并没有反抗,只是嘴里还在骂着父亲。他赤裸着上身穿着裤衩被警察推出门外,母亲哆嗦地从床上拿起他的衣服喊着追了出去。在大街上,他表情冰冷地接过衣服,一句话没说,就被警车带走了。这是我和他见过的最后一面。他参加了一次团伙斗殴,一个人被刀捅死了。他不是主犯,被判了十年牢。母亲偷偷地去本市的关押所看过他一次,以后他就被押送到外地去了。而父亲是绝不会让我去那种肮脏的地方面对一个凶恶的歹徒的。他作为我们这样一个本分家庭的耻辱,就像我的"三好生"奖状一样永远被挂在家中,挂在父亲阴抑的脸上。

母亲也已经老了,这些年来她一直不快活。可以说一夜之间,她的头上增添了许多白发。从那天开始,我就很少看见她笑了,但父亲也不允许她哭。哭什么,这种败类,你还为他哭……父亲经常这样说她。父亲的脾气一直不好,那件事火上浇油。他的目光常常扫到我身上,使我不寒而栗。可是他一直不知道,李雄那种火暴的脾气就是从他身上继承来的;而我却很像母亲,内向而软弱,但没有她那种悲天悯人的性格。我经常看见她在整理李雄的东西,把放在床下的衣服翻出来叠好又放回去,过几天又翻出来。她的动作缓慢,一只手还有些抖动……他的许多东西已经被父亲扔掉了,比如说一把刀、一根皮带,但是母亲总是偷偷地把它们再捡回来。她在等待他回来。她的心中交织着忧伤和善良的期待。

李雄五年前被放了回来,曾经进过一次家门。那时候我正在外地上大学。母亲告诉我,他在家里待了不到十分钟。他的心肠比石头还硬啊,她说,泪水忍不住地流下来。他在家里问到我,听说我在上大学,就说,这小子现在有出息了。说完就走了。后来,听说他去了广州还是深圳。五年多家里没有收到他一封信。狗改不了吃屎……父亲的脸还是那么难看。母亲则在一旁担心又会有什么样的灾祸降临到她这个儿子的头上。她时常眼望着南方,偷偷垂泪……

我结婚已快两年了,妻子是我师范大学的同学。我毕业后一直在一所中学里当教师,而她跳槽进了一家纺织公司。我们结婚后就住在过去我和李雄合住的屋子里。这是一间朝北的房间,光线很差。她一直希望我们能有一套自己的住房,远远地离开我的父母。她说她忍受不了他们的脸色,这是一个没有欢乐的家庭——压抑、沉闷,整天像死了人似的。我快要发疯了……有一次她在床上对我大声地叫喊。我已经很多次向学校提出住房申请,但这没用。有一回我们在家附近的小饭馆里吃饭,她突然提出让我的父母搬到外面去住。租一个单间,远一点,只要三百多元,她说,我们可以出一半的钱……但我知道这是不可能的,父亲绝不会离开这个家。我一声不吭,不管她怎么说。后来,她喝醉了,在大街上大声地咒骂,窝囊废、窝囊废……我把她扶进家的时候,她满脸都是眼泪。母亲望了她一眼,远远地走开了。她们彼此都不喜欢对方,我被夹在中间,像被东风西风吹来吹去的墙头草。

好几年前,我们还在大学读书的时候,我就告诉她我有一个哥哥。他是一个罪犯……她笑嘻嘻地听我说起他,那个时候,她认为我生活的背景中有一些神秘的色彩。可是结婚以后,她有时生气中提到他,李雄便成为我身上的一块阴影。我从小生活在这样的家庭中,怎么会有大的作为呢?她一直这样认为。我不知道这个又矮又黑的女人会在结婚后变化得这么快,她的脾气常常使我郁郁不乐。没有房子,没有地位,这一切仿佛与生俱来似的。小的时候我胆小怕事,现在我逆来顺受,这是天命。我和我的母亲一样,也许这辈子将在没有激情和欢畅下度过一生。

有一天晚上,我正在学校里给一些学生补课,突然接到她的电话。她说,你哥回来了,你赶紧回家吧。等我赶到家里的时候,李雄已经走了。母亲也不在家中。她说,你妈送你哥哥去了……你妈对你哥真好。我以为她又会生气,她现在对任何事都睚眦必较,这次我却在她脸上看到了幸灾乐祸的表情。我们结婚后,一直担心李雄会突然回来。到那时这家里怎么住呢?难道让他住在那间又小又黑的客厅里面?我刚才在路上还在考虑这件事。李雄走了,我既遗憾又有点高兴。她说,刚才那情景你没有看到真是可惜,你父亲一直背对着李雄,脸望着电视机,一句话也没和他说,让他呆站了十多分钟,而你妈就像热锅上的蚂蚁,在他们中间不停地乱窜……我没有听她说完,就来到父亲的房间。屋里已经熄了灯,黑暗中父亲躺在床上,面朝着墙。我轻轻地喊了一声,他没有搭理,但我知道他没有睡着。我一出门,就听见他轻微的咳嗽声。

过了一会儿,母亲回来了,她异常地兴奋。在客厅里,她一连对我说了几遍,你哥回来了……她很遗憾我没有见到他。她马上又对我和妻子谈起刚才李雄告诉她的一些情况。她说,你哥说他在广州赚了一笔钱,前一段时间已经在本市开了一个公司。说到这里,她好像又想起什么,急匆匆地从她的房间里拿出一样东西递到我手上。是一块进口手表。这是你哥给你的礼物。她望着我妻子说,他不知道李安结婚了,所以没有给你带礼物。你哥给了我两千块钱,他办了一家很大的公司,他给你父亲也带回来了许多东西……她高兴得有点颠三倒四,但我和妻子都聚精会神地听着,我们都想早一点揭开盖在李雄脸上神秘的面纱。

他在这里有了自己的房子,他有未婚妻啦,那个女孩也是个大学生……他说如果我和你父亲愿意,可以搬到他那里去住……

母亲一直想说下去,如数家珍,直到夜已很深了。这么多年来,她一直在等待这一天。我们各自回房以后,她又对我的父亲说去了。她高兴,她自豪,她在和我们说话的时候,在我的妻子面前,她的腰杆挺直了。我的妻子把这一切看在眼里,可是她今天一点也不厌烦。我们把房门关起来,她对我说的第一句话就是:李雄真的能把你父母接走,那该有多好啊。

可是你父亲,他会愿意吗?她又有点担忧。

那天晚上,我们家谁也没有睡好。第二天一清早,妻子就第一个爬起来,她为我们全家烧了一顿早饭。这在过去,是母亲的责任。我起来准备上班的时候,看见父亲一个人搬了把椅子坐在阳台上,眼望着大街……妻子对我说,这段时间你就不要补课了,万一你哥回来,家里多一个人,气氛可能好些。

以后的几天里,我一下班便往回赶,希望在家中能见到李雄。他对我还是一个谜:他现在变成什么样子……我还想见到他那个大学毕业的未婚妻。母亲比我更热切地等待他再一次回来。她在等他的电话。不管任何人敲门,她都第一个冲上去把门打开。等待李雄回家,是她每天生活中最重要的事情。李雄要比过去胖多了,她一天晚上在我们面前打开箱子收拾他的衣服说,不知道这些衣服他能不能穿下。妈,我妻子在一旁笑嘻嘻地说,这些衣服都过时了,他不会再穿的。我们现在谁也不会反对母亲在家中絮絮叨叨地谈到李雄了,相反,他过去那些事情在我和妻子听来却像一个英雄的传奇。只有父亲一人,但他现在很少会发表意见了。我们有时甚至忘记了他的存在,只有听到他的咳嗽声,我们才能意识到,要成为一个圆满的家庭还有一点障碍呢。

如果李雄那天喊你父亲一声,说不定他就会原谅他……你父亲是个爱面子的老头。妻子对我说。

她和我母亲都在尽力地说服我的父亲。我经常看见她坐在父亲面前。我知道她心里在想些什么。有一天我和她下班回来,发现母亲不在家中。直到吃晚饭的时候,母亲才打电话回来,说她在李雄那里。妻子主动地烧了晚饭,我们三人坐在桌前的时候,我听见她对我父亲说,爸,你还是原谅李雄吧,我们能看出来,他现在还是很尊重你的,你不高兴,他就不敢回家……妈又想念她的儿子,她两头跑来跑去,心里一定很难过的……

她言辞恳切,目光中充满柔情,突然间她变成一个通情达理的女人。父亲虽然没有回话,但他的脸色要比过去好看多了。晚上,母亲回来,把我们叫到她的房间。她递给我妻子李雄给她的礼物——一瓶法国香水。呀,这瓶香水要几百块钱呢。妻子故意惊喜地叫了起来。她偷偷地望望父亲。李雄现在住的地方要比我们家大多了,三室一厅,全部都铺了地板,还有空调……母亲的这些话明显是说给父亲听的。然后她又说,她的未婚妻人长得漂亮,对人也和气,还很会做事……

你要是认为他那里好,就不要回来了。父亲终于打断了她的话。

　　以后母亲仍然经常往李雄那里跑,然后兴高采烈地回来。妻子依然经常坐在父亲的面前……父亲开始抽起李雄给他带来的"红塔山"香烟了。这段时间,李雄经常出现在我的梦中。有时他的面孔非常和善,有时却令人恐惧,更多的时候是模糊不清……我非常矛盾地等待和他见面。一天下午,快要下班的时候。我感觉到有一个人在办公室门口走来走去,以为是哪位学生的家长。后来他进来走到我身边,喊了一声,李安。我抬头看了他一眼,就知道他是李雄了。——这就是我十几年没有见面的哥哥,我依然能够认出他。这些天来我不是一直在想象他现在的样子,我们见面时的情景吗?他确实变得又白又胖,穿得很随便,并不像一个大款。在他的脸颊侧面,还有一处伤疤,不知何时留下的。

　　我面对他,不知说什么好,甚至不能直视他的目光。

　　顺路,过来看看,他说。好像我们昨天才见过面似的,他主动地在我对面的椅子上坐下来,抽起一根烟,又扔了一根在我面前的桌子上,不管我抽不抽。他的目光从上到下把我打量一番,嘴角露出一点笑意,但很快就消失了。

　　我注意到他嘴边上的胡须已经没有了,但这并不让人感到亲切,有一种琢磨不透的东西在他的表情中忽隐忽现。

　　这个学校怎么样?坐了一会儿,他终于开口说话了,好像地方蛮大的。

　　我们最近才评上市重点。

　　你教什么?

　　数学。

当不当班主任。

不当，曾经当过一届。

你老婆……好像是在纺织公司吧？

是的，她以前也是这学校的，后来找人调走了。

……

就这样平静地一问一答。我努力地避免把心里的一些东西流露出来。有一瞬间，我真想站起来走到他面前，握住他的手，说一声，你好，哥哥。但我生怕他突然恢复十几年前看我时的表情，那种冷冰冰、凶狠的目光。他一根接一根地抽着烟，把一个手机从腰间放到了桌面上。

你可以离开这个学校，到我的公司来，我正缺一个会计。他的口气像在和我谈一笔生意。

我不懂这一行。

你不是学数学的吗？

这不是一回事。

他不再说话了，有点不耐烦地朝门外望望，又看看腰间的拷机，然后站起来说，我要走了，晚上还有事。

我也站起来。我终于说，哥，你还是经常回家看看吧……我们会劝父亲的，他现在要比以前……

话还没有说完，他打断我说，老头的事你们不要烦。

他给了我一张名片，他说如果我想通了，就去找他。走到门口，他啪地朝地上吐了一口痰。我望着他匆匆远去的背影，心中多多少少有一些遗憾。

我把李雄到学校找我的事情告诉了妻子，她很高兴，她认为我们应该去他家里看一看。为什么不让你们兄弟俩再好好谈谈呢？她说。我经不住她再三劝说，给他打了个电话，没想到他一口答应了。来吧，李安。他的语气让人不知他心里在想些什么。给我们开门的是他的未婚妻。这个娇小的女人满脸微笑地对我们说，李雄晚上有生意要谈，可能赶不回来了。妻子微微有点遗憾，但她的注意力很快就转移到另一方面去了。她一边夸赞一边把这宽敞而装潢华丽的屋子仔仔细细地欣赏了一遍，坐在沙发上的时候，她还在说，这屋子真大呀。我注视着眼前这既漂亮又年轻在我们面前忙忙碌碌的女人，我不明白像她这样一个大学生为什么会看上李雄……她很快地在餐桌上放满丰盛的菜肴。席间她很少说话，只是腼腆地微笑，相反，我的妻子却像一个主妇那样滔滔不绝……她含着笑望着我妻子，很少动筷子，却不停地给李雄打着电话，催促他快一点回来。屋里的气氛多少有点冷清，我沉默寡言。吃完晚饭我提出要告辞，她把我们拦住了。你们再坐坐，喝一点咖啡，李雄说他马上赶回来……你们这是第一次来，她很客气地说。九点多钟，李雄匆匆忙忙地赶回来了。他瞄了我一眼，径直站在客厅的中央，对我们说，我们一起到外面玩玩吧。他的语气让我们无法拒绝。先是到舞厅，他们见我和妻子坐在椅子上没有兴趣。又一起去玩保龄球。这玩意儿挺吸引人的，但这里却不是我们这类工薪阶层经常涉足的地方。只有李雄，他娴熟地抓起、滚动圆球的时候，他爽朗的笑声一时不绝，这充分地展示了他的富有和时代对他的垂青。到了夜里一点钟，我们从里面红光满面地出来，在马路上告别。夜色迷人，李雄旁若无人地搂着那个女大学生朝远处走去。我和妻子回到家里以后,一时难以入睡,在床上各自想着心事。红晕还没有从妻子的脸上退去,生活的另一面一下子展现在她眼前。

转眼又要到中秋节了。凉风习习,气候宜人。站在高处朝四周望去,心胸格外开阔。这本是全家团圆的节日。这么多年来,我们面对那一轮明月,总觉得阴云遮住了它的一角。如今,李雄回到家乡,我和母亲都希望满月的光芒能重新照进我们的家中。李雄会回家和我们一起过这个节日吗?不管是谁看见父亲的时候都会有这份担心。母亲从李雄那里带回来几盒月饼,离节日越来越近了。你们放心好了,她这次显得非常有信心地对我们夫妻说,李雄会让我们过一个好节的。

那天下午,母亲坐在我们的房间里,我们三人都在等待着李雄。妻子在等待一出好戏。母亲有点坐立不安,她心中也没有底。下午五点钟,终于听到了敲门声,母亲第一个跑过去开门。我们看见门前站着六七个陌生的男人,在他们身后站着李雄的未婚妻,她今天打扮得格外迷人。她说,我们来接你们一起过去吃饭的,伯父呢?母亲用手朝旁边的房间指指。她和那些男人就一起走进了那间屋子。母亲和我们站在门边。父亲这时正半靠半坐在床边,手里拿着一张报纸。这几个男人先走到坐在床沿的父亲面前,几乎异口同声地说,伯父,你好。父亲有些诧异地望着他们。您老身体好吗?……您还能认出我吗?我就是原来住在这院里的小二子啊……他们用不同的方式亲热地和父亲打着招呼。这种突然的情景使父亲不知道发生了什么事,他回头朝我们望过来,想从我们的脸上找到答案。他也不想在这些外人面前有失情面,脸上不自然地露出一点笑容。然后那个站在中央叫"小二子"的说，伯父，今天是中秋节，我们是来看望您老人家的。说完，他们一起把手中的月饼和整条香烟放在父亲身边的床板上。这怎么行呢？我怎能收你们礼呢？父亲要站起来，他现在还在迷惑之中。伯父，"小二子"赶忙拦住他说，我们现在都和你家老大在一起干事业，你家老大现在有出息了，是他让我们来接您过去一起过节的。是啊，这些礼物是你家老大让我们送过来的，其他人也帮着说……

不去，父亲的身体又慢慢沉了下去，他从牙缝里挤出这两个字。脸上又恢复了阴沉，头低了下去。

这时，李雄的未婚妻走上前，亲热而害羞地喊了一声，伯父，您好。这时旁边有人介绍说，她就是李雄的未婚妻。父亲早就在耳朵里灌满有关她的事了，他不得不抬头看了看她。她说，李雄本来今天要亲自来接您去过节的，可是他不敢，他怕您老人家见了他生气。她在察言观色，眼睛一直盯着父亲的脸，见他没有反应，连忙又语气恳切地说，这几年，李雄一直对我讲，他对不起您老人家，让您老人家生气，为他操心，他一直想报答您老人家的养育之恩，您不高兴，他心里也不痛快……今天是中秋节，他早就想一家人和和气气地团聚的……您老人家大人有大量，就原谅他过去的不对吧，他现在比过去好多了，不然我也不会和他在一起。她停顿了一会儿，见自己说了半天没有效果，面露焦急之色，扬起头想了想，满脸涨红地说，我作为您未来的儿媳妇，我也希望能有机会孝敬您……如果您老人家今天不答应，李雄就让我跪在您的面前求你，伯父，您给我一个面子吧。她虽然这样说，可身体动也不动。是啊，我们也不走啦……那几个男人赶忙一起应和道。

这一招真绝，亏他能想得出，把老婆都搬出来啦。妻子在我耳边小声嘀咕，大概事先都排练好的……

母亲赶紧走了过去，她对父亲说，老头子，您不要再逞强了，人家晚辈都对你这样了，你不要把老脸都丢尽了，你是不是要我也给你跪下。她说着朝旁边的人摆摆手，那几个男人赶紧走出门外，我们也离开门边，屋里只剩下她们和我父亲。

过了很长时间，母亲走出来，高兴地点点头对我们说，他去了……她舒了一口气对我们说，你们先走吧，我们三人接着就到。

楼下停着一辆面包车和一辆轿车。在路上，妻子悄悄地对我说，李雄什么事情都能办到，他还真有本事！

我们进了一家豪华饭店的一个包间，有几个人已经坐在里面了。没有看到李雄，我和妻子就又出来在门前等。不一会儿，小轿车停在门前，在李雄未婚妻的搀扶下，父亲和母亲走出车。就在这时，李雄和一个胖胖的男人从我们身后迎了过去。母亲朝他递了个眼色，他走到父亲面前，侧着身子说，爸、妈，这是饭店的刘经理。这个胖子走上前握住父亲的手说，欢迎，欢迎……请你们进去吧。

李雄转身朝站在一边的我们瞟了一眼，然后跟在父亲的身后朝里面走去。

这是一个欢乐的夜晚。这么多年来，我很少看见父亲那种自然的笑容。在李雄那些朋友的频频敬酒下，他脸已经涨得通红了，等到李雄站起来朝他敬酒的时候，他已经把他的过去忘掉了。在他的眼里，他又是他的儿子了，而且是一个了不起的儿子，一个受人尊敬的儿子。父亲是今天的主角，所有的人都在注视着他的脸色,他努力地享受这种险些被人遗忘的尊严。我和妻子陪衬一样坐在他的身边,妻子已经喝多了,她主动地端着白酒朝李雄朋友的那一桌走过去。在人们的哄笑声中,她站在两桌酒席的中央,大声地说,我们家李雄是个大孝子,我应该喊他一声大哥。旁边马上就有人大声叫嚷,喊一声,声音大点,让我们听听,再和你大哥喝三杯。她自己把满满的一杯酒倒进肚里,又朝着李雄说,大哥,希望你以后多照顾你弟弟,他简直就是个闷头葫芦……母亲赶紧走上前,把她搀回到我身边。过了一会儿,我又扶她去卫生间。听见她在里面呕吐不止,我想,她应该高兴的,她的愿望不就快实现了吗?

那是许多年以前,李雄刚刚中学毕业,那时我们家里很穷。父母都在工厂里当工人,收入微薄。一个穷人家是不应该出逆子的。李雄待业在家,闲着没事,结交了一些朋友,一些在街道上横着膀子走路、喜欢惹是生非的家伙。他们常常头上歪戴着一顶黄军帽,嘴里叼着根香烟……李雄经常把家里的东西偷出去卖掉,买几包烟抽。有一次他从家里偷了一些米准备卖给刚回城的下放户,没想到给我看见了。他厉声地威胁我,如果我敢告诉父母的话,他一定饶不了我。后来,米少了的事情还是让母亲发觉了,她问到我,我支支吾吾地告诉她是李雄拿的。李雄回家后,她把他臭骂了一通。母亲很少在他面前发火,当时他一声不吭,眼睛偷偷地瞪着我。第二天放学的时候,他在路上拦住我,把我狠狠地揍了一顿。晚上,父亲看到我脸上的伤痕,勃然大怒,他朝李雄扑了过去。可这时的李雄已经不是那个打不还手、骂不还嘴的中学生了,野性突然从他身上迸发出来。他推开了父亲，冲进了厨房，把一把菜刀高高地举在头上。父母被他的举动惊呆了，他们满脸怒气地站在他的面前，母亲挡在他和父亲的中间。父亲虽然咆哮着，可是却再也没朝他身边靠近。这样僵持到最后，李雄把刀朝地下一扔，头也没回地找他的朋友去了。几天以后，母亲苦口婆心地从他的朋友家里把他喊了回来。可是他已经变了。在家里肆无忌惮，目中无人……只有母亲的眼泪才能让他安静下来。从那时起，母亲恨透了他的那些朋友，她认为是他们教坏了他。

　　如今他过去的一些朋友，在酒席上向我的父母举起酒杯，高颂赞歌。

　　中秋节后，我的妻子马上私下找了李雄，她提出要让父母搬到他那里去住。没想到李雄想都没想很爽快地答应了。现在是他踌躇满志、功成名就的时候，需要人们有事去求他。第二天，他亲自带着车来接父母。父亲见事已至此，也无话可说了。母亲却很高兴，她不用再和我妻子斗气了。在我准备把父母的一些东西搬上车的时候，李雄挡住我，斜着眼摆摆手说，这些东西不要了，你们自己留着用吧。

　　妻子却很高兴。这一天终于到来啦。父母刚走，她就站在他们的房间里，对我说，我们为什么不把这个家好好布置一下呢……过了几天，她就把搞装潢的人请到家里。她把一切都考虑好了，把我们原来准备买房子的钱拿出来。她把父亲的床拆了，把他们使用多年的家具卖掉了。她要在这屋子里铺上拼花地板，要把连着阳台的那堵墙推掉……母亲中间回来过一次，看到家里面目全非，连插脚的地方都没有，摇摇头往外走。我洗洗手，要送她,被她拒绝了。她不想和我说些什么,和我说什么有什么用呢?

她一定在为我难过。

从这以后,父母再也没有回来,我们也很少再到李雄那里去,除了一些节日前,我偷偷地过去给父母送一点东西。在母亲夸赞李雄和他未婚妻的时候,我都低着头。然后低着头回到焕然一新的家中,面对得意扬扬的妻子。我们为什么要到他那里去呢?妻子高声地说,为什么要看他的脸色呢?他以为有几个臭钱就不得了啦……我们不是也活得很好吗?她终于在我面前发泄埋藏多日的对李雄的不满了,也就在这个时候,她会在我的面前光着脚在地板高兴地旋转几下,让她那矮小的身体像一只企鹅,正准备展翅高飞。

有一天下班,天快黑了。突然看见李雄缩着头站在家附近的巷子口,他好像正在等我。我有几个月没有见到他了。他手里拎着个旅行包,样子很疲倦,神色也有点紧张。他把我叫进一家个体咖啡馆。

他朝门口看了一眼,说,我刚从外地回来。

他停顿了一下,好像在想什么,然后小声地说,我告诉你吧,我出事了。他没有在乎我吃惊的目光,把嗓音又压低一点说,有一个过去的朋友,骗了我一笔钱,逃到了外地,还是让我给逮住了。我把他给打了,现在不知道是死是活。

他望了我一眼,问,警察有没有去家里找你?

我摇摇头。

我现在哪里也回不去了,他说,这些天你有没有去我那里?

我红着脸摇摇头。我说,我想过两天……这段时间学校很忙。

他没有听我解释，弯下腰把脚边的包打开，从里面拿出两叠用报纸包好的东西，放在我面前，说，这里面各有五千块钱，一个是给父母的，他们又要搬回来住了。他看看我又说，另一个是给你的，你都收好，不要让你媳妇知道。你用这笔钱给爸、妈买些东西。

　　他又说，你放心，这些钱是干净的。

　　我说，我怎么跟父母说呢？

　　随你怎么说。

　　他站起来要走，我说，哥，你下面怎么办呢？我感觉我眼里漾着泪花，我也希望看到他脸上一种别离的异样。

　　他依然面无表情地说，我准备到外面躲一躲，如果那家伙没死，我还会回来的。

　　他匆匆地走出门外，天已经黑了。我追了出去。他回头看看我，突然又转身来到我的身边，拍着我肩膀说，你要活得硬正一点，不要总让人看不起……

　　我看见他脸上的胡须又长出来了。

　　父母又搬回来了，他们小心翼翼地站在已经陌生的家中……

　　李雄不知道逃到了何方。

　　在妻子的埋怨和咒骂声中，我突然想到了李雄的未婚妻。这个美丽的女人，这个总是面带微笑、含情脉脉望着李雄的女人，她是否已经回到了南方，回到了她父母的家中？

冷

  吴鸣整个身子躺在冰凉的地上，眼睛却睁得圆圆的。有些学生四面围上来，蹲着身子在拽他的衣服。有人说，瞧，我们的老吴不行了……他没死。刚才吴鸣的动作挺吓人的，整个身躯猛地仰倒在讲台上，然后像面条一样滑溜到地上。他睁着眼睛，眼珠却一动不动。有人跑去喊其他教师，大概是班长。教室里乱开了锅，各种说笑都有，许多人离开了座位，咦咦咦……啊啊啊……

  后来，吴鸣被人抬起来，七八只手抓住他的四肢，一个大胆的学生托起他下垂的头。校长来了，脸通红的，跑得有点气喘。她站稳在一旁大声地说着一个字：快。然后无奈地站在讲台前望着吴鸣在黑板上留下的字迹：悲衰（哀）。她命令前排的一个学生马上把它擦掉。许多学生都张着嘴朝黑板上笑。安静，她大声说。但声音还是被嘈杂声淹没了。

  吴鸣被人抬到校医室的一张长椅上，多事的学生被赶回教室，只剩下乱七八糟的教工。有人用手掌在他的眼前晃来晃去，有人去摸他的脉搏。吴鸣，有人朝他耳边大叫了一声。吴鸣仍像僵硬的死尸。

他还没死。只是有人说。

校长正站在校医室门前找那个班长问话。

他写了那两个字就突然倒下了。那个班长说。

给他妻子打电话。校长突然朝校医室里喊了一声。要不要送医院？

冷。

这是什么病啊，有人说，眼珠还瞪得大大的，吓死人啦。

穿着鲜艳的衣服，她来了，脸上画着眉，一弯一弯的。

她把手放在吴鸣的额头上。很久。

冷。

送医院吧。最后她说。

她不是要和他离婚吗。有人在她身后小声说。

看不见她的表情。

七八只手又把吴鸣抬起来。穿过校园。地上全是树叶，刚被风吹落的，踩上去沙沙沙沙。

医生说，可以治好的。

她把戴在无名指上的戒指拿下来，在掌心中玩。

医生说，受刺激引起的。

戒指戴到中指上。她低着头。

我要离婚。

什么病？她突然问。

间歇性记忆障碍。

多长时间治好？她望着窗外从树干上飞起的树叶，在半空中一点一点往下落，旋转着像人干瘪的手掌。

也许一个星期，也许要十年、八年。

我要马上离婚。

吴鸣躺在床上，黑洞洞的屋里没有亮灯。她坐在他的身边叹着气：唉。吴鸣的眼睛直愣愣地望着天花板。天花板上的吸顶灯几乎从来没有亮过，上面的喜字还在。一买来就坏了，已经有三年了。她走过去把吊灯打开，美丽的女人回头注视他的面部。眼珠一动不动。

妈妈，她打通电话，他出事了。

呜呜，她的哭泣声。我怎么办呢？

他看到自己站在一棵矮树下，手里拿着一朵鲜花。不是一朵，是三朵四朵也许更多。红的，黄的……

我现在怎么和他离婚呢？呜呜呜，别人会骂我的。

校长在医院里拉着她的手说，吴鸣的爱人同志，请你好好照顾他，你们的事以后再说好吗？

他看到自己站在一棵矮树下，手里拿着一朵鲜花。有人从他背后走过来，用手脱他的衣服。一件，两件，扔到水里。

冷。他说。

妈妈，他有知觉了。

她放下电话，来到床边，她凑近他的脸，喊了一声，吴鸣。他眼珠转动了一下，又停下来，望着天花板。她用手轻轻碰了一下他的脸颊，冰凉的感觉。吴鸣，你不要以为你这样，我就不和你离婚了，她说。……我求你，然后她说，不要再装了。眼泪在涂满粉脂的脸上流出两道沟来。我们在一起没有希望的，她说。

冷。他的眼珠又转动一下。

你想和我睡觉？她问。

冷。

你是否想上厕所？她问。

他的头晃动了一下。

两只细嫩的小手抓住他的双肩，把他从床上扶起来。你自己起来走，她说。他没有动。很沉的身体，她让他靠在自己的肩上，一步一步地往前挪。在厕所门前，她说，你自己进去。松开身体。他慢慢往后仰，她赶紧又扶上。在厕所里，他前后摇晃，手无力地垂着。她侧着头，把一只手伸进他的裤子里。一股热泉嗞嗞地流到她的手上。

你浑蛋，她大叫一声，松开他，掉头回到卧室。

没有他咕咚倒地的声音。

他进来，咕咚倒在床上。一股臊味。

你要死就自己去死吧，她冲他大声叫。她来到床边，猛地抽掉他身下的被子。她抱着被子来到客厅，换上放在一张简易床上的被子。她回到卧室，把这旧被子扔在他的身上。呼，他闭着眼睛，呼……呼……她把被子披披好。

她看见自己躺在地上的影子一动不动的。

万强，她拨通电话，你明天到我家里来一趟，他出事了。

不要担心，她说，他像呆子一样。

呜呜,她在伤心。我已经没有办法了。

他看见自己手里拿着一朵鲜花,天下着雨,他站在一棵矮树底下,他看见有人朝他走来,抱起他的头,吻他的嘴巴。

放下电话,她向客厅走去,一回头,他仍张着嘴死猪一般,呼呼……她猛地把卧室的门关上,摸索着来到那张简易床边,嘀嗒嘀嗒的钟声伴随着她由强渐弱的呼吸。在黑暗中她躺下。被子上散发着一股臊味,像海边盐的气息。

我要离婚。

冷寂的黑暗的长夜,她感觉有人在摸她的身体,脸,鼻子,乳房,肚子,……脚。她没有醒过来。

医生说,这种病对过去的记忆丧失殆尽。丧失殆尽。文绉绉的。

医生说,这种病对现实反应迟钝。不好,应该是缺乏反应。也不好,反正……医生说,有未来狂想症状。

小心受到伤害,医生笑着说。

阳光透过没有拉上窗帘的玻璃,一寸一寸地往屋里移动,最后停在她的身上。她正半坐在床头,脖子以下都淹没在光亮中。挂在墙壁上的时钟嘀嗒嘀嗒地响着,时针指向了十点。她披头散发,脸上横七竖八地爬着眼泪的痕迹。她竖着耳朵在听隔壁房间里的声响。隐约地听见他从床上爬起来,在地板上来回地走动。她希望他突然把门打开,像往日一样面带笑容地站在她身边。滚开,她可以毫不留情地摆脱他的手。

咚咚,她听见敲门声。

他一脸笑容地站在门外,手里拿着一束花,一束像样的玫瑰花。他说你好,然后笑容就收敛了。她像残花败柳,穿着皱巴巴的睡衣出现在他面前。他脸上换上一种诧异的表情,你怎么啦?他问。她在他面前瑟瑟发抖,胸口敞开着,一条金项链还挂在她的颈子上。你怎么啦?他差一点要上前去扶住她。

只是她冷冷地说,你怎么才来。

他不知道如何回答。他想对她说,外面的阳光很好。沿着宽敞整齐的大街,可以看到许多繁花似锦的商店。他穿着一件薄的黑色大衣,领口扎着一条红色显眼的领带。他好像很慎重的,对这次上门,他下垂的手里拎着一大包礼品,里面有一些贵重的营养品。

进来吧。

她默默地转身,他默默地跟在她身后进入客厅,她默默坐在床上,他默默地坐在她对面的椅子上。

吴鸣在隔壁开始唱歌,一段不成曲的"音乐":我我喔,啦啦亚……呜啊……仿佛一只被拴在笼子里爱唱歌的小鸟。

你听见了吗?她说。

他点点头。耳朵一直竖着,好像要从这歌词中听出什么感觉来。

他快疯了,我也快疯了。她忽然声音变大,要把他从沉静中唤醒过来。她希望他能走过来搂住她的肩膀。

他没有。

不是说是记忆上的问题,怎么会这样?他问。

我不知道。我不知道。

哗啦。隔壁吴鸣弄倒了什么东西。他差一点从椅子上站起来。

呜呜,她又进入哭泣的状态,手捂着脸。——过来,安慰我。

不要这样,我会帮你的。他有点茫然无措。

哗啦,又是一次响声。然后是一阵寂静。

应该送他住医院。他说。

——快来呀,过来呀,搂住我的肩膀,脱下你的大衣披在我身上,安慰我,劝我别哭。不要鲜花,不要鲜花,我要你的人,你的体温。过来呀,不要只坐在那里说话。只要你说我们走,我马上就离开这个家。说呀,说呀。

或者送他到他父母那里。他想了半天又说。

她生气地望着他。

这朵鲜花送给你,他把鲜花举在手上。对我笑一笑,他想。

我不要,我冷得很。

把衣服穿好吧。你的脸……也应该……洗一洗。他说。我想见见他。

——懦夫,假面君子。

吴鸣坐在地板上,屋里的空气中充满不洁的气味。他们进门看见他正在捡他身边四散的东西:衣服、被子、书、口红、磁带、碎玻璃、他自己的鞋子。他光着脚,独自在说,冷。

吴鸣,你发疯了。她冲他大声叫喊。

他斜着头看她,慢慢才说:对不……起。然后他抬起一只手臂,指着他问,他是谁啊?

他是你爸爸。她没好气地说。

我爸爸。他眼睛滴溜溜地乱转,嘴里咕噜,从地板上用手撑着爬起来,向他摇晃地过来,差一点要用脏手抓住他的衣服。他闪了一下,躲过去了。她抢上一步用力一把推开他,他咕咚一声倒在地上。

冷。他坐在地上直直地望着她。

她又要上前用脚踢他。他拦住她,不要这样,他说。

他半蹲下身子对吴鸣说,我是万强,我来看你的。

滚到你房间去。她大声说,眼里喷着怒火。

你怎么不说话啦?她问他。他蹲在她身边,低着头在捡东西。

他蛮可怜的,他说,得这种病也真痛苦。

我不痛苦?你同情他,你还来干什么?

这不是一回事。

是吗。——假面君子。

哗,一盆水从天而降,整个地倒在他的身上,溅得她满头是水。吴鸣拎着空盆站在他们身后。下雨了,下雨了。

他把原来插在颈子里的鲜花拿在手上。是万强带来的那束。

花给你,他边说边把花朝她头上丢去。他笑嘻嘻地望着她和他。

她经过一夜噩梦的折磨,猛然睁开眼,嘴里呼呼地朝外吐着气,她发现自己躺在一片黑暗和寂静之中,静得可怕。她身上只盖着一层薄薄的羊毛毯,而棉被就在旁边。她站在冰天雪地之中,不同的男人经过她的身边,她希望迈开冻在冰中的脚,和这些朝她微笑的男人拥抱以得到温暖……这就是她的梦。她有点怀疑她昨晚是否就睡在这间朝北的卧室,但她不愿仔细去想,仿佛一进入思考就会回到那梦中似的。

她起来,推开客厅的门,她一眼就感觉到阳光朝她奔来。好舒服。她看见吴鸣还躺在简易床上,双眼紧闭着,没有一点气息。她穿过客厅把原来就没有拉好的窗帘重新拉开,她打开阳台的门。一股新鲜的空气冲淡了屋里污浊的气味。

她已经两天没出家门了。

起来。她走到他床边,刚想掀开他的被子,他睁开眼。

还是昨天的目光望着她。

起来。她又说一遍。跟我上街。

吴鸣被迫穿上一件干净的衣服,但是离他身体近一点,还是能闻到被包藏的臊味。他快步地跟在她身后,在来来往往的人流中嗒嗒地走。一晃,她消失了身影,他快走几步,看见她粉红色的风衣。她恶狠狠地望着他。一晃,她又不在了,他身体转了个三百六十度,发现她站在身旁不远处的一棵树下。

医生说,他还保留一些习惯性思维,比如吃饭、上厕所、睡觉等。

他们离家越来越远了。

他看见她进了一间女厕所,他朝那里走过去,来到门前,他停止了脚步。呆呆地,一动不动。她从里面探出半个身子对他说,你自己回家吧。他呆呆地,一动不动。

有个女人从他身后推了他一下,你站在这里干什么,滚开。

他的身躯朝门旁移了移。

继续等。

然后转身走开,膀子一摆一摆像企鹅。

走了十几步,忽然一百八十度转身,没有看见粉红色的风衣。又是十几步,回头……像定时的钟摆一样。她臂肘上搭着风衣在街对面走。

她看见他走进一家书店,不一会儿出来,继续朝前走。朝家的方向走。

他走进路旁的一座小公园。

她需要跑才能看见他的身影,他疾步如飞。她躲闪在树丛、假山之间,一伸头他已消失得无影无踪。

妈的,一切都是骗人。她想。

一条又臭又脏的污水河旁,一条幽静的方砖小路,一排排茂盛的桃树、柳树遮蔽了路上方的天空。吴鸣坐在一棵桃树下一张石椅上,他手里正拿着一节折断的桃树枝,树枝上的花正一瓣瓣往下掉。粉红色的花瓣。

笑容灿烂。

无法看清他的面容,她只能看见他露在石椅上方的黑脑袋。

看看他究竟会干些什么。她想。

很长时间以后,他站起身,往回走。吴鸣手中的花继续落着,零落成泥,粉红色的花瓣。

他已经不再回头,也不再像一只企鹅。缓慢的像一个正在沉思的哲人。她也不再躲藏,在他身后,她的步子开始嗒嗒起来。——转过身来,把那桃花递到我的手里,说,回家吧。说,这一切都不是真的。说,亲爱的,你真漂亮。

然后你可以流泪。

出了公园,吴鸣朝另一条路走去,一条离家越来越远的路……一会儿,他来到一幢七层大楼前。他抬头朝楼上望了望,几乎没停止就走进楼。她站在楼下等着,她希望能从楼洞里传来什么声音,不管什么声音,只要和他有关……等待之中,她捡起一片落在地上的花瓣。

不一会儿,他从门洞里走出来,他迎面朝她走过来。她喊了一声,吴鸣,他空着手和她擦肩而过,目光直愣愣地扫了她一眼。她又喊了一声,吴鸣。他却越走越远。

骄傲的心灵像揉碎的鲜花。

她飞快地朝楼里奔去,在四楼她停住脚步。她看见那截桃花枝插在一扇防盗门上,上面只剩下一片花瓣。她用手中的衣服擦了擦脸上的汗水,摁响了门铃,不一会儿,有一个中年妇女打开门。她问,你找谁?

你们认识一个叫吴鸣的人吗?

吴鸣?她摇摇头,又掉头朝里屋喊,小花,你认识一个叫吴鸣的人吗?很快地,一个年轻的女孩站在门前,她透过防盗门上的门纱上下打量她。

你找谁?她又问。

吴鸣。她突然感觉不该这样回答。

没有这人,你找错了。说完,这个女孩猛地把门关上。

最后一片花瓣被震落在地上。

她远远地看见吴鸣站在自己家的楼下,他的身边还站着许多人,是他的同事和学生。有人对她说,他们已经等了很长时间了。

他们满怀笑容,手上提着慰问品。

有人说,远远地看见吴鸣一个人走回来,还以为他病好了。

眼珠睁得圆圆的,吴鸣。

他一边走还在一边说话,看见我们就一句话不说了。上楼的时候,有个学生小声地说。她回头看了他一眼,他吐了吐舌头。

一进客厅,吴鸣咕咚倒在床上,两腿岔开,眼望着天花板。她坐在床边扶着他坐起来。

冷。他说。

看来病得不轻啊。有人说。

是啊……是啊……是啊……你要受累了,有人面带同情地对她说。

——讨厌。

小吴,你还能认出我是谁吗?停一会儿,那人说,我是某某,你还能记得吗?

眼珠一动不动。

我是某某……我是某某……我是某某……

——冷。

有人把一个女学生推到他面前,吴鸣,她是你的课代表,你一定能记得她,她是你的得意弟子。

吴老师,这个女孩脸上泛起红晕,声音轻柔地喊了一声。

吴鸣的身体轻轻地动了一下。逃不过众人的眼睛。

我说吧……有人嘴里嘀咕了一句。

她紧紧地抓住他的双臂,不让他站起来。他依然屈臂伸出了一只手，慢慢地朝那女孩伸了过去。那个女孩朝后退了一步。

所有的人都在屏住呼吸。

她一关上门就朝他大骂，你不要脸……好色之徒。

他一动不动地坐着，那只手臂还微微抬伸着。放下你的手，不要装模作样了。她想了想，又不由自主地笑了起来。

他看见自己站在一棵树下，树上开满了鲜花，他伸出手去摘。

他把手朝上举起，然后才慢慢放下。

她坐在沙发上，面对面地开始说，吴鸣，我真有点佩服你，你装得非常像，你知道这种病是查不出来的。但我可以告诉你，你再怎样我也要和你离婚，明天我就和你去法院，我不怕别人说我不道德。她见他没有反应，又说，我对你一点感觉都没有，我不想和你睡觉，我看见你的身体就恶心。我宁愿和一个呆子睡觉也不和你在一起。

医生说，这种病由刺激引起，需要刺激才能恢复。

她从沙发上站了起来，她脱掉自己的外衣，然后一件一件脱去自己身上所有的衣服。白皙的皮肤，隆起的乳房，茂密的阴毛，阳光透过门窗照了进来，照在这欲望的肉体之上。她的手慢慢地一丝一毫地轻柔地抚摸着自己的身体，从脸颊到下肢，然后停在乳房上……

啊啊……她忘情地呻吟，啊啊……

她的眼里闪着光。——来吧，来吧。

冷，他说，然后身躯从床边像面条一样滑到地上。

夜晚。

她躺在客厅的简易床上,被子里她脱光了衣服像蜕皮的蛇一样时而蜷曲时而伸直了身躯。她光滑的皮肤和粗糙的被里摩擦着,她喜欢这种摩擦,好舒服。她的双手紧紧地抱住自己的胸脯,她揉啊揉啊直到手心里全是汗水和身上的污垢。

呃呃……她在急促地呼吸。伴奏的是墙上的钟声。

好静的夜晚。月光透过纱窗照射进来。

她只能睁着眼睛,她想起昨夜的梦境:她一点一点地往冰窟中陷进去,那些男人都蹲着身子围在她身边,没有人愿意把手伸给她。她朦朦胧胧地记着他们的表情。她害怕一闭上眼,她又回到噩梦之中。

她只能让自己兴奋、高亢。

这时,门轻轻地被推开,黑暗中,一个身影来到她床边。

唉,她微弱地叹一口气,然后闭上眼睛。她一动不动。

那个身影把她的被子掀开,两只手轻轻地用力插到她的身体下面,然后,她感觉自己的身体离开了床铺。她的身体擦过黑暗而寒冷的空气,朝另一个地方移动。他看见自己捧着一束鲜花站在一棵很矮的树下。

朝光明的地方移动。她合拢的眼皮承受光芒的挤压,但她不会睁开眼的,她在梦与真实的边缘徘徊。

——紧紧地抱住我,不要松开。

她感觉自己的身躯慢慢地落到一个柔软的地方,那双手慢慢地离开她的皮肤。

——不要离开我。抚摸我。

他的目光在抚摸着她的身体——光滑的透明的身体。从头到脚,从脚到头;从平原到山峰,从田野到沟壑;从光明到阴暗,从狂喜到悲哀……

他看见自己站在矮树下,天空中下着雨。雨从树叶的缝隙间淋到他的身上,然后滴沥地顺着他的身体滴到地上。

后来,他把那条毛毯盖在这具闪闪发光的肉体上面,像夜晚静静的海水涌上了月光下的沙滩,又淹没了它。后来,他和她都听见了啪的一声,灯光消失了。后来,脚步向另一个房间走去。黑暗再一次包围了她。

冷。

结婚时,我送你什么

再过几天,我要远道去上海参加我前妻的婚礼。她在来信中说,她想见见我们的儿子,希望在她的婚礼上能见到我们父子俩,她未来的丈夫也这么想。她在儿子前用了"我们的"这三个字,我觉得她应该用"我的"。自从有一次我发现她和一个男人在偷偷约会,我们的关系也算完了。

大概有五年时间,她没有见到她的儿子。一天下午,我和她从法院出来,我看见一个西装革履的男人,站在法院大门的铁栅栏外等她。他朝她挥手,她朝他跑过去,然后一起上了一辆出租车,就从我身边的这个城市消失了。五年来她杳无音信。那个男人个子很高,看样子并不很精明。

我不知道这次她是否就是和那个男人结婚,她在信中也没说。五年前,我应该走过去朝他脸上狠击一拳的。

她在信中说,她经常梦见"我们的"儿子。她很想念他,她希望知道他现在的一切。我拿着这封信走进儿子书房的时候,他正在玩电脑。

我说，你母亲来信了。

他嗯了一声，有点心不在焉。你母亲的，我又说了一遍。一个一个对手在他的枪下倒地而亡，他正在玩一个枪战游戏，音响的声音很高。他在一所中学里上高一，今年十五岁。在我眼里，他好像只对电脑感兴趣。

这些年来我一直在四处奔波，从一个城市到另一个城市。我当过教师、记者、编辑、公司的业务经理等。儿子出世之前，我有过当一个专职作家的念头。眼下，我正待在家里为一些杂志、报纸写专栏。离婚那一年也是我去北京的时候，我把儿子送到我父母家。我记得当时我母亲的眼光很奇怪，她盯着我半天没吭一声，也许责怪、伤心和老年人的无聊全部混杂在里面了。

她在信中说，她希望儿子能和她住上一段时间。她不会再要孩子的。如果他愿意，他可以留在上海留在她的身边。

我走过去把电脑关了。我说，看看你母亲的来信吧。他停顿了很久，像蹲在地上身体朝前弓着眼睛盯着前方的电脑屏幕，然后才斜仰着身子伸出手臂抓住那封信，像在空中顺手抓住了一团空气。

我说，等你看完信，我们去一趟商场。我觉得他应该穿一套崭新的西服去参加他母亲的婚礼。

我从他身边走开，走到门口脚步慢慢停下来，我想听听身后的动静。也许我并不知道我希望从他那里听到些什么，于是摇摇头，朝房门外走去。

也许应该是小声哭泣的声音吧，我想。

我和他走在去商场的路上。他个子已经比我高了,身体有点发胖。他走得很慢,我每走几步要停一下等他。我转过身,但很快回过头去,我不想让他发觉我在注意他。

刚才我进书房喊他的时候,他还坐在椅子上望着黑色的电脑屏幕,一直是那种姿势。信和信封扔在旁边的桌子上。

我说,你星期六不上课吧。

他嗯了一声。

我说,我们周六去上海,你还没有去过上海,一起去看看,你母亲周日结婚。

他没有说话。他的眼睛笔直地望着前方。我记得他初中老师给他写过这样的评语:性格内向,聪明但不善表达,也不勤奋。

我们走进商场上了二楼,找到一个卖男士西装的柜台。我喊来一个女售货员,对她说,给我儿子试一件西服,颜色要深一点。我觉得他穿藏青色,像一个快要成熟的男人。

去年我母亲生了一场大病,我从广州赶回来,然后我和他一直住在一起。

他站在那里伸着手臂让女售货员摆弄。我望着他,看他转过身去又转回来。有的时候,我很想知道他脑子里在想些什么。也许,我和他应该好好地谈一次,他应该告诉我他对他母亲的态度。

好了吗?他说,他有点不耐烦。

女售货员有点生气地回头望着我。

我点点头,说,行了。

我拿着单子朝远处的收银台走去。现在是晚上,商场里人还很多,有点闷热。我回过头从人缝中朝他望去,突然有一个奇怪的念头,但很快一闪而过。

他会像他母亲一样从我身边消失吗?

交了钱,我和他下楼。一楼有一个可以休息的茶座。我和他面对面坐着。他要了一罐可乐,我点了一杯冰茶。

我说,你看了你母亲的来信吗?

他轻声说,看了。

他一直半低着头,眼睛盯着手中的可乐罐。

你想去见你的母亲吗? 我说。

不想。他说。他把手中可乐罐捏得"咔咔"直响。可乐从罐子里流出来,淌在桌子上。

她是你的母亲,我说,她好像很想见你。

你不觉得我们去很丢脸吗? 他说,他的表情一直没有变化。

我略微有点吃惊,但想想还是有道理的。很多时候,我对事情的反应很迟缓,比如我的工作还有过去和她在一起的时候。在婚姻上,我犯了不少错误。

我没有再说话,我望着他,他下巴上有了一大块黑硬的东西。

我要回去了,还有作业。他说着站起来。

他回去比我走得要快。转过一个弯,他的身影就消失了。我回到家,听到他书房电脑的声音。我过去把房门关上。我靠在客厅的沙发上,不知道该干点什么。

我听见电话响了一下,然后又停了。我刚想坐下来,它又响了。我走过去把话筒拿在手上,听出是她的声音。

她说,吴鸣,是你吗?

我说，是的，是我。

五年了，她的声音没有多大变化。

她说，我的信收到了吗？

收到了，我说，今天刚刚收到。

儿子和你来上海吗？她说。

我说，他好像不愿意去。

你能让我和他通话吗？她停了一会儿说。

我放下手上的话筒，来到他的房门口，推开门对他说，你母亲从上海打来的电话。

他大声说，我不接。

我再把话筒拿起来，里面没有声音。

我说，他不愿接你的电话。

电话没有断，我好像听见她抽泣的声音。我们在一起的时候，我很少看见她哭泣。就是在离婚前，我朝她大叫大嚷，她好像也没流过眼泪。

我说，喂，你在听吗？

那边电话挂了。

我在想象她现在的表情。那些年，她不高兴的时候，会夺门而去，或者把一些东西扔在地上。

儿子躺在摇篮里哭，我过去把他抱在怀里。

现在她应该在电话里对我说一声"再见"。我已经不是她的丈夫了。

儿子从他的房里走出来，朝我望一眼，然后退回去，从里面把门关上。

我手上还拿着话筒。

几个月前,我妹妹打电话告诉我母亲病重的消息,那时我漂泊在广州,在一家报社打工。她说,你还是回来一趟吧。我从广州坐火车回来的时候,母亲的病已经快好了。我父亲坐在她的床头,一脸愁容。这时儿子暂时住在我妹妹家,我去她家看他。我的妹妹私下对我说,你儿子要考高中了,他好像成绩不好。我从她的表情看出来,她不希望我还待在外面。那天晚上,在她家里吃完晚饭,我准备和他一起回自己的家。我看见他一个人站在阳台上。我走到他的身边。我在身边站了很久,一时想不起该说些什么,或者从哪里开始说起。我想抚摸他的头,但是手一直没举起来。

夜空下他回过头对我说,你能给我买一台电脑吗?

第二天快到中午的时候,我听见有人敲门。那时候我还躺在床上,一个接一个地换着电视频道。听见敲门声爬起来开门,看见我的前妻站在门口。

我有点吃惊。

她说,你好。她的头发和衣服有点凌乱,样子很疲倦。

我让她进门,我说,你先坐吧。赶紧走进卧室把衣服穿好。

她一定是来找儿子的,我想。

我从里面出来,她正站在客厅中央四处打量屋子,她笑着说,比我想象的要好。

我说,我去烧开水。

她说,不用了,我一会儿就走。

我到厨房烧水。然后进卫生间。我从镜子里看见自己的胡子已经很长了,我用水在头发上抹了抹。我听见她走进了儿子的房间,然后是窗帘拉动的声音。我从卫生间出来的时候,看见她正望着放在窗台上的立式镜框里的照片。那是我和她结婚时照的。

阳光从窗外照进屋里,屋里暖和了一点。

这个照片你一直放在这里?她说。

我忘了换了,我说,我们才回来住,一直很少住在这里。

我看着她坐到沙发上。她穿着一套女士套装,裙子很短。她用手把裙子朝膝盖上拉了拉。她好像比五年前还要年轻,脸上化着妆。

她抬头看着我,我的目光从她脸上移开。

你在看我吗?她说,你一直在看我。

你还和过去一样,我说。

你比过去老了,她说。

我知道她不喜欢一个男人胡子拉碴的样子。过去她一直监视着我,要求我穿着整洁。她给我买了许多领带。瞧瞧你的胡子,她会大声地朝我嚷嚷。我一直对这些并不在意。

而我那时可以笑嘻嘻地坐到她的身旁,搂着她,哄求她的原谅。

现在我在她面前站着。

她说,天天(儿子的乳名)好吗?

我说,还可以,他已经上高一了。

我把儿子学校的名字告诉她。

她说,我知道这所学校,好像是一所省重点。

我不想告诉她,为了他上这所学校,我几乎花光了这几年所有的积蓄。我们离婚后,我几乎身无分文。

他中午回来吗?她说。

他在学校吃饭。

我要和他谈谈,她说,不知道他还能否记得我,我离开的时候他才十岁。

他不会恨我吧?她接着说,脸上看不出一丝忧伤的神色。

她一定以为是我阻止儿子去参加她的婚礼。我想。

我特意来邀请他,还有你,她说,我一大早开车来的。

近四个小时的路程,我想。

你为什么不说话?她说,你在想什么?

我笑笑,摇摇头。我走到靠近大门的一张椅子上坐下,这样离她远了点。我想我应该说点什么,比如你这几年怎样啦,或者把儿子的情况多告诉她一点。

有的时候,想说清楚点什么很困难。

我现在的老公要见见你,还有天天,他是个很好的人。她说。

我说,我知道,你信上写了。我不知道我现在脸上是什么表情。

你呢?她说,你找到满意的吗?

我摇摇头。

我努力地不让自己再去看她,我望着她身旁的白墙,或者她头顶上的那幅油画。我还能记得当初她在法庭上的表情。

如果天天到上海和我住在一起,她说,你就可以重新组织个家庭,像我一样。

她朝窗台上的照片望了一眼,说,上面也该换一个人了。

我想等她走后,马上把这张照片换掉。我现在还不想结婚,我说。

你人不错，会有人愿意和你结婚的，她像牧师般说。

我笑笑。

好吧，她说，她从沙发上站起来，理了理衣服，我要走了，我去儿子的学校找他。

还回来吗？我问。

不，她说，我和儿子见过面，就直接回上海，到时候你们一定要来。

她朝门口走过来。我站起来。她朝我伸出一只手，说，再见吧。

我伸出手握住她的手。

她用一种奇怪的目光看着我。她的手停在我手中。

我不明白，我感觉她的手很用力。

她突然把手松开，脸上露出一点笑容说，你还是过去那个人，一点没变。

列车朝上海的方向奔驰着。这几天天气一直晴好，好像预示着什么幸福的到来。一点风都没有。

儿子笔直地坐在我的对面，眼望着窗外。

我和他母亲一起去过一次上海。那是我们结婚前几周。她要为她在婚礼上买几件衣服。一上火车她就开始生气。车厢里人很多，有点混乱。我一直很少说话。她认为我并不是诚心诚意地让一个快要成为我妻子的女人变得美丽一些，我舍不得花这笔钱。她认为我在想这些。从上海回南京的路上，她的脸色又难看起来。我没有买到一件满意的衣服，她在我面前唠叨。我记得在淮海路上她一直挽着我的手臂从商场里进进出出,我付钱的时候,她望着我的目光中有不少的柔情。

儿子穿着我给他买的新西服,显得很英俊。

我希望他能放松一点。

他的寡言少语很像我。我不觉得这是让我自豪的事情。昨天晚上他才告诉我,他决定参加他母亲的婚礼。在这之前,我没有问他,我不想影响他的决定。我总是觉得,我们伤害了他。我和他的母亲。他的生活中有我们的阴影。我从抽屉里找到他母亲给我买的一条红领带送给他。我觉得他应该快乐一点。

快到上海的时候,儿子转过头来对我说,我母亲会到火车站来接我们。他看我脸上有点疑惑,接着说,我昨晚在网上和她说了。

他和他母亲在网上聊天?我想。

进了火车站,果然有一个年轻人举着牌子在找我们。他对我们说,她有重要的事情,一时脱不开身。他开着车带我们去已经订好的宾馆,他说那里离举行婚礼的地方不远。他开始有说有笑的,见我们两人不愿说话,也不再说什么了。

进客房的时候,他从车上拿下一个包,对我儿子说,这是你母亲送你的。一台手提电脑。

他问我,你有手机吗?

我把手机号码告诉了他。

他给我一张名片,上面印着某某公司。他告诉我是他们董事长的名片。我猜想这个人一定是明天的新郎。他说她过一会儿会来看我们。

进了房间,放下行李。儿子打开包玩起电脑来了。我问他,你要出去转转吗?他摇摇头。我离开房间的时候对他说,你母亲来了打我的手机,你不要走远。他没有抬头地嗯了一声。

在去浦东的出租车上,我的手机响了。她对我说,她已经在宾馆了,和儿子在一起。她说,你在什么地方?

我站在金贸大厦的顶楼,朝远处望了望。然后往回赶。

这个城市很干净,很多人的皮肤很白。

她送给了儿子一台手提电脑。明天她的婚礼我送她些什么?

这里好像什么都有。

一套美丽的衣服?还是一朵鲜花?

我赶回宾馆的时候,他们已不在房间里。服务员打开房门,我看见桌子上有一张纸条。上面写着:我晚上有急事,不等你了。儿子和我一起走了。晚饭你自己解决吧,二楼有餐厅。如果有事可以打我的手机。纸条下面写着她的名字和手机号码。

现在还早,离吃晚饭还有一段时间。

我有点累了,不想再往外跑。我有点格格不入,和这个城市。靠在床头,打开电视,看了一会儿,也不知道放了些什么。

我站在窗前,朝楼下望去。

许多人在马路上走着,陌生的遥远的面孔。也许有的人和我一样,刚刚进入这个城市,说不定他们也是去参加一个婚礼,一个朋友或者是亲人或者是曾经可以称作亲人的人的婚礼。我很想知道他们正在想什么。

我想,也许我不该来。

或许我对她还有一些依恋?我和她办离婚手续的那一段时

间，我像是被什么东西牵着，人有点恍恍惚惚。很多情景我已经记不清楚了。有一段时间，我感觉她只是和我短暂地离别，就像她出差一样，某一个时刻她又会回到我的身边。在外奔波这几年，我总是怀疑自己是否是离乡背井，而她和儿子在家里面像亲人一样等着我回去。

或许是我想见见那个马上要成为她丈夫的男人？一个对我来说陌生的男人搂着她，在大庭广众之下成为她的丈夫，对她做出一些亲昵的动作，她会是什么样子呢？

一个男人必须面对他应该面对的东西。这句话是我那天和儿子从商场回来时在路上想到的。我想他还不能明白。

我重新躺回到床上。

我渐渐地进入梦乡。猛然醒来，发现天已经黑了。再看看手表，已经七点多了。在外行走的人，容易感觉到疲倦。我拿出手机看看，没有她打来的电话。儿子现在和她在一起，不知道会说些什么？

经过昏暗的过道，一直下到底楼。看到大堂里明朗刺眼的灯光，眼睛里有一种灰涩的感觉。

我在宾馆附近的大街上漫无目的地走着。

这里离市中心远了点，道路两旁是一些新建的高大的建筑。路灯明亮，但行人少了些。我想明天的婚礼上，我应该送她点什么呢？走进商厦，我望着售货员热情的面孔，我担心一旦我张开口说起话来，她们马上会察觉我是一个外乡人。我有点歉疚地从她们的目光中离开。进了一家快餐店，我指着价目表用普通话说，来一碗面条。我不知道我的发音是否标准。

我去过很多城市,第一次有种担心被人拒绝的念头。

我很快地回到房间。这个时候,人们应该在外面欢笑玩乐,和自己的朋友或者亲人在一起,今天是周末。我洗完澡,躺在床上,等她的电话或者儿子回来的脚步声。我想起她送给儿子的手提电脑。在房间里找了找,没有找到,看来他把它带在了身边。这时候,电话响了。

她说,我们正在外面吃夜宵,你要过来吗?我感觉她的边上有许多人在说话,问,就你们两人吗?她说,不是,还有一些朋友。

我说算了,我已经上床睡觉了。

我听见她的笑声。她说,儿子今晚不回去了,他住在我那里。明天的婚礼会有人去接你的。

她说,你等一等。我听见她在那边喊着儿子的乳名。

我拿着手机等着。一会儿,听见她的声音,她说,儿子不想和你说话。

你放心吧,她说,儿子和我在一起。

我说那就算了。我在想我还要说点什么,那边电话挂了。

我躺在床上,很久没有睡着,也许刚才睡多了一点。我把房间的灯关了,但窗外驶过的汽车的灯光让房间里忽明忽暗起来,我睁着眼睛,屋里很安静。

五年前,我和她去法院办理离婚手续的前一天晚上,我们总算安静地坐下来,我们需要好好地谈一谈。所有的愤怒、咒骂、恳求和忧伤都暂时放在了一边。我们累了。儿子已经回他的房间睡觉去了。我和她谈到离婚后家庭财产的分配问题,还有儿子。她要拿走我们存折上仅有的几万元钱,而把家中现有的一切都留给我——房子、家具和电器还有抹布、扫帚等。说这些的时候,她的脸色很平静,好像事先都想好了。我们最后谈到儿子。谁知道这个孩子是不是躲在他房间的门后面听我们谈话呢。儿子,我……她有点犹豫,然后沉默不语,脸色有了点变化。在此之前,她在我面前表现得很坚强,有点义无反顾的味道,倒是我有时显得很忧伤和烦恼。我们都低着头,彼此不看对方。最后,我说,儿子还是留给我吧,我母亲如果见不到她的孙子,会很伤心的……她身体一直不好。

过了很长时间,她才默默地点了点头。

我昨晚在梦中看见我的儿子,样子有点模糊,忽大忽小,但人一直是沉默的。

在梦中,我和他不知去了什么地方。

早晨醒来,就这样靠在床头,胡思乱想。

外面的天气不错。

后来听见有人敲门,从床上爬起来开门。门打开了,我的面前站着一个很漂亮的女孩。

一个二十出头的女孩,在我看来。穿着一条黑色的牛仔裤,身材很苗条。

您是吴鸣先生吗?她问。她把双手并拢垂放在身前,上身朝前微微欠了一点,说,我叫辛梅,公司让我来陪你到市里转转。

我的前妻想得很周到。她担心我一个人待着。我在孤独、寂寞的时候,会想到如今儿子在她的身边。

她说,我是公司负责公关礼仪的。她拿出一张名片双手递到我的手上。

我侧着身让她进屋。

我从盥洗间出来,她坐在沙发上等我。她说,您需要去哪里走走吗?

我想了想,说,去新华书店吧。我总不能和一个陌生的女孩在一间屋里待上一整天吧。

我们进了一家全市最大的新华书店,很快地从里面出来。然后她又带我去了几家。有一两家在偏僻、幽静的巷子里,我一个人是找不到的。但我一本书也没买。她站在我的身边,看着我翻书,不多说一句话。她始终面带笑容。

她训练有素,我想,从某种意义上说,她要比我妻子年轻、漂亮。

上出租车的时候,她总是坐在前排。我要付钱,她说,公司可以报销的。我看她问司机要发票,就不再坚持。到了中午,她说,我们去吃饭吧。

她一直说着普通话,很标准的。声音很好听。我们进了一家很小但布置雅致的餐馆,她说,您吃西餐吗?

好吧,我说。

我一直小心地模仿她的动作。左手、右手……是的,我把这些礼仪给忘掉了。有好几年,我没有进西餐店了。

她吃得很少,我也一样。

她是一个气质很不错的女孩。一个男孩要想追求她,大概要花一点精力。我想。

然后我们上了楼。楼上是茶座。她要了两瓶啤酒。您还要点咖啡吗？一个女服务员站在我身边问。

我摆摆手。

我要喝一点酒。喝了一点酒我能多说点什么。我举起酒杯，说，谢谢你。

她一定知道我现在的身份，她应该知道。她好像在避免这样的话题。她举起了酒杯。她的话多了一点。她告诉我她是北方人，上完大学后留在了上海。我已经在公司四年了，她说。她比我估计的年龄要大一点。

您的儿子很英俊，她说，昨晚我们在一起。有一刻我们陷入了沉默。

关于我的妻子，她能说点什么吗。

您的前妻，她说。她的脸上微微起了点红晕。是我们公司最漂亮的，我们公司很多女孩私下都在研究她的穿着。

她还是我妻子的时候，我们每月一半的开销都花在她的衣服和化妆品上了。

她的气质很高贵，她说。她的目光中流露出羡慕的神色。

到了下午三点多，我们下楼出来。她把我送回宾馆。您在房间里等我吧，她说，我过一会儿来接你。过了一个多小时，我听见她敲门。

她换了一套衣服。一套颜色较浅的晚礼服。

我也换上一套西服。

我看见她和刚才不一样的笑容。我们一起朝外走的时候，我对她说，我是否应该送一点什么礼物给她？

这个么——她好像在想，微笑依然留在脸上。后来，她说，我陪你去买一束鲜花吧。

我觉得我有点喝多了。人们在我的眼前晃动。这个女孩一直坐在我的身边。我们在边上的一张桌子上，一杯接着一杯。婚礼开始了。我的妻子和她的新郎，两个高兴的人儿，在我的前方，和我有一种遥远的距离。起先是红酒，慢慢地换成了白酒。

有时候我的目光会朝前面望去。我的儿子坐在他母亲的身边。他穿着我给他买的西服。他的目光一直跟随着他做新娘的母亲，但是他还是一声不吭。

他应该喝一点酒。我想。

刚才我在门前把鲜花递到她的手上。她说，谢谢。她的丈夫正在边上和别人说话。她有点光艳照人。我们结婚的时候，她也是这样。她没有去喊她的丈夫。有的时候，她知道我在想什么。

我看见一个五十多岁的男人，身材很瘦小。他穿着一套燕尾服。他就是我的继承者。

我应该和他喝一杯吗？

他们在音乐的伴奏下从幕后走出来。音乐的节奏很舒缓。她挽着他的手臂。我听见旁边有人小声说，她好像很年轻啊。我看见她抿着嘴，脸上有一种少女的羞涩。他平时一定是个严厉的家伙，我看得出来。笑容硬硬地贴在他的脸上。

我感觉她在朝前望的时候，目光在回避什么。

他们站在高高的台子上，朝我们举起酒杯。

干杯吧！

我身边的这个女孩很能喝。她朝我敬酒，但不说什么。从一开始，她就小心谨慎地看着我。我很希望能像下午，两人面对面安安静静地聊聊家常,慢慢地举起酒杯。然后桌上所有的人都朝我敬酒。你真是好酒量,有人对我说。他们都是公司的职员。我没有看到我前妻的家人,包括我以前的丈母娘。

如果遇见他们,我们还认识吗?

我看见我的儿子回过身来,他朝四下张望。他一定是在找我。我站起来朝他挥挥手。他看见了我,脸上露出了一点笑容。

儿子,坐到我身边来好吗?我想。

我跟着大家一起站起来。新娘和新郎来到我们的身边。我听见她对他说,这就是吴鸣。他朝我看了一眼,酒杯轻轻地碰了一下。然后和他的手下一一碰杯。他把酒杯高高地举在头上,目光望着别人。她轻轻地碰了我的手臂,说,你不要多喝了,你好像醉了。

我听见她对女孩小声说,你照顾好他,不要让他再喝了。

他们朝另一桌走去。

我把杯中的酒一饮而尽。

我对女孩说,我没事的,我能喝。

我在桌子上找酒瓶。我要去和儿子干一杯。

我终于找到了酒瓶,我朝酒杯里倒着,有许多漫出来淌到了桌子上。我端起酒杯,我要站起来。酒从杯子里洒了出来。她站起来拦住我,一只手伸过来扶着我。我说,我要和儿子干一杯。她说,你别动,我去喊他。

我扶着桌子站着,望着她朝我儿子走去。我有点晃动。

儿子来到我的身边。我倒在地上。

我还睁着眼睛。我看见许多人蹲在我的旁边。我听见我的前妻的声音。她说,你带他回宾馆吧,天天,你扶着你的爸爸……

有人把我从地上拉起来。

儿子和那女孩一边一个扶着我朝外走。

我在门前吐了很多。但我清醒了一点。外面有一点风。我对儿子说，你老爸没有喝多……我还能喝。她搀着我上了一辆轿车。儿子站在车外。我看见他望着我，一句话也没说。

我把手举起来，想朝他挥手。

他是第一次看见我喝醉。

然后我靠在她的肩上。车子朝宾馆方向驶去。我努力地想让自己坐好，我听见她说，没关系，你靠着吧。

我儿子呢？我问她。

你喝得太多了，她轻声说，我知道你很伤心。

我和她结婚的时候，都还很年轻。她在我耳边说，你今天像一个孩子。那一天我很快乐，我听见了我的朋友们在夸赞她的美丽。她穿着白色的婚纱，在我眼里像一个从天而降的天使。我喝得多了一点，她也一样。我把闹新房的朋友送走以后，回到屋里，看见她趴在桌子上。我把她抱起来，她在我怀里突然睁开眼睛。她笑着说，你要发个誓，说你永远对我好，否则你今晚别想动我。

你要跪下来求我，她说。她笑得仰倒在身后的床上。

我醒来的时候，已是第二天早晨了。我睁开眼睛看见女孩坐在沙发上，她正望着我。她仍然面带笑容。她说，你醒了。她站起来倒了一杯水递到我的手上。

我喝多了，我说，对不起，给你添麻烦了。

她摇摇头，笑笑。

她告诉我她昨晚就住在旁边的房间。

我对她说,你回去吧,我已经没事了。

她说,你前妻让我把你送上火车。她让你给她打电话。

我从镜子里看见自己脸色很难看。头还有点疼痛。夜色下,人们总是难免会犯一点错误的,好歹一觉睡过来,天已经亮了。

她把我的外衣递到我的手上,我摸到手机,打通了前妻的电话。

她说,你终于醒了,你昨晚喝得太多了,你让我……

我打断她,我说,儿子呢,我和他要回去了。

她又说了几句,然后停顿了一下。她说,你和儿子说吧。

我想也许我这辈子不会再见到她了。她已经是别人的妻子。也许她会来看望儿子的。南京离上海不远,但我不会再来了。

这个女孩坐在沙发上,眼望着窗外。刚才我从她的目光中,隐约地看见一丝倦怠的神色。

我听见儿子的声音。他一直在她的身边。他说,爸爸……

我说,你赶紧过来,我们要回去了,今天已经是周一了,你要上课。

那个女孩回过头来,望着我。

儿子好像在犹豫,过了很久,我听见他说,爸爸,我决定留在上海。

他的声音低了下去,但我听清楚了,他要留在上海。

我说,儿子你……

我不知道接着说什么好。

那边没有他的声音,过一会儿,又是他母亲的声音。

她说，是儿子自己的决定……她还没有说完，我把电话断了。

我朝手机望了望，然后把它放进口袋里。

我抬头朝她笑笑。

也许我该去找他们和我的儿子，做一点最后的努力。像在河中抓住一根稻草。但我没有。我身边的这个女孩一直在注视我的表情。也许希望能看到我的愤怒，或者脸上的一滴眼泪吧。

有一会儿我愣在那里。

然后我在她的注视下收拾行李。我说，我们走吧，去火车站。

很快地到了火车站。人们在我们的身边挤来挤去。在站台上，我握住她的手。我说，再见吧。

我说，你结婚的时候，我会再到上海来的。我想我会再来的，这里有我的儿子。

她又笑了起来。笑容灿烂。

我朝她挥手，上了火车。我看见车窗外有许多美丽的面孔。

她马上就消失了。

我的儿子，他应该说一声，对不起，爸爸。但他没有说。火车让我离开了上海，离他越来越遥远了。其实我早该想到会有这样的结果的。

我把儿子作为她结婚的礼物送给了她。我的前妻，一个美丽的女人，她好像很幸福。

教堂的歌女

谁能用一句话概括她的美丽？让她的樱桃小口一张一合，唱出世上最动听最悦耳的歌曲。赞美上帝？或是叙述人生悠扬短暂而柔媚的生活。

我和她认识是许多年以前的事了，换一句话说，我们认识的时候都很年轻。她漂亮有着使人激动的外表，多年以来，她靠这种天生丽质在众多男人身边摇晃而且仿佛青春永驻。我和她有过一段短暂的恋情，但这并没有妨碍我对幸福的追求，相反使我更懂得生活。我对她的回忆只限于梦境之中零星的片断以及友人之间的谈话。有时我也会对我的妻子谈起她——你还能记得一个叫马婧的女孩吗？我的妻子并没有亲眼见过她，只是看过她给我的信。一个小妖精，我的妻子边看信边笑着说。我说，我好像看见她和一个男人挽着肩膀在马路上走，是另一个男人⋯⋯我也不知道她和多少个男人曾经亲热地走在大街上，过去我们一起行走的时候，两人之间有一道很明显的空隙。我的妻子对我和她的事并不在意，仿佛那是秋天的树叶一不小心落在我的头上。

有时我真想找马婧谈谈，这并不是旧情复燃，而是表示我对她关心——毕竟我曾经真心地爱过她。作为一个成熟的男人，我想劝她珍惜自己的青春，她快三十岁啦。我也不愿意我曾经爱过的女孩遭人轻视，我的朋友在我的家中夸赞我妻子贤惠的同时也会提到她，他们说我当时幸亏没和她恋爱成功，否则……

我在教堂里看见她，一个朋友对我说。

在这个城市的任何角落都可能见到她的身影，这并不奇怪，她天生就是一个无法安静的女人。我们当时恋爱失败的原因之一就是她好动并且想象丰富，而我则紧张地坐在她面前一动不动，满面通红。对于一个初恋的男孩来说，身边突然来了一个如此美丽的女孩，他只能处在恍惚的情感之中。现在，有些礼拜天，我也会到那座城里唯一的教堂里去。教堂对面是一家书店，我会带着买来的书慢悠悠地走进教堂的大院。我那本牛津版的《新旧约全书》就在大院里买的。我每次去总是希望能买到一些精致的宗教书籍。现在信教的人越来越多，众多的老人只能站在教堂外聆听主的教诲。我挤过谦让的人群，来到教堂里，很少能看到一张美丽姑娘家的脸庞。

她在教堂的唱诗班里。那个朋友对我说。

我很少在教堂里待满整个礼拜的全过程，但是每当众立同唱赞美诗的时候，我也会在这种神圣而庄严的气氛中肃穆而视。我曾经小声地对我妻子说过，在这种时刻，人的灵魂会变得纯洁无瑕，所有的凡尘俗事都会随歌声飞到遥远的国度。我知道马婧有着一副悦耳的歌喉，我们当初在一起时，她会随心所欲地在我面前哼唱一些时下最流行的歌曲，什么《外婆的澎湖湾》《酒干倘买无》等。她现在喜欢唱什么歌我可不清楚。我也有一个不错的嗓子，只是当时她让我唱歌的时候，我不知道因为紧张还是其他原因，不是唱错了词就是起错了调子……事情后来逐渐有了好转，我和我的妻子来到卡拉OK厅，我会当着许多人的面大声地说，我把这首歌献给某某小姐，一曲歌罢，在众人的掌声中，我翩然地走下歌台来到妻子的身边，会看到妻子深情地望着我。我的歌声打动了她的心，就像当初马婧的歌声让我心神荡漾一般。

时间过得越来越快。

比如说一位朋友突然变成了暴发户，比如说一个很不起眼的姑娘突然嫁了一个老外远走他乡，比如说一个多年不见的旧人突然登门开口就问你借钱……比如有一天有人对我说马婧结婚了，我有什么感觉呢？如果那天天气不错，我会独自一人在家门口的马路上转上一圈，转完后，回到家中鼓足所有的感情对妻子说，我爱你。我的妻子会反问我，你今天怎么啦？

天气不错。

有一天晚上，我正在书房里看书，听见妻子在客厅里喊我——是我的电话。妻子把话筒递给我时说，是一个女的。那个女子在电话里用又大又尖的声音问我，你还能听出来我是谁吗？这时，我的妻子就站在我的身边。我一开始就听出她是谁，于是我说你是马婧，然后就听见她对着话筒哈哈大笑起来。她说没想到隔了这么多年你还能记得我的声音……我的妻子从我身边离开。她笑了半天才停下来对我说，她有一件事让我帮忙。我说，你说吧，什么事情？忽然电话里一片寂静，过了很久，又听见她的笑声。她说你现在还是那么严肃，你老婆一定在你身边。她不在，我说。

她好像又在沉思,突然说,算了,下次再和你通话。说完啪地把电话挂上了。我拿着话筒愣了很久。她还是过去的习惯,我心想。

妻子走进来对我说,你刚才说话的声音好像在发抖。

我应该为此事而生气,当然不是对我的妻子。马婧她还把我当成多年以前对她一往情深的男孩子。把你的感情吊起来,又把你丢在一边,这是她惯用的手段。我现在已有了一个幸福的家庭,我的妻子贤惠而美丽,我没有必要为过去的感情而流泪。再说我当初和她分手的时候,我就暗暗地发誓再也不会见她。你能设想,当初一个痴情的男孩被他所爱的人一次次戏弄的感觉。

妈的,这种女人。我在妻子面前骂了一句。我不知道妻子会不会满足。她没有问我我和她通话说了些什么。我心里反而不舒服,像饭团堵在嗓子里一样。

这几天人呆坐的时间长了一些,手里不知不觉地夹着一支烟,烟雾弥漫在家中。妻子经过我身边,好心地劝我,烟还是少抽一点为好。恍然大悟起来,于是朝她尴尬地笑笑。我的妻子美丽而贤惠,她像屋里盛开的水仙花,对于任何事情都有女人少有的气度。星期天,我从梦中醒来,坐在床头看着她低头扫地,我说,我今天要去书店逛逛。是教堂附近的那家书店吗?她轻声问。我说是的。于是她没有再问,仍低头扫地。我穿好衣服起来,站在门口灿烂的阳光下伸伸膀子抬抬腿,几天来心中的阴影一散而尽了。管他马婧不马婧的,她和我已经不是一类人啦,我心里想。我回到屋里,用双手把妻子弓着的身体猛然抱在怀中,我对她说,我们一起上街好吗?我看见她微笑的脸庞上扫去了一丝忧郁的神情。

我们又像新婚一样高高兴兴地在路上走,太阳温暖而亲切,五颜六色的光芒在我的眼前晃动，我们身上那些美好的品质使我们之间更加敬爱对方。我陪着她走进一家家服装店，用手和目光抚摸那一件件质地柔软的衣服，妻子脸上的红晕使我觉得所有的衣服穿在她身上都会让她变得更加美丽。我们来到书店。等到我们双手都被书和衣服占满，站在书店的门口，遥望马路对面教堂的尖顶，听到从那里传来的风琴伴奏的歌声……我对她说，我们回家吧。

不进教堂了？她望着我的脸问。

不去了，我说，我们手上的东西太多了。

我以为这件事就这样过去了，就像我在黑夜里做过的梦一样。白天，我们必须面对太阳。我认为马婧给我打电话，只是她一时无聊开开心而已。以前我们刚分手的时候，她也会给我打来电话，故意在电话中安慰我几句，直到我在电话中冲她发火，她才作罢。她就是这样一种人，不知道什么时候她才会忧伤，才能安安静静地思考一下自己的生活态度。这也不能完全怪她，她的母亲在她刚出世的时候就死去了，她和父亲、哥哥生活在一起，没有得到过温柔母性的熏陶。有的时候，我觉得，她就像一个男人一样无拘无束。

她给我打来第二次电话时已经一个星期过去了，那天正好我不在家，是我妻子接的。等我回到家中，天已经快黑了，我看见妻子坐在黑暗中，面前的餐桌上放着冒着热气的饭菜。我把灯打开，问她，为什么不开灯呢？她说，我有点累。吃饭的时候，她喝完一碗汤，就一直用目光注视着我。我关心地问她为什么就吃这点。她说，我没有胃口。我放下碗筷，来到她的身后，双手抱住她的头，我说,你辛苦了。她坐在凳子上仰头望着我,那种目光中多少有点不同往日的地方。她说,马婧去你单位找过你吗?我说,没有啊,我松开她回到自己的座位。她回避我直射过来的目光,接着说,她下午又打电话来找你。说完,从口袋里拿出一张纸条递到我面前,这是她的电话号码,她让你打给她。

她说有重要的事找你。

什么事?

她没说,我问她几遍她也不肯说。

她说完,就从凳子边站起来收拾桌子。我把那张纸条拿在手里,上面写着马婧的拷机号码。电话就在我身边不远处的地方。我看着妻子端着碟子往厨房走,我对着她的背影大声地说,我不会打电话给她的,她要真的有事,她会打过来的。

她回头,说,你还是打个电话问问吧。

我把那张纸条扔在茶几上,我没有去碰电话。晚上看电视,我和妻子的目光尽量不朝电话机望去。临上床睡觉的时候,她说,你还是打个电话问问吧。这句话让我在床上很久没睡着,又必须小心翼翼地保持一种姿势仰着。第二天早上,阳光还没有完全照进屋子,我们就被一阵急促的电话铃声吵醒了。妻子睁开布满血丝的眼睛,说,一定是那马婧打来的。

电话铃一直在另一间屋里响着。

我第一次遇见马婧的时候,她才二十岁出头,留着一头披肩的长发。有一天晚上,天空下着小雨,我的一个大学女同学把她带进我的屋子。她们两人全身都被雨水淋湿了,从她的长发上不断滚落的雨珠流在她小巧的脸蛋上就像泪水一样。我们初次见面,她一声不吭,目光忧郁地盯着地上。我的女同学是一个热心肠的人,她忙着在我们之间作介绍,然后说她的女伴刚刚和她的男朋友分手了。她说,我在咖啡馆里劝了她一个晚上都不行,你帮我劝劝她吧。这时,马婧才抬起头来看看我,然后又低下头去。我被眼前这位姑娘楚楚动人的神态打动了,一时间我那滔滔不绝的才华不知道飞到哪里去了。面对她,我能说些什么呢?说老实话,我是不想让我的同学对我失望的。她们只在我屋里静坐了一会儿,我的同学主动提出来说,我们还是走吧。我和马婧的目光对视了一下,然后她们就冒着雨走了……没想到,第三天的晚上,马婧一个人站在我的门前,她的长发被风吹得飘在脑后,她略带微笑地望着我。

我起床拿起话筒,马上听见马婧急促的声音。她说,我以为你不在家,你在家为什么不马上接电话?你昨天为什么不给我打拷机?你老婆没跟你说,还是你不敢给我打电话?!……她一口气说了好几分钟,我一直沉默不语,只是把话筒拿得离耳朵远一点,好像是在防止她的唾沫星飞到我的脸上。

你为什么不说话?她又问我。

我在思考她和我现在究竟还存在何种关系,我的情人?我的密友?还是我的母亲?现在我的妻子也穿好了衣服,她靠在门边上注视着我。

你有什么事?你说吧。我终于开了口。这是我酝酿了很久才找到的一种姿态,冷静而又直来直去。

你能出来一趟吗?

有事就在电话里说。

吴鸣,她在电话里高声直呼我的名字,我听出其中亲切而伤感气愤的意味。你现在变得这么傲气?我请你帮点忙你都不愿意?……这么多年过去了,你还对我耿耿于怀?……我知道她接着说下去一定会哭出来,或者啪地把电话挂断。

在什么地方见面?你说吧。

我性格中温柔的一面使我无法拒绝她的要求,她和我相处多年,始终抓住了我这个弱点。这对于我的妻子……我坦然地挂上电话的同时,我也朝她看了一眼。我懂得我不必要对她多解释什么,我想她亲眼目睹了我所面对的局面以及我的态度。有些事情越解释越会产生一些负面的效果,于是我只是对她说我下午要和马婧见一面她有一些很重要的事情需要我帮忙。我朝她笑着说,但不知道这种微笑是否能达到让她放心的效果。

下午,我去了我们约定见面的地点。那是一家咖啡馆,有着很长的历史。我还能记得多年以前,就在这家咖啡馆里,马婧和我面对面地坐着,她把我写给她的情书递给我,她一脸灰色地说,你的情书并不感人。那种场合下我应该当场把情书撕掉的,但我没有,我一激动回家以后又接二连三地给她寄去新写的情书,我在屋里为自己动人的语句差点掉下了眼泪。纵情忘形的人啊。可是她对此却无动于衷,有的时候照样对我冷若冰霜。男人不坏,女人不爱。我们分手以后,她说的这句话由别人的嘴传到我的耳里,我就在想,是否当初她在我屋里的时候,我把她按倒在床上,脱光她的衣服,她就会爱上我?可是她又不是我们经常在马路上或在阴暗的酒吧间里见到的那种女孩。她有一副美丽的外表,但并不妖媚。她受过良好的教育,如今还在一所小学里担任英语教师。她喜欢读一些充满诗情画意的小说,甚至为她失去的爱情在我面前流下忧伤的眼泪……哎呀,说什么我也比现在和她在马路上勾肩搭背的男人要强得多啊,我真搞不懂她那美丽的小脑瓜里想的是什么。

我坐在咖啡馆里一杯接着一杯地喝着咖啡,打量着从门口进来的人。多少年了,我们住在同一座城市里却没有见过一次面,马上见面了,我该怎样说第一句话呢?我看见她,要不要马上从座位上站起来?我该用什么样的目光看着她?或者,我干脆一动不动地坐在座位上,等她来和我打招呼?这么多年了,我应该具备面对女孩的那种自信和随机应变的能力了。她来了会和我说些什么呢?说她要结婚了?她结婚凭什么这样急急忙忙地找我?故意气我?她好像还没歹毒到这个地步,再说也不可能,一点风吹草动的迹象都没有。真要是告诉我她要结婚了,说明她心中还有我这个人,否则她不对张三不对李四去说,偏偏找我?旧情难忘藕断丝连,说不定就会毁掉一个人一生的幸福啊……她去教堂又在找什么感觉呢?

我坐在咖啡馆里一杯接一杯地喝着咖啡。

然后我就回家了,天已经黑了。我进门以后一句话也没说,径直走到黑洞洞的卧室里,躺下。我仰望着天花板,仿佛看见屋顶外天空中闪烁而耀眼的流星。妻子跟着走了进来,顺手打开灯。不要开灯,我说。她关上灯,坐在床边,问,你怎么啦?我怎能让她看见我眼里的泪水呢?黑暗中,我被泪水擦亮的眼睛望着眼前的妻子,忽然之间觉得我就像一个被遗弃的孩子需要母亲的爱抚。我猛地把她拉倒在我的身上,她说,你还没有吃饭呢。我用双臂把她紧紧地抱在怀中,她于是静静地趴在我身上一动不动……我怎么会哭呢,当初她一次又一次的失约我都没哭……我一件一件地脱去她的衣服……我怎么会哭呢,她把我的情书还给我我都没哭……她一件一件地脱去我的衣服……我怎样会哭呢,她在我的朋友面前戏弄我我都没哭……她吻到我脸上的泪水她说你哭了……我怎么会哭呢,她和我分手的时候我都没哭……我哭了,眼泪一大把一大把地淌到她的身上,流遍了妻子的全身,我一点一点把我炽热的感情陷入颤动的肉体之中……

后来,我把灯打开,从床上坐起来,妻子温柔地靠在我的肚子上,她的脸上泛着一道道红晕。我拿起放在床头柜上的《圣经》,翻到"诗篇"一章,我高声地朗读就像神父一样:我所赞美的神啊,求你不要闭口不言;因为恶人的嘴和诡诈人的口,已经张开攻击我,他们用撒谎的舌头对我说话。他们围绕着我,说怨恨的话,又无故地攻打我。他们与我为敌以报我爱,但我专心祈祷。他们向我以恶报善,以恨报爱。愿你派一个恶人辖制他,派一个对头站在他右边。他受审判的时候,愿他出来担当罪名,愿他的祈祷反成为罪……我受他们的羞辱,他们看见我便摇头。耶和华我的神啊,求你帮助我,照你的慈爱拯救我……

你真的这么恨她吗?妻子忽然小声地问我。

以后的天气突然变得潮湿起来,连屋里不通风的墙壁上也生出了许多霉斑。我闲暇的时日注视着雨水在地上打着卷,一洼一洼的,我很奇怪,在这种天气,我的心里却没有多少愁思伤情,连多余的想象力都没有。妻子老是抱怨这种鬼天气洗完的衣服总是干不了,她拿着干抹布一遍遍擦着反潮的地和墙壁。我们住在老式楼房的底层,没有晾台,所以客厅里挂满了一件件不干不湿的内衣。她一次又一次地用手去摸,然后又一遍又一遍地叹气:唉,还没干。她不止一回地提到她的外衣已经穿了好多天了,又把挂在衣橱里的拿出来检查有没有生霉。到了换季的时候,往往是女人最开心的日子,谁都想穿上一件新衣在马路上走几圈。可是天不遂人愿。我有时想劝劝她可又不知如何表达,结婚以后,我对她穿什么衣服好像有点无所谓了。她过去也不是一个完全讲究穿着的人,可事到如今,她的身体动不动就在镜子前晃悠,早晨起来的第一个动作就是打开门看看天气。有天晚上在床上,她突然对我说,吴鸣,你还从来没有给我写过情书吧。这话把我说得愣住了。自从我和马婧的恋爱结束以后,我对给女孩写情书的表现形式就感到厌倦了。我认为那是年轻好激动才干的事,我甚至深深地懂得给一个女孩子写情书是一个男人懦弱缺乏勇气的表现,有什么不能当面说出口的呢?她接着说,我今天在家看了你给马婧写的情书,写得好感人啊。她说这话的时候一脸委屈不平的样子。我不得不跟她解释,说到最后连我也觉得有点对不起她,她和我结婚可是初恋一锤子买卖啊。于是我便从床上爬起来,坐到书桌前,面对一张白纸搜肠刮肚,可就是一点文思都没有。后来总算在白纸上写了两行字,那还是我过去写过扔掉的诗句改编的:让没有爱情的人都成为我的敌人吧／我的爱情已是收获的季节。我把它拿给她看,她皱皱眉头,说,就这么短。

　　我不知道那天她在床上翻来覆去脑子里想些什么,我到最后只能用"等到天晴我们上街给你买件新衣服吧"来打发她。我躺在她的身边,被她搅得一夜没睡好,我知道这都是那个马婧小姐的过错。等到第二天，紧接着一个星期我们都没见到太阳，买衣服的事也只能作罢。我的老婆也不是一个斤斤计较的人。有一天，天还是老样子，我中午下班回来，一眼就看见她站在门口，穿着一件单薄的刚从衣橱里取出来的"新"衣，嘴上涂着重重的口红。她微笑地望着满面狐疑的我，也不等我问她她就说，今天是我的生日，你没忘吧。我满心羞愧地走进屋，看见桌子上摆着一个大蛋糕，桌子边上靠着那把放在橱顶上许久如今被她擦得干干净净的吉他。狼心狗肺失德忘义的吴鸣啊，你和她结婚才两年啊。于是我忍不住地把她抱在怀里亲嘴，搂着她在原地打转转。过了很久，她气喘吁吁地对我说，你今天唱歌给我听。

　　说老实话，我能和她结婚有一小半要归功于我的嗓子。我曾经在区职工演唱比赛中得过鼓励奖，那次我唱的歌是《三套车》。我专门为她演唱的第一首歌是《请跟我来》。那一次我发挥极佳，把她听得一脸深情，满面红光，又不好意思直接夸我，晕晕乎乎被我趁机抱住亲了一口。等到第二次我再为她演唱《红梅花儿开》的时候，我从她的眼神里看出她已决定以身相许了。其实这些歌我都在马婧面前唱过，她也跟着一起唱，不像我妻子只是静静地听，唱得后来她的嗓门比我还大（当然还是很动听的），喧宾夺主，唱完后还要指出我的不是，把我满腔激情搞得一塌糊涂。

　　我一点没有犹豫地把吉他抱在怀里，拨了两下弦，调好音。我的妻子像以往一样双手托着下巴一脸严肃地望着我，仿佛这是一次重大的交响音乐会。我刚一张口马上又停住了，我问她，你想听什么歌呢？

　　过去你唱过的，你今天多唱几首。她说。

我沉思了一会儿,对她说,你把我抄的歌本找出来。

我没说我有许多歌的词曲已经忘记了,她会伤心的。我已经暗暗地下定决心,我一定要发挥我最大的能力,决不能让她失望……我翻着她给我拿来的歌本,翻到最后面一页,我说我唱一首崔健的《花房姑娘》吧。她嘴里嘀咕着说,崔健的歌我不喜欢听,我想听……但她也没坚持。于是我便唱了起来。亲爱的,你怎能知道,我之所以唱崔健的歌,是因为我和马婧谈恋爱的时候,崔健还没开始唱歌呢。我怎能在今天这样的日子缅怀旧情呢?

我独自走过你身旁,并没有话儿对你讲/我不敢抬头看着你的,噢……脸庞/你问我要去向何方,我指着大海的方向/你的惊奇像给我,噢……

我的嘴就这样一直张着,嗓子里却像被一块石头堵住了……那美妙的感觉在遥远的地方等着我。她瞧着我一副窘迫的样子说,你还是换一首歌唱吧。

也许很久没有唱歌了,我说,找不到过去的感觉了。

她把歌本拿在手里,一页一页地朝前翻。我把吉他重新靠在桌边,站起身,走到门边,瞧着屋外。我听见她在我身后一首一首地报着歌名,好像在等我重新回到桌边拿起吉他。要不然,你就唱卡拉OK吧。我听见她说。

屋外的天黑得就像抹着锅灰一样。小雨滴滴答答地打着地面。

屋里的电话响了。我回头望着它,她朝它走过去,拿起来问了一句,然后对我说,是你的。当是我第一个反应就是会不会又是马婧打来的。我在她脸上看不到答案。我拿起话筒听见一个陌生的声音问我,你是吴鸣吧。

是的,请问你是谁。

我是王倩啊,你听不出来啦?

我很快地……当然能记得她。在我认识马婧之前我们之间便有了一种说不清楚的关系。她长得并不漂亮,我能记得在她的脸上有许多青春痘。她是一个喜欢笑着说话的女孩,年龄比我大两岁。因为马婧的缘故,我和她渐渐疏远了。我还能记得她在一家妇产医院当护士。

是你啊,你好,你怎么知道我的电话号码的?

是马婧给我的,她说,马婧的事你知道吗?

马婧?但我没有吱声,听她接着说,上个星期,马婧来找我,说是你让她来的,她怀孕了……我帮她找了医生做了手术,并安排她在医院里住了一天。

这件事你知道吗?

我……知道。我说。

妻子仍然坐在桌边,漫不经心地翻着歌本,她不时地用眼光扫一下我。我想,马婧怎么会认识王倩呢?也许那时在我家里见过面吧。

那孩子不是你的吧?她的笑声一阵一阵地传了过来。我能清楚地记得她过去咧开大嘴时的神情。

不是的,我说。

那你该结婚了吧?

是的,快两三年了。

不知道是电话突然坏了还是被有意挂了,她的声音从电话里消失了。我手里握着话筒立刻回头对妻子说,你知道马婧找我的原因吗？她眼睛一闪一闪地望着我。马婧怀孕了，她想通过我找刚才打电话的女孩，这个女孩就在妇产医院里工作。

她叫什么名字？我从没听你说过她。

她吗……我故意停顿了一会儿说，她是我的远房小姿。

你敢说，你敢说，她快速地从桌边跑到我跟前，两只手握成小拳头在我的身上轻轻地敲着。我抓住她的双手，我在她脸上看到了一种灿烂而满足的笑容。我已经记不得有多少天没看见她这种通体透明而直率的姿态了。她顺势靠在我的怀中，仰着头望着我脸说，你今天一定要老实交代，和我结婚之前，你干了多少见不得人的坏事。

接下来天就开始放晴了，阳光从天空一路照射过来，洒进我们充满温馨的屋子，它沿着大道，在教堂尖顶的上闪烁神圣的光芒，这坐落于东方城市里典型的西欧乡村式小教堂显现出超凡脱俗的宗教气氛。这年夏天，我和妻子去了海边，在海滨浴场领略阳光热情的滋润，剩下的大多的日子，我常能听见她爽朗而健康的欢笑。在她的感受中，生活就像一个个即将到来的节日一样美好而富有前景。冬天的一个晚上，妻子在大衣镜前试穿着下午才买的一件新大衣。圣诞节快到了，我们要不要去教堂？她回头问我。

去吧，我说。

好像我们都不在意马婧是否还在教堂的唱诗班里，还有什么比宽容一个姑娘的过错更显示人性的善良呢？在她的眼里，马婧成为男人危险生活的一个标尺，而我一定会从中吸取许多值得警惕的东西。我们并不忌讳谈到马婧，那种微笑式的谈话往往提醒我忘记一些不必要的回忆。

我要去看看那个马婧,她语气坚决地说。

我有许多次路过那座教堂,许多次我只在教堂外注视着它典雅精致的建筑造型。这座哥特式的建筑,在院内绿树环抱之中,在阳光的恩泽下,高耸挺拔,产生奔腾天国的气势。这种伟大的力量,对于一些女子的美来说,是必不可少的,它如同一个巨大而又合适的画框。也许正是基于这一点想法,使我不愿走进去。更主要的原因是我不知道如果我遇见了马婧,我们之间会用一种什么样的目光看待对方……她的眼神里会流露出不安?冷淡?无所谓?还是我无法预知的表情?

那天,我们遇到的场面差一点让我们进不了教堂。从下午三四点钟起,便有许许多多穿得花花绿绿的中学生聚集在教堂大院的门前等待圣诞夜的到来,还有许多谈笑风生的市民,以及几个高人一头的外国人。

他们还以为圣诞晚会和春节晚会一样热闹呢。站在教堂门口,我对妻子说。

在人群中可以看到不少像我妻子一样长相秀美的姑娘,却很少看见一些老年人,大概他们知道挤不进去。我拉着妻子的手随着人流缓缓地走进大院,在松树和墙壁上彩灯的照射下,人们像不断流动的潮水。我看见许多年轻人不时从教堂两侧七巧板图案的彩色玻璃窗上跳进跳出,教堂正门的侧廊里已站满了人,他们有些手里拿着《赞美诗》,伴着教堂里传来的音乐小声地唱着。

已经开始唱诗了,我对妻子说。

我带着她绕到侧门,费了好大劲才挤开被人用身体堵住的门。我们喘着气,脸上冒着热汗,和许多人一样,我们站在人群的后面，看到的只是不断晃动的黑发，教堂两侧的拱柱挡住了我们的视线。

我们往里面挤吧，妻子说。

好歹站在这种位置的人都是一些虔诚的教徒，他们侧着身子，用宽厚的目光注视着我们一点一点往中间挪动。我把《赞美诗》举在头顶，紧紧地拉着她的手，目光透过人缝朝圣坛望去。我听见站在圣坛上的神父高声地说，请大家安静，安静，安静……后面的话就像石头落进激动不安的大海。

我们终于站在中间甬道的后面，听见神父在说，让我们翻到七十一页，众立同唱平安夜歌，欢庆今晚主的降生。前排的人们又掀起了一阵阵喧哗，各种各样的声音从人们的嘴里发了出来，有的人依然坐在座位上……妻子靠在我的身上，她踮起脚尖朝圣坛上望去。你看见马婧了吗？她着急地问我。有人在我们的身旁小声地说，请不要说话。

对不起，我望了那人一眼，然后翻开《赞美诗》。歌声从前方到我们的四周响了起来。我的目光仅仅在书上扫过一眼便又朝前方看去。在圣坛的左边站着两排唱诗班的合唱队员，她们微微地低着头表情平静地看着坛下的情景。平安夜，圣善夜，万暗中，光华射……她们美妙的歌声今夜正在被杂乱、欢笑的声音撕毁蹂躏着。

我看见她啦，我忍不住小声地说。

妻子却严肃地看着我手中的歌本，小心地跟着身边的人轻轻地哼着。穿着洁白圣服的马婧，站在第二排，她的头比她周围的伙伴埋得更低，一头浓密的长发披在她的肩上……仅仅一瞬间，她又略微地仰起头,目光扫过坛下的人群,仿佛从她的嘴角流露出一种不经意的微笑。

好像在我耳边响起了婴儿的哭声。

在"阿门"声中,前排的人坐了下来,人群一阵松动。我用手指着马婧,妻子顺着我的手臂朝前望去。第二排第三个,你能看见吗?妻子点点头,她一句话也没说,目光死死地望着马婧。

马婧面带微笑地注视着眼前的人们。

我的眼不停地来回看着,从马婧的脸到妻子的脸……妻子的手用力地抓住我的肩膀,我有一种疼痛的感觉。我似乎觉得马婧的目光朝我们这里望来,似乎在她的脸上有着起伏连绵的皱纹。

最后我的目光停在马婧的脸上。

我们走吧,过了很久,妻子摇了摇我的身体说。脚步也站平稳了。

我又朝那里望了一眼。我们无法朝外走,不断挤进的人们正拼命地朝里走。有人高声地对我们说,挤什么挤,赶死啊……后来,我和妻子挤到墙角从旁边的窗户里跳了出去。

我都要喘不过气来了,妻子说。她紧紧地拉住我的膀子。

身后教堂里的歌声又响了起来……

在教堂大院的门口,依然聚集着许多人,他们已经被紧闭的大铁门挡住了。我们出来的时候,有人问我,有没有开始发圣诞礼物呢?我朝着他们笑了。

在路灯照耀的路上,我们朝家的方向走去。迎面的冬风使我俩都缩着脖子,头脑却格外的清爽。神圣的教堂离我们越来越遥远了,我们只有借助生活的力量才能品味其中永恒的美丽。那些经得起考验的,静悄悄的……在黑暗之光中凹凸分明。也许是她还沉浸在刚才并不庄严的气氛之中,妻子只是默默地走着,富有韵律的像在踩着歌声的节奏。现在人的素质真是可怕,好端端的一个圣诞之夜……我终于笑着对她说。

　　她真的很漂亮。妻子突然停下脚步自言自语,眼睛却望着我的脸。

右边城市

早晨醒来,她躺在床上,望着一束从窗帘缝隙中照射进来的光线,慢慢地由墙上朝床边移动。她懒洋洋地把手臂伸到被子外面,平摊在床上。

屋里静悄悄的,但有一些细微的声音在她脑海里晃动。

八个多月来,她第一次在床上细细地品味着这样一个慵懒而漫长的早晨。昨天,她把刚断奶的儿子送到了母亲家。她的丈夫昨夜没归。

阳光移向床头,照在她脸上。

她慢慢起来。手臂有些发酸。她径直地走到门边,把门打开,阳光一下子洒遍她的全身。她晃了晃,站在门里面,朝大院里望去。门前一个行人都没有,一些树叶铺在地上……她缓缓地走回屋里,把昨晚堆在沙发上的衣服摊在床上,在里面挑选起来。镜子面前,她发现这些色彩鲜艳的衣服紧紧地包在自己肥胖的身体上。她叹一口气,把那条已经洗得发白的牛仔裤和一件宽大的深绿色的羊毛衫穿上身。

临出门的时候,她把结婚时穿的那件淡黄色的风衣披在身上。

　　天气并不冷,街上一点风都没有。阳光像蒙上一层纱,很柔和。她看见有些人还穿着衬衣。没有人穿风衣。女孩子都很苗条地扭动腰肢。人们朝她迎面走来,好像都是一些活动的衣服架子。她很留意自己在沿街橱窗里的影子。进了商场,她挤在人流中朝里面蠕动。在一些晃眼的衣服架前停留片刻,又朝另一处走去。总算从架子上拿下一件,敞开风衣,在身上比画一下,又重新放了回去……她觉得有几个年轻的售货员一直在望着自己。她顺着扶梯上了三楼。以前想给儿子买的几件过冬的棉衣还高高地挂在墙上,她抬着头从这件望到那一件。有一个服务员靠近问,你想买哪一件?她犹豫了一会儿,摇摇头,走开了。

　　突然觉得乳房有点发胀。

　　从商场出来的时候,她觉得很热,微微地有点喘气。她看见门前有一排小吃摊子,就找了一家坐了下来。人家给她端上一碗豆腐脑的时候,问,还要一点其他东西吗?有油果和糍粑。她摇摇头。她抬头看见另一张桌子边背对她坐着一个女人,也穿着一件风衣,一头长发披在脑后。

　　和她一模一样的风衣。比她要新些。

　　吃完以后,她站起来经过她的身边,有意地侧面朝她望了一眼,走了几步,不禁又回头朝她望去。

　　她吃了一惊。

　　她的丈夫和她把孩子送到她母亲家,回来的路上,他说,我一定要痛痛快快地放松一下。他故意地搂了搂她的肩膀说,今晚我不陪你了……她不置可否，眼望着出租车窗外……

那个女人从长凳上站起来，用手捋了捋头发，朝四周环视了一下。她赶紧侧过身去。她站在一家商店的橱窗前，背对着大街。等那个女人从她身边经过，她才转过身，跟在她身后。

她看见她逆着人流朝一条僻静的小巷子走去。她不紧不慢地跟在她身后。她的步伐很快，很轻捷。而她微微有点吃力。

乳房还在发胀。

她和丈夫回到家。她往床上一躺，眼望着天花板。丈夫在她身边不远处换衣服。她仰头看了他一眼，他正在镜前打领带。他换好衣服来到床边，趴在她身上，解开她的乳罩，把嘴放在上面吮吸了一下。她身体抖动了一下，平摊在床上的手臂环举起来，想抱住他的上身。他很快地离开她的身体，站在床边说，好甜。脸上蒙着笑容。

出了这条小巷，是一条大街。她和那女人保持着一定距离。她抬起头，看了一眼太阳的位置，辨别一下方向。她看见那女人走了几步，就拐上一幢沿街的住宅楼。

这条路很幽静。

过了一会儿，她看见那女人出现在三楼的一间凉台上，凉台朝北。她的身边还站着几个农民工似的男人。那女人手臂挥动着和他们说些什么。

她站在一棵树下，希望能看清她的表情。

她不喜欢丈夫那种似笑非笑的表情，她在床上侧过身去，闭上眼睛。她听见他走出门外的声音，重新睁开眼睛望着他远去的背影。

那个女人朝凉台下的街面望去,她赶紧朝树后移了移……她头朝后一仰,长发甩在脑后,然后转身走回房间。她在楼下等了一会儿,脸一直朝上仰着……慢慢地朝前走出树荫,来到凉台下面。她希望能再一次看见她的脸和那件风衣。

乳罩已经湿了。

沿街是一排整齐的楼房,但每扇窗户都紧闭着。灰色的玻璃。道路很宽直,远远地看不见尽头。她低着头朝自己身上望去,希望近处能有一面镜子。她的手自然地在腰上摸了一把,又移到自己的臀部上。

回去吧。她听见自己说。

她又抬头朝凉台望了一眼。空无一人。叮叮当当和电钻的声音隐约地从那屋里传来,在空旷的大街上却格外清晰。她转身朝来的路上走去。

这条街她从没有来过。

回到家,她匆匆地进了卫生间。几乎敞着胸地从里面出来,她发现外屋门没关,赶紧用风衣挡住胸口走过去把门关紧。屋里的光线有点暗,她打开灯,站在镜子面前。乳头有点灰涩,却朝前方挺立着……脱下风衣,她从床上抓起一件粉红色的羊毛衫,套头穿在身上。绷得令人别扭。

结婚的那天晚上,她穿着这件羊毛衫躺在丈夫的怀中。她说,你把它脱下来。

她在镜前站了很久。

丈夫从身后抱住她,双手捂在乳房上。她从镜中看见了他脸上的那种笑容。她轻声地说,不要。身体却一动不动。他在她耳边吹气,说,我今天想要。把她搂得更紧。她挣扎了一下,说,会把儿子吵醒的。他的手慢慢地松了下来,叹了一口气,慢慢地从镜前消失。她转过身,看了一眼躺在他们床中央正在熟睡的儿子,又朝他望去。他正坐在书桌边抽着烟朝窗外望去。她走过去,拿过刚点燃的香烟,掐灭,说,你又在屋里抽烟了。他依然手空举着望着窗外。她把他坐着的转椅转过来,让他面对自己。她把自己肥胖的手指插进他的头发里,然后顺势坐在他的腿上,把自己的嘴朝他的脸上够去,他头一歪,躲开了。她望着他的眼睛,说,你在想什么?生气啦?她见他不言语,轻柔地说,我也想……只是……

她走到书桌前,低头拉开一个抽屉,从里面拿出一本影集。抬头看见桌面上放着一张信纸,就坐下来,把信纸拿在手上,上面写着:我今晚不回来了,朋友结婚让我帮忙。下面写着日期:十月十八日。她拿着这张纸愣了一会儿,然后把纸团起来,扔在身边的地下。又弯下腰把它捡起来,摊好,放在一边。她把影集打开,慢慢地朝前翻过去。她从前面几页中抽出了几张。

几张结婚前后的照片。

一张她一个人站在一条小河边,身后是一座桥,背景中还有一座宫殿似的建筑;她穿着这件粉红色的羊毛衫,手上拿着一枝黄色的菊花;她脸上带着笑容。这是结婚前丈夫给她照的。一张是她和丈夫站在饭店的门口,她穿着婚纱,丈夫的表情有点拘谨……最后一张她就坐在身后的床上,穿着那件风衣,身体微微地朝后仰;丈夫穿着西装,身躯朝她逼过来,嘴几乎贴在她红红的脸颊上……

她的表情很陶醉。这是她婚礼的那天晚上。

她把这张照片一直举在眼前。

……她又拉开抽屉,从里面拿出一本影集,翻到最后一面。

她看见自己抱着儿子站在门前。

扫完地,她给母亲打了个电话。母亲在电话里说,你什么时候来接你的儿子。她停顿一下说,过几天吧。母亲在电话里叽叽咕咕……她听见她说,你想听听你儿子的声音吗?那边很快地传来儿子的哭声。

她赶紧把电话挂上。

孩子的声音还在耳边响着……她坐在床上朝门外望去。然后站起来,穿上风衣朝门外走去。

外面起风了。但依然看不见穿风衣的女人。

太阳照在大街上,有一种苍白的感觉。她站在街上一幅巨大的广告牌下,她觉得自己要比上面那个丰满的女人要小得多。她看见她睁大眼睛望着每一个过路人,笑容可掬。

丈夫曾经说,我喜欢丰满的女人……但我不喜欢女人打扮得过分妖艳。

她出门前涂了一点口红。

里面穿着那件粉红色的毛衣,让风衣敞开。

一时间很难找到那条陌生的大街。在几条小巷中穿来穿去,像在迷宫中行走一样。一抬头,总能看见那幢高高耸立的百货商场,像一根又高又大透明的木桩。她找到那排小吃摊,找个空座坐下来,四处观望。

希望能再看见那个女人。

她看见一个男人从商场的人流中挤出来，在门前高高的平台上停留了片刻，然后匆匆地朝远处走去。她赶紧站起来，想喊，嘴里却发不出声音。她觉得这个男人很像她的丈夫。她快步地跟在他身后。

她看见他两只手上都拎着不少东西。

她对丈夫说，我没有衣服穿了。他说，是吗？都穿不下了？……你到商店里去买几件。她说，你看我有时间去吗？他说，那就等孩子送走以后，我陪你去看看。

她跟着他穿过小巷来到这条大街上。

依然很寂静。路面上干干净净。

她看着他朝那幢楼走去，上了楼梯。她重新站在那棵树下。

没有了那种电钻的声音。过了一会儿，她看见他出现在凉台上。那个女人跟着出来，站在他身边，他伸出手搂住她的肩膀。他们在激烈地争论着，他放下手臂，掏出一支烟，点着……待了一会儿，然后又一同走回屋里。

那个女人穿着件粉红色的羊毛衫。

她低头看看自己身上的这件羊毛衫。

他们站在柜台外面，丈夫指着里面说，我喜欢这件粉红色的。他们回到家，刚进屋，他就把她紧紧地搂在怀里。她用手轻轻地推了他一下说，我要回家了，母亲在家里等我。他把她朝床边推，把她压在床上。她推开他说，不，今天不行……过几天我就是你的人了……他让她坐起来，靠在他的肩上，他说，我要你穿上这件羊毛衫。她顺从地把它穿上身。他又把她压在身下，手伸进了衣服里……她在他身下呻吟。

她朝那幢楼走去。

来到三楼。她看见门上贴了个"喜"字。她在门前站住。她听见他在里面说，不行，我还要再去商场一趟，有几样东西我忘记买了。那个女人说，把那张纸条带上，要买的东西都写在上面了，你快一点回来，明天结婚，今晚我一定要回去。他说，你稍微迟一点回去，还有一些东西要你布置呢，我不知放在哪里。那个女人说，那你就快点，顺便买点吃的……

她听见他朝门口走来，赶紧朝楼上走去。在楼道上，她伸头看见他从门里出来，下了楼。等了几分钟，她又重新回到门前。

那女人在屋里哼着一首歌。她很熟悉，但歌词大部分已经忘记了。

大门没有关紧，轻轻一推就可以打开。

那个女人在客厅里把放在餐桌上的一堆刚剪好的双"喜"字摊开，从里面选了张较小的方形字摊在手掌上，走过去贴在冰箱上，又退后几步，觉得不满意，揭下来又换了个圆形的。她环视四周，从这屋走到那屋，手里拿着一叠"喜"字，一张一张地贴了出去，电视机、洗衣机、电脑、大衣橱、门窗……她抬头看见客厅里的挂钟，就搬了张凳子站了上去……她有点累了，坐在椅子上微微地喘着气。好像又想起什么，从桌子上挑了张"喜"字，走进卧室。她看着有些零乱的床，迟疑了一下。把床单重新铺平，被子叠好放在床中央，然后走过去把放在床头柜上的一对洋娃娃拿起来放在被子上。她朝它们笑了笑，又觉得位置有点不对，把被子抱起来靠在床头。她把"喜"字搭在被子上……最后又用新拖把把卧室的地拖了一遍，换了一双拖鞋，朝凉台上走去。

这时，天已经有点黑了。

她轻轻地推门走了进去。

进了客厅，她朝那女人的背影望了一眼。她正趴在凉台上朝路上望去，那件粉红色的羊毛衫在暮色中很醒目。她靠近餐桌，把一些剩下的"喜"字重新摊开，拿了几张在手上，用桌上的剪刀略微修饰了一下，突然手一用劲，这些"喜"字成为一块块碎纸片从指缝中撒落在瓷砖地上。她把桌上的"喜"字全部剪坏撒在地上。突然听见凉台上那女人说，怎么还不回来？干事真磨。

她又朝她望了一眼。

然后脱下风衣，把它搭在靠椅上。

她听见那女人朝客厅走来。赶紧走进卫生间，把门关好。她听见她走进卧室。耐心地等了一会儿，然后轻轻推开门，出来。闪过卧室门，朝里面扫了一眼。

那女人正坐在书桌边，背对着她。

拿起那把崭新的剪刀，轻轻地朝她走了过去。那女人说，你回来啦，等死人啦。还没及回头，刀头已经抵在她颈脖子上。她粗着嗓子说，不要回头。

那女人尖叫了一声。你是谁？

你要干什么？她见身后没有声音，又颤抖地问了一句。

我……我不会伤害你的。她让另一只手慢慢地抚摸她的长发，说，你的头发真美。女人的身体抖动着，她尽量不让刀尖刺伤那洁白而柔软的皮肤。她看见那女人手上还拿着一张照片。那女人穿着粉红色的羊毛衫，手里拿着一朵黄色的菊花，正站在一条河边，身后是一座桥……她说，你不要管我是谁，我只想问你几个问题。

你怎么进来的？我不认识你。照片从女人的手上滑落到地上。

你姓辛，刚才走出去的男人姓吴，是吗？

女人哆哆嗦嗦地说，是的。

照片上这个女人是你吧？

是的……你是谁？你怎么知道的？女人又叫喊起来。

男人给你买这件羊毛衫的那天晚上，你把自己给了他，在这之前，你还是个处女……她让自己的声音盖过她的叫喊。

那女人身体猛地一动，想回头，刀尖划破了皮肤。

血流了出来。她感觉自己全身剧烈地疼痛。刀尖赶紧朝旁边移了移，另一只手轻轻地抚摸着伤口。血沾在手上，泪水从她眼里流了出来，滴在长发上。你不要动，我会让你知道我是谁的。她说。

女人小声地抽泣起来。但不敢再动。

在此之前，你曾经让你初恋情人抚摸过你的乳房，但你还是拒绝了他。她停顿了一下，觉得泪水流进了嘴里。那天晚上，你既幸福又恐惧，血流在床单上，你感觉就像跌进了深渊……

你是谁——女人在号叫。

她恢复了原来的声音，说，你站起来。女人浑身颤抖地站起身。往窗户边上走，她又命令道。女人和她站在敞开的窗边。

你现在幸福吗？明天你就要做新娘了。

女人没有回答。也停止了哭泣。

她想拥抱眼前的这个女人。

你应该知道我是谁了。你不觉得我的声音很熟悉吗？如果你想知道你和他结婚以后是什么样子，你就回过头看看吧。

她丢下手中的剪刀,但另一只手还在抚摸她的长发。

她不敢回头。

你的头发真美,在床上飘动起来没有一个男人不陶醉的……可你怀孕要生孩子了,你就必须把它剪掉。你为什么不看看你剪掉头发的样子呢?

女人终于回过头。脸上已经没有表情。身体也停止抖动。

像木偶似的望着她。

她朝女人微微一笑,女人也笑了。然后她轻轻地用手一推,女人顺势朝后一仰,身体很快地从她面前消失了。

窗外没有她的叫喊声。

她站在窗口,朝下望去。黑漆漆的一片。

外面起风了,她有点冷。

然后她离开窗口。走出卧室。把外面的灯关了。然后又走回来。把灯也关上。在黑暗中,她拿掉床上的洋娃娃,把被子铺好。她一件一件地脱去身上的衣服,然后赤身裸体地躺到被子里面。

屋里漆黑一片。

他推门进来,喊了一声。她说,我在这里。他打开客厅的灯,说,怎么把灯全关上了,在楼下我以为你走了呢。

把灯关上。她说。

你怎么啦?

把灯关上!

他只好关上灯,走了进来。要坐在床边,手朝她脸上伸过来。她说,坐到椅子上去,我有话要跟你说。

他坐到椅子上。你的声音怎么变得这么粗,是不是感冒了。

我没什么。

你今晚不回去了?还是回去吧,否则我明天怎么接你呢……你是不是生气了?他说着又要站起来。

如果明天我不想结婚了,你怎么办呢?她说。

你真的在生气,我又不是在外面玩,要买的东西这么多。他有点急了,朝她走过来。

坐下!

你这人真是的……他只好又坐回到椅子上自言自语。

你想到明天要结婚,现在激动吗?

当然!

你以后还会像现在这样激动吗?

他沉默不语。突然声音很大地说,你怎么会问这样的怪问题,到现在你还不相信我吗?

你不要叫,我也不是在开玩笑,难道我们办这样一件大事前不该好好想想,结婚几天就过去了,你能保证你一辈子都像现在这样爱我,这样需要我的身体吗?

我……他瘫在椅子上,一时不知如何回答。过了一会儿,他说,我能保证,可说出来你会相信吗?我搞不懂……你为什么会这样问我,难道我有什么事隐瞒了你吗?我可以发誓,我绝不会对不起你的。

那么你就发誓吧。

他笑了。身体坐直。好吧……我发誓如果我以后有对不起你的地方,我就不得好死。这样行了吧?

床上没有声音。

外面冷吗?她忽然轻声地问。

有一点,起风了。

你冷吗?

不冷……等一会儿我送你回家,你把风衣穿上,我看见你已经把它拿出来了。

我很喜欢你给我买的那件粉红色的羊毛衫,不知道以后穿在身上会不会显得难看。

怎么会呢?

人都会老的……等我将来生了孩子,会变得又胖又丑的,也许你就不会像现在这样看我了。

你原来是担心这个。他不耐烦地从椅子上站起来,来到窗边,朝外望去。你真会胡思乱想,那不知道是哪一年的事情。他从口袋里掏出烟,点上。将来的事情现在谁能说清楚呢?

她侧头看着他在烟头火芯中闪现的脸的轮廓。

你在楼下看见什么了吗?

没有啊——他回过头来,怎么呢?你看到什么?

这条街有点阴森,好像一个人也没有。在这屋里,我总觉得很陌生,它不像一个家。我们的家应该在城市的另一个地方,一间小小的平房……

他又点上一只烟。手中的烟头在黑暗的夜空中画了一道弧线。你只是不习惯而已,住几天就好了……安安静静的地方多好。

你起来吧,我送你回家,回去好好睡一觉。你太累了。他又说。

你和我一起回家吗?

这就是我的家啊!

她和他都沉默不语。窗外传来风吹动树叶的声响。他把窗户关了起来。

过了一会儿,她说,我有点冷,你过来吧。

她在被子里翻了一个身,趴在床上。

……

疯狂。她想咬紧牙关,却忍不住大声呻吟起来。

他大叫一声。

倒在她身边。

她从床上爬起来,抱着衣服朝外屋走去。他在她身后说,等一会儿,我送你。

她说,你好好休息吧。不要送了。

穿好衣服下楼。楼道黑漆漆的。走出楼道,风朝身上扑过来,身上一点热气渐渐散尽。她想起风衣丢在上面了。她站在那扇窗户下抬头朝楼上望去。上面一点声音都没有。

月光很皎洁。

她慢慢低下头,在身边的地上找了起来。

什么也没有。

她有点恐惧地离开,朝来的路上疾走。走了几步,突然感觉到有脚步声跟在自己的身后。她猛地一回头,看见自己瘦长的影子,在发白的路上拖得很长,很长……像幽灵紧紧地抓住她的身体。

早晨,她被声音吵醒。看见丈夫正站在大衣镜前。他用电动剃须刀刮着胡子。回头发觉她醒了,就说,我昨天半夜回来,看见你穿着衣服开着灯就睡着了,睡得好沉。我就没有叫醒你。

她看见自己只穿着衬衣,就说,你怎么昨晚就回来了。

哦,我以为我昨晚回不来了,朋友新房布置好了,没地方住,就回来了。

真奇怪,我昨晚梦见我们当初结婚的情形了。他继续笑着说。

她开始穿衣服,没有找到那件粉红色的羊毛衫,就穿着深绿色的毛衣从床上下来。你恐怕不是做梦吧。她说。

也许是看到别人要结婚了,就想起自己了。他没有听出她话的含义。说着套上西装,拿起包,朝门口走去。

不要走,她冲到他的前面,挡住他,望着他的眼睛。

干什么?他瞪着眼睛问。我要去上班。

有件事也许比上班更重要,我问你,你昨天是不是去过商场,去过一间新房?

是啊,这有什么?我不是跟你说过,我朋友要结婚,我在帮他忙吗?

朋友?她冷笑了一下,你跟我走!

干什么?你神经不正常?

走一趟再说。她夺下他手中的包,朝外走去。他只好跟在她身后。

不管他在路上怎样质问,她都一声不吭。

天气很好。到了那排小吃摊前,一眼就看见那条又窄又长的小巷。她快步地朝小巷走去。他紧跟在身后。出了小巷,是一条商业街。虽然是早晨,但行人已经不少。她有点吃惊地朝四下观望一下，看见那棵树，就朝那里走去。

树的对面是一座商场，巨大的窗玻璃上蒙着一层灰。还没有开门。

你带我到这里来干什么？他对愣在那里的她说。

没有凉台。没有新房。

我真的神经不正常吗？他听见她在自言自语，我明明……她在脑海里寻找身上的那种感觉。

乳房有点胀痛。

神经！他夺过她手中的包独自朝远处走去。

她眼光死死地盯着这座商场。又朝两边望去。不，她开始发疯似的朝家里奔去，经过他的身边，然后又远远地把他甩在身后。她要去看看那些照片、风衣……更重要的是，她要在家中在自己身上找到那种幸福的痕迹……

想象力和语言诱惑
小说创作谈

生于20世纪60年代而于20世纪从事文学创作的人，几乎都有一些幸福的感受，这可能来源于事后的回忆，或者与当下的对比。那个时候，对物质的朦胧追求，以及精神生活的苍白而造成的饥渴，再加上外来文化与视野的冲击，使许多人翻开了书本，并且尝试把自己的欲望与追求诉诸笔端。但是真正从事文学创作的人，却是矛盾、痛苦甚至绝望的。这如同海子，要做"物质的短暂情人"，却只能"我孤独一人坐在麦地为众兄弟背诵中国诗歌"。文学直达灵魂，灵魂四处漂泊。

作家应该时刻处在一种创作的矛盾之中，现实中无法实现的欲望在创作中得以实现。作家的作品是在对现实颠覆性的质询和逃避中完成的。焦虑、绝望和精神的自我流放应贯彻其一生的创作。严格地说，真正具有创造意识的作家他们的作品是无法与现实交流的，而他们又需要现实的理解和接受，没有人愿意在他活着的时候被人告知他是第二个凡·高。对现实的妥协和坚持自己的创作，这直接决定了作家艺术生命力的长短。如何正视这种矛盾，对中国当代作家来说尤为重要。中国文化善于培养一批"老而得道"的作家，余华是比较典型的例子。自从他写出《活着》以后，这个曾经勇于尝试富于个性的作家，他身上的创造力就彻底死亡了。所谓懂得生活，对现实进行一些精心的加工，编造一些精心打磨的故事情节，这还是对现实的"再现"。还有一批具有"沙龙"情结的作家和诗人，在西方经典的文献和作品中撷取一些词句作为他们灵感的来源，通过阅读而写作，这些人是没有想象力的，最多是对已有文化的复制而已。

读文学史和文学传记的作家，大都很迷恋二战前在欧洲的一批文学家的经历，从伦敦到巴黎，叶芝、乔伊斯、贝克特、庞德、阿波利奈尔和后来的海明威。二战后，世界文化中心转到美国，这也许是个错误。虽然莫里斯·迪克斯坦在《伊甸园之门》中向我们描述了美国20世纪60年代的文学热潮，一批实验作家为文学所做出的探索，但我个人认为，真正的文学艺术是无法在商业发达、物质化的社会长存的。从70年代后，世界文学呈现出一种疲惫和枯竭的状态。从精神流放到形式，情感体验到消解，巴塞尔姆等人所做的实际上是对现实和大众口味的一种调节和妥协。后现代主义给我们带来了小说形式变革的可能，但过分追求形式和矫揉造作的文风，它像用各种材料和图案拼贴一座房子，只是追求一种肤浅的表面形式。菲利普·拉夫谈论假现代主义时说道："光知道如何把人们熟知的世界拆开是不够的，实际上，这仅仅是一种自我放纵和不顾一切代价地标新立异的方法……真正的革新者总是力图使我们切身体验到他的创作矛盾……"海德格尔说："诗之道就是对现实闭上双眼。诗人不行动，而只做梦。诗人所制想象而已。"

艺术创造来源于想象力。作家的贡献在于创造一个"新世界"。想象力的基础是作家个人情感经验的沉淀和对梦的追寻。作品应和作家个人紧密相关,是作家个人精神生活的表现。这不是单纯地通过形式而能解决的问题。一篇优秀的小说是在作家自我审视中完成的。它是不具备道德指斥力的,而是作家个人创作的"理想"。想象力的存在,使作家暂时回避了写作生存的危机,而处在一种创造的快感之中。而现实和创作这个贯彻作家一生的矛盾,使作家不断地逃避现实,而处在一种"梦"的世界之中。

梦使作家的作品出现了一种与现实有距离的荒诞感。梦使作家的现实感受扭曲变形,作家在梦中,已有的个人的情感体验会转化成一种无法验证的新的情境。这种情境是超越时间和空间的,具有一种永恒的意义。"一个人在街上行走。""现实"的作家会描述他所观察到的事物以及这段行走的意图。对现代作家而言,这种行走是无意识的。如果在梦中,这种情境有可能变成"一个人端着花在街上行走"。"端着花"的行为就出现了荒诞的可能和想象的余地。如果在作品中,这个人在不知什么时间、什么地点的情况下端着花行走,那么这种情境就具有了某种超越现实的象征意义了。

想象给作家带来了"处理"现实的多种可能性。作家个人的情感体验一旦积累到一定程度,给作家带来了丰富的创作源泉。这种写作是带有明显的个人色彩的。这种具有个人色彩的情感体验,经过作家想象力的艺术加工,就变成新的艺术体验了。想象让作家的作品具有了无法模仿的风格特征。

想象力是作家能力的表现,是艺术才华的自然流露。

一篇作品的风格是由作品的语言所决定的。作家应时刻保持对语言的敏感和不断的探索。"现实主义"作家只对故事感兴趣,而现代作家则对语言的叙述方式和叙述态度着迷。前者是语言之外意义的表述,后者是语言之下作家创作态度和创作情感的表达。某种意义上,这种表达流露出作家在创作过程中的精神状态和情绪。语言是小说中最本质的东西,是创造"新世界"最基本的元素。作家并不是创造一种新的语言,而是让作品中的语言诗化(纯洁化)。小说的语言应该是有活力、有生命力和可感知的,而非抽象的或一种语言技巧上的游戏。它和小说形式相关,决定形式的存在。同时,小说的语言应该是不断变化的,作家的精神状态和情绪是非稳定的,所以造成不同作品不同的语言风格。一旦形成固定的表述形式,不断重复,创造的可能性和由此带来的乐趣就不复存在了。

"今天,妈妈死了,也许是昨天,我不知道。我收到养老院的一封电报,说:'母死。明天葬。专此通知。'这说明不了什么。可能是昨天死的。"

这段文字是加缪小说《局外人》的开头部分,它奠定这篇小说的语言基调和语言风格。从表面上看,这段文字所表达的意思是很清晰的。但这段文字又让人思索:一是作者对这件事的态度;二是叙述角度,"我"是不是作者,还是"我"和作者合而为一?如果这段话是"今天"说的话,那么此后发生的事情是否都是想象?这里面有叙述时间的矛盾。所以说这段文字是非常精彩的,有意识的单调、枯燥和冷静的语言风格中隐藏了深刻而丰富的内涵,给读者留下了很大的想象空间。

"埃德娜跟我从卡里斯贝尔出发,往南上坦帕——圣彼得去,我在那儿还有几个过去好日子中结交的朋友。他们不会把我送交警察。我在卡里斯贝尔曾为了几张空头支票设法和警察周旋——犯了这种罪在蒙大拿州是要坐牢的。我还知道埃德娜已经在用纸牌算命,考虑采取什么行动,因为我这一辈子已不是第一次跟警察有麻烦了。她本人也有过自己的麻烦,失去了几个孩子,还得不让她的前夫丹尼趁她上班工作时破门而入,偷她的东西,这是为什么我当初搬进她家的真正理由,除这一点外,再就是需要给我的小女儿谢莉儿好一点的环境。"(《石泉城》)

20世纪70年代以后,美国出现了一批以卡弗为代表的"简约派"作家,用极简约的文字来叙述故事,情节简单,不作渲染。理·福特的《石泉城》是其中很有代表性的作品。这段文字没有整体的叙述、"正规的"讲故事的语言,它抛弃了语言的抒情性。断断续续的细节片段由于语言音节的连贯而显现出作者思维的跳跃性。阅读者可以沉浸在语言的节奏感中,不需要去更多明白他所要表达的意义,只须去体会作者叙述中的一种情绪。

我的很多小说的创作,往往源于对某一句话的痴迷。《左边城市》中第一句"早晨天是好的"使我的创作处在梦幻和现实的边缘,"好的"既抽象又空洞,但却和梦境有关。人是无法详尽地描绘梦境的,又是在他早晨醒来想重新回到梦中的时候。小说中的人物一直处在现实和梦幻的交会之中,他在茫然中行走、生存。我一直认为,作家的每一篇小说,尤其是短篇小说,它应该有自己独特的叙事风格,因为每一篇的人物、情节以及作家在创作时情绪状态是不一样的。

从贝克特、福克纳到博尔赫斯,伟大的作家给我们提供了小说语言变化的可能性。语言也成为一种区分作品优劣很重要的标准。小说的语言不应只是简单的叙事排列,也不应该成为一种打破句法靠语言碎片拼贴的游戏工具。语言是作家的思维方式,是一种艺术表现的手段。小说语言本身就具有审美性和艺术性。

  优秀的小说语言具有超越时间和地域的永恒性。对小说语言风格的关注,作家才能真正体会到一种创造的快乐。

改于2016年1月